변함없이 날 믿어 주는 어머니, 동생과
별이 된 아버지에게 감사의 마음을 담아

도망친 곳에서 만난 소설

임발 소설집

여는 글

　난생처음 소설이라는 장르의 단편을 온전히 완성했던 2019년 초여름을 아직도 생생하게 기억합니다. 같은 해 '빈종이'라는 1인 출판사를 설립하고 그 뒤로 계속 소설을 쓰는 삶 속에 머무른 지 어느새 6년이라는 시간이 흘렀습니다. 여전히 거의 매일 소설을 생각하고 아주 느린 속도로 더디게 소설을 씁니다. 저의 소설을 읽은 사람들보다 안 읽은 사람들이 훨씬 더 많다는 지극히 당연한 사실은 종종 저를 절망하게 하지만, 때로는 더 큰 힘을 내도록 채찍질합니다.

　이 소설집은 자전적인 성격을 띠고 있습니다. 제가 겪었던 일상의 여러 사건에 상상력을 더해 소설로 완성한 것이죠. 이 소설집을 한창 집필했던 2019년은 코로나19로 우리 일상의 큰 변화가 있기 전이었습니다. 그게 아니더라도 6년이라는 꽤 긴 시간이 흐른 지금 다시 독자들에게 선보이는 것이 맞는지 의문을 품기도 했습니다. 누군가는 차라리 신작을 쓰는 게 더 낫지 않겠냐고 걱정 어린 말을 건네기도 했습니다. 그런데, 살다 보니 모든 일이 그렇게 합리적인 선택으로만 이뤄지지는 않더라고요.

빈종이 창립 6주년을 기념하여 『도망친 곳에서 만난 소설』을 다시 소환하기로 결정한 것이죠. 여기 실린 소설들 속에 담긴 다양한 질문이 여전히 유효한 이상 아직 충분히 읽힐 이유가 있다고 믿습니다.

첨언하면 『도망친 곳에서 만난 소설』은 지금까지도 제가 가장 아끼는 소설집입니다. 그래서 첫 책보다 더 마음에 드는 책을 쓰는 게 저의 오랜 목표입니다. 왜 그런 목표를 세웠는지 독자님께서 이 개정판을 읽고 고개를 끄덕여 주셨으면 좋겠다는 작은 희망을 품어 봅니다.

초판 당시에 마케팅으로 활용했던 '자만, 착각, 상심, 오만, 기대, 망각'이라는 여섯 가지 키워드도 이제 더는 강조하지 않으려고 합니다. 별도의 수식어가 없어도 충분히 재미있게 읽을 수 있으니까요. 모든 소설에 일을 하는 사람들이 나옵니다. 끊임없이 실수하고, 잊어버리고, 오해하고, 아파하고, 으스대고, 확대 해석하는 사람들이 주된 인물로 대거 등장합니다. 이 책을 읽으며 당신이 하는 일들이, 당신의 노동 그 자체가 얼마나 가치 있는 것인지 스스로 인정할 수 있기를 빌어 봅니다. 더해 충분한 격려와 깊은 위안을 얻어 간다면 전 더할 나위 없이 좋겠습니다.

2025년, 늦여름
쓰는 사람, 임발

ⱷ 차 례 ⱷ

여는 글
4

이달의 인물
9

폭력적인 호의
77

진로발달이론의 재해석
111

물류 센터에 있던 그 생수는 어디로
165

불필요한 만남
201

녹취의 전말
219

인물들의 수다
241

닫는 글
272

이달의 인물

박 기자는 예정된 약속 시각에서 약 37분이 더 지나갔다는 걸 막 확인했다. 전형적인 초기 봄날의 나른함은 견딜 만하지만, 어영부영 그냥 흘러간 시간은 참기가 어렵다. 시간의 낭비를 최소화하는 것만이 성공의 지름길이라는 전통적인 가치관으로 자신의 성취를 만들어 온 박 기자의 인내심에 가늘고 긴 금이 가기 시작했다. 박 기자가 낮은 하울링을 토해 낸다는 건 인내심의 산소량이 바닥 직전이라는 명백한 징후였다.

"하아, 이 인간 봐라."

—

촌각을 다투는 취재의 세계에서 기자는 누구나 동일하게 시간을 부여받는다. 다른 건 평등한 시간을 활용하는 방식이다. 기본적으로 타인의 말을 듣지 않는 인간의 종류만큼이나, 매해 새로 들어오는 신출내기 기자들 수만큼이나 다채로운 방식이 존재한다. 3주 내내 노는 것처럼 보이다가 1주 만에 미친 집중력으로 특종을 물어 오는 동료도 있었지만, 박 기자는 그런 도발적인 외부 환경에 쉽게 흔들리지 않았다. 박 기자의 가치관은 자발적 의지가 생길 때만 조금씩 변화했다. 아직 시간을 대하는 태도는 그대로다. 박 기자가 아무리 강박적으로 관리해도 시간은 어디선가 항상 누수되었다.

박 기자는 까다로운 시간관념 때문에 후배들에게 피할 수 있으면 피하는 게 최선인, 대표적 선배라는 걸 진작 알고 있었다. 그래서 박 기자는 후배들의 뒷담화 정도는 가볍게 무시할 수 있을 정도의 내공을 쌓는 데 공을 많이 들였다. 그래도 그가 힘든 이유는 아무래도 김 선배의 묵은 습관 탓이었다. 입사 때부터 박 기자의 사수인 김 선배는 중요한 취재는 무조건 박 기자에게 맡겼다. 중간급 기자의 체력은 점점 빠른 속도로 방전되었고, 완충되기까지는 점점 더 긴 시간이 필요했다. 주말 이틀 중 하루만 푹 자도 회복되던 체력은 까마득한 옛일이었다.

박 기자가 7년째 근무하고 있는, 오래된 역사'만' 빛나는 월간지. 재작년 이맘때 전사적 차원으로 무리해서 이

전된 본사 사옥 14층 사무실 한구석에 박 기자의 자리가 있다. 이곳에서는 총천연색 낭설이 어느새 그럴듯한 이야기로 둔갑하곤 한다. 분야를 가리지 않고 경쟁적으로 말의 대잔치가 날마다 분 단위로 개최되는 곳. 박 기자는 언제부터 만성 피로가 시작되었는지 잊었다. 본사 사옥 이전인지 이후인지 가물가물했다. 삶에 도움이 안 되는 기억은 점점 밀려 나가다 자취를 감췄다. 과거의 일을 담아 두기엔 너무 많은 일이 계속 일어났다. 박 기자는 효능이 다른 각종 비타민, 건강 보조 식품을 바꿔 가며 챙겨 먹어도 건강이 나아지지 않는다는 걸 깨닫자, 두 달 전부터 루테인을 제외한 모든 걸 끊었다. 박 기자는 순리대로 빠르게 늙고 있는 몸뚱이를 원망하진 않았다. 이번 달에는 육체 건강을 포기하고 절약한 돈을 몇 권의 책을 사는 데 아낌없이 쏟아부었다. 어차피 나아지지 않을 몸. 차라리 신선한 최신 지식을 흡수하는 게 더 낫다고 판단했다.

　박 기자는 오늘처럼 이렇게 피곤한 날엔 사무실에서 후배들 기사 초고를 봐 주고, 핵심을 찌르는 첨삭을 몇 번해 주며 일하는 척하다 책이나 읽는 게 훨씬 더 생산적이라고 믿었다. 자동 회전문을 통과하면 박 기자의 몸 역시 자동으로 업무 모드로 전환된다. 박 기자는 이 관문을 몇 번이나 왔다 갔다 했을까.

　박 기자는 외근 없는 하루를 꿈꿨지만, 눈치 없는 김 선배의 방해로 계획 수정이 불가피했다. 귀찮은 야외 인터뷰였다. 특히 뜨거운 찬반 논란으로 온라인에서 과열 양상 조짐을 보이는, 이런 책의 저자는 질색이다. 논란의 주인공과 대화하는 건 항상 진이 빠졌다. 게다가 박 기자가 그다지 선호하지 않는 종류의 인간이다. 지면도 많지 않은데 반쪽짜리 화제의 신간도 아니고 이달의 인물 섹션에 채택된 건 몹시 못마땅했다. 이 정도 사이즈의 인물은 팀 차원으로 조사가 끝난 지 오래고, 몇 가지 팁과 주의 사항만 전달해 주면 당장 나가서 열정을 불태울 후배가 못해도 다섯이었다.

  김 선배는 오늘도 박 기자를 내보내기 위해 우회 전략을 구사했다. 징그러운 비음이 군데군데 섞인 과한 애교로 박 기자를 구워삶았다. 박 기자는 버튼만 누르면 방 구석구석에 있는 먼지를 꼼꼼하게 제거하는 차세대 인공 지능 청소기처럼 곧바로 움직였다. '잠깐 다녀올게요.'라는 말과 달리 6시간이 훌쩍 지난 저녁 7시가 넘어서 인터뷰는 마무리되었다. 들어오는 길에 안심 정식 세트를 흡입하다시피 했던 건 괜찮은 초이스. 탄수화물, 단백질, 지방, 나트륨 등이 골고루 들어 있는 영양 만점의 돈카츠를 먹으니 정신이 돌아오는 기분이었다.

  고속 엘리베이터는 박 기자를 14층까지 한 번에 올려놓았다. 평상시보다 퇴근 시간이 한참 지나서였을까. 중간에 타는 사람은 없었다. 박 기자는 야외 인터뷰가 잡힌 순간부터 칼퇴는 기대하지 않았다. 14층 사무실 앞으로 다가가자 자동문이 열렸다. 역시나 아직 사람이 있다는 뜻이었다. 그것도 꽤 많은 동료가. 문이 열리자 그 짧은 틈을 못 참고 익숙한 김 선배의 목소리가 기다렸다는 듯 훅 다가와 박혔다. 박 기자는 오늘따라 김 선배의 비음과 과한 몸짓이 더 거슬렸다.

"역시 박 기자가 최고야. 이제 들어온 거야?"

박 기자의 능력을 필요 이상으로 치켜세우는 김 선배. 오버 액션의 함의는 짐작 가능했다. 표정만 봐도 인터뷰가 잘 되었는지 걱정이 한가득한 게 선했다. 박 기자는 식은땀을 흘리며 아직도 활자와 씨름하고 있는 신참들 의자 사이로 길을 터 느린 걸음으로 자리로 돌아왔다. 무사 귀환이었다. 남들이 하루를 마무리하는 시간에 박 기자는 겨우 노트북의 전원을 다시 켜고 본격적으로 일을 시작했다. 박 기자는 지면에 실릴 만한 글로 재가공하기 위해, 인터뷰의 전체 뉘앙스 조절을 위해, 자신이나 상대가 내뱉은 말 중에서 부적절한 말을 골라내기 위해서 등등…. 여러 가지 이유로 녹취를 직접 풀었다.

비교적 단순한 작업이었고, 선배들이 녹취가 완료된 음성 파일을 신참들에게 넘길 때도 박 기자는 그 과정을 남에게 맡기지 않았다. 피곤해도 습관처럼 하는 일이었다.

김 선배가 박 기자의 언차를 무시하고 굳이 오늘 같은 인터뷰를 종종 맡기는 건 오래도록 이 귀찮은 일을 홀로 소화하는 박 기자의 능력을 높이 평가하기 때문이다. 박 기자만의 데이터베이스는 음성 파일, 문서 파일, 하드 카피의 3가지 형태로 비교적 자주 업데이트되었다. 문서 파일과 하드 카피는 회사의 공식 데이터베이스로 이전되었고, 음성 파일만 박 기자가 따로 보관하였다. 당분간은 대체 불가능한 박 기자의 경쟁력. 박 기자는 잠시 책상 위에 엎드렸다. 졸음이 오는 거 같았지만, 막상 눈을 감으니 잠들 수 없었다. 박 기자는 지체 없이 핸드폰과 노트북을 번들 케이블로 연결했다. 두 기기의 잠금 화면을 풀고, 녹음 앱으로 들어가 오늘의 음성 파일을 노트북으로 백업시켰다. 거의 4시간에 가까운 녹음 분량. 박 기자는 여기서 과연 뭘 취하고 뭘 버려야 할지 시작하기 전에 또 한 번 힘이 빠졌다. 낭비의 전조. 차분히 들어 보자고 마음을 다독였다. PLAY.

백색 소음도 아주 잠시뿐. 저자의 첫인사를 듣자마자 멀리서 점점 가까워져 오는 압도적인 한 인간의 형상이 재생되었다. 저자와 만나는 그 순간, 박 기자가 인지한 감각을 정확하게 설명할 수는 없지만 선명한 거구의 잔상부터 충분히 위협적이었다. 서두르고 있어도 느린 발걸음,

전혀 미안하지 않은 표정, 근거 없는 당당함, 자신감을 과시하듯 악수할 때 느껴지는 과한 악력, 인터뷰 내내 느꼈던 불쾌한 기시감이 실체가 있는 음성으로 구현되기 시작했다.

조직에 당하는 회사원, 조직이 감당하는 회사원
(부제 : 능력은 스스로 증명할 때 빛난다)

초판인쇄 2019년 3월 16일 초판 5쇄 2019년 4월 11일
초판발행 2019년 3월 16일

지은이 오용섭
펴낸이 오용섭
펴낸곳 도서출판 진짜길21
책임편집 최주헌
편집 오제훈 모승환 유지권 김기식
교정 전강희 이선우 최병용
디자인 김은민 성길훈 강정빈
마케팅 임혜별 이유범 김지선
홍보 한시진 이윤혜 염재성
제작 임윤경
제작총괄 오용섭

출판등록 2017.10.4, 제017-37*호

주소 경기도 하영시 수연대로 100-7*
이메일 realroad21@never.com
전화 - 031) 7179-808*
팩스 - 031) 7179-808*
ISBN 978-89-323-****-*

* 이 책의 판권 및 저작권은 저자와 '도서출판 진짜길21'에 있습니다.
* 이 책 내용의 전부 또는 일부를 재사용하려면 반드시 저자와 출판사의 동의가 필요합니다.
* 파본으로 확인될 경우 구매처에서 교환해 드립니다.
* 이 도서의 국립중앙도서관 출판예정도서목록(CIP)은
  서지정보유통지원시스템 홈페이지(http://seoji.nl.go.kr)와
  국가자료공동목록시스템(http://www.nl.go.kr/kolisnet)에서
  이용하실 수 있습니다.

자료번호 : 2019-03-07-14

생산일시 : 2019. 4. 16, 15:06 ~ 19:12

자료형태 :

.wav (Soft copy, voice) /

.doc (Soft copy, text) /

A4 80g 18Page (Hard copy, paper)

자 료 명 :

2019년 5월, 기획 인터뷰(이달의 인물) 녹취 무편집본.

자료요약 : 2019년 1/4분기 의외의 베스트셀러 '회사에 당하는 회사원, 회사가 감당하는 회사원'의 저자 오용섭과의 인터뷰 녹취 전체 내용.

"아이고, 죄송합니다. 좀 늦었죠."

"괜찮습니다. 저도 방금 왔어요. 대표님 실제로 뵙는 건 처음이네요. 여기 명함 받으시고요."

"네, 반갑습니다. 어떻게 제가 박 기자님이라고 부르면 될까? 저도 여기 명함."

"회사 근처 풍경이 너무 좋네요. 도심 한가운데 이렇게 좋은 뷰가 있는지 처음 알았네요."

"괜찮죠."

"여기서는 대충 찍어도 다 그림이네요."

"회사는 작게 시작해도 입지는 신경을 좀 썼어요. 앉아서 할 일이 있지만, 발로 뛰어야 하는 일은 또 다르죠. 이런 건 눈으로 꼭 확인해야 하거든."

"그러게요. 대표님 덕에 이런 퇴근길 인터뷰도 기획해 보네요."

"저야 감사하죠."

"대표님 회사에서 댁까지 가는 길이 산책 코스로 환상적이라고 소문났어요."

"에이, 과찬의 말씀. 그나저나 특별한 인터뷰라면 저도 환영! 형식이라도 튀면 한 번씩 더 보니까."

"그렇죠. 오랜만에 하니까 좀 신선하네요."

"네, 특별히 신경 많이 쓰셨다고."

"여담이지만 이번에 저희가 인터뷰이 선정하는 데 애

많이 먹었어요. 대표님 말고도 후보가 쟁쟁했거든요. 대표님으로 결정되고 나서도 또 말들이 많았고요."

"네, 박 기자님. 저도 들었어요. 이해해요."

"대표님 얘기 꽤 많이 들었어요. 뭐랄까. 굉장히 흥미롭던데요."

"어떤 점이 그렇게?"

"대표님을 보는 시선이 이렇게 갈릴 줄은 몰랐어요. 정말 어렵게 모셨습니다. 제가 살짝 반대한 건 아시나요? 이런 건 솔직하게 말씀 드리는 게 나아서. 제 마음을 어설프게 숨기면 이상하게 인터뷰가 더 꼬여요. 이해하시죠?"

"너무 솔직해서 좀 당황스럽긴 하네요. 기자님도 힘드셨겠어. 이렇게 된 거 편하게 가죠. 뭐 애들도 아니고."

"그렇게 생각해 주시면 저야 감사하죠."

"인터뷰 방향이 그렇다는데 어떻게 합니까? 대신 저도 솔직해지면 피차 간단해지는 거잖아요? 그것도 괜찮네."

"사측에서 그렇게 방향을 잡은 것도 있고요. 사람들도 불꽃이 팍팍 튀는 아슬아슬한 인터뷰를 원하는데 어쩌겠어요? 또 그게 먹히거든요."

"요즘 인터뷰가 그렇다?"

"뻔한 인터뷰는 이제 안 보죠. 하다 하다 이런 인터뷰에서도 스릴을 찾네요. 사람들 욕심이…."

"스릴이라…."

이달의 인물

"대표님 요즘 바쁘시죠? 오늘 컨디션은 어떠세요?"

"바쁜 건 이제 좀 지나갔고, 일단 지금은 컨디션이 괜찮네요. 제가 좀 완벽주의라서 상태가 안 좋았으면 다음으로 미뤘겠죠. 오늘 할 일은 오전에 다 마무리했어요. 시간이 좀 남아서 무슨 얘기를 할지 미리 좀 생각하다가 더 늦어 버렸네. 아무튼, 박 기자님. 내가 이런 인터뷰를 꽤 오랜만에 해서 그러는데… 거 부탁 좀 합시다."

"부탁이요?"

"제가 무슨 말 하는지 아시죠?"

"무슨 말씀이신지…."

"에이, 아실 만한 분이… 그런 거 있잖아요."

"정확하게 말해 주시면 더 좋을 거 같은데요. 조바심에 말씀 드리지만, 대표님 견해를 오해하고 싶지 않아요."

"선수끼리 다 알면서 모른 척하지 마시고. 박 기자님이 펜 끝에 조금 더 힘줘서 신경 써 주면 제 책도 황금 날개 다는 거죠. 어차피 인터뷰라는 게. 이거 다 짜고 하는 거 너도 알고 나도 알고 모두 다 알지만 기막히게 써 재끼면 보는 사람들도 다 헷갈린다 이 말이지. 진짜 그런 건가? 진짠가? 그러다가 어차피 시간 지나면 다 잊어요. 사실과 조금 다른 것? 눈치채는 사람 있어도 상관없어요. 마법의 문장 있잖아요. 그건 오해다. 사실 관계를 확인하겠다고 적당히 코멘트하고 내버려두면 알아서 나가떨어지죠."

"대표님. 요즘 사람들 그렇게 바보 아닙니다. 팩트 체크는 기자보다 나을 때도 많아요."

"기사야 뭐 새로운 창작 분야 아닌가요? 말이야 바른말이지 요즘 기사는 소설보다 더 재밌어. 읽을 맛이 있달까. 거의 실시간으로 단신, 후속 기사, 특별 기획 등등 똑같은 얘기를 다양한 버전으로 맛보고 물어뜯으면서 즐길 수 있죠. 이런 게 또 어딨어요? 안 그래요? 박대민 기자님."

"말씀이 좀 과하신 거 같네요. 저희가 그렇게 기사를 막 쓰지 않습니다. 사실 확인은 하고 정확한 기사를 쓰려고 노력하죠. 시대가 변했어요."

"우리 솔직해집시다. 정확한 기사를 쓴다? 이 말 자체가 앞뒤가 안 맞아요. 사실은 누가 어떤 입장에서 보느냐에 따라 달라지는 건 아시잖아요. 한마디로 말장난 아닙니까. 그보다 자극적인 카피 뽑아내는 건 웬만한 작가들을 한참 넘어섰다고 봐요."

"상황이 자극적일 때 그런 거 아닐까요? 경각심을 주려면 어쩔 수 없으니까."

"어쨌거나 사람들을 홀릴 수 있는 그런 모호한 게 더 좋아요. 선명한 것보다 모호한 게 더 스타일리시하거든. 이번 인터뷰로 제 책에 모호함을 살포시 얹어 주면 지금보다 더 많이 팔릴 수 있다고 확신해요. 궁금해야 지갑을 열죠. 이런 인터뷰도 다분히 전략적인 거고."

이달의 인물

"전략적이라는 게 어떤 의미인지 구체적으로 말씀해 주시면 감사하겠네요."

"저도 시간 별로 없어요. 바쁜 사람이라고. 그런데도 하는 이유가 뭐냐? 다 서로 필요해서 하는 거 맞잖아요? 윈윈. 기자님도 핫이슈가 필요하고, 저 역시 기자님 매체 인지도랑 그, 그, 뭐라고 해야 하나. 그래요. 기자님의 날카로운 한 방. 그런 게 필요한 거죠. 저도 기자님 평소 성향은 대략 알고 있어요."

"제 평소 성향에 대해서 어떻게 들으셨는데요?"

"박 기자님, 그게 중요한 게 아니고요. 뭐 어쨌든 불편할 수도 있다는 거 알지만, 피차 성가시게 다른 분으로 바꿔 달라고 하지 않았어요. 왜냐? 제가 보기보다 유연한 사람이에요. 다 그렇고 그런 거 아닌가. 프로가 별겁니까. 참을 줄 알면 프로죠. 우리 적당한 선에서 잘해 봅시다."

"그으…래요. 가 보시죠."

"아, 걱정하지 마시고. 괜찮다니까."

"자연스러운 대화가 인터뷰 방향이니까 하던 대로 편하게 가시죠. 준비한 질문도 가능하면 다 할게요. 선을 넘었다 싶으면 편집하면 되니까요. 대표님도 혹시 인터뷰 끝나고 아니다 싶은 거 있으면 미리 얘기하세요. 편하게. 그러니까…."

"잠깐만요. 녹취는 하실 거죠? 제가 일하는 거야 깔끔하지만 안타깝게도 발음이 썩 좋은 편은 아니에요. 한 번에 다 알아듣고 쓰기가 쉽지 않을 것 같아서 말이야. 그리고 사실 이런 말 하는 거 내 자랑 같지만 제 말의 밀도가 워낙 높아야 말이죠. 버릴 말이 없어요. 그러니까 두 번 세 번 확인해서 제대로 쓰려면 녹취는 필수다 이 말이죠. 자꾸 했던 말 또 해서 미안한데, 저도 나이가 드니까 어쩔 수 없네요."

"말씀 잘하셨네요. 녹취는 하고 있었어요. 아무래도 대표님 특유의 톤을 살리려면 일단 녹취는 기본이죠."

"그럼 다행이네요. 조바심에 그러는 거니까 그러려니 해 줘요. 이제 진짜 본격적으로 시작하는 거죠? 거기 옆에 분은 사진 담당하시는 건가?"

"여기 황 기자님도 오늘 특별히 함께하시니까 사진은 걱정하지 마세요. 황 기자님 실력 아시죠? 2017년 보도 부문 올해의 사진상에 빛나는."

"맞아요. 요즘은 사진이 반이지. 아니다. 사진이 더 중요해. 사진 기자님이 알아서 적당히 보정 좀 해 주시고. 요새는 티 안 나게 자연스럽게 만져 주는 게 진짜 기술이라면서요. 양심에 찔리지 않을 정도로만. 그럼, 여기서부터 천천히 함께 걸어가면서 시작하면 되는 거죠? 저 긴장한 티 많이 납니까?"

"오프라인 잡지에 실릴 사진은 전부 대표님 댁까지 걸

어가면서 찍은 사진으로 할 예정이에요. 온라인에서 공개할 사진은 일부 다를 수 있고요. 대표님 책하고 어울리는 느낌으로 황 기자님께 미리 얘기해 놨습니다."

"네, 그렇게 알고 있을게요."

"그럼 이제 시작해 보죠. 매체 인터뷰로 자주 뵙던 분이라 익숙한데, 의외로 대표님이 책을 내신 건 이번이 처음이시죠? 많은 독자가 실전에 써먹을 수 있다고 해서 좋아합니다. 대표님이 이런 책을 쓰기로 한 어떤 순간, 그날의 기억, 역사적인 하루 뭐 이런 것 있지 않나요? 이미 공개된 얘기 말고 진짜 비하인드의 비하인드 스토리가 있다면 말씀해 주세요."

"음…. 그날의 기억이라. 하나 딱 생각나는 게 있네요."

"어떤 거죠?"

"한마디로 '그럴 수 있을까?'에서 '그렇게 해야겠다!'고 생각이 바뀐 날이었어요. 불과 반나절? 평소처럼 아침에 운전대를 잡았는데, 정체 구간이 꽤 길었어요. 자꾸 차가 가다 말다 하니까 생각이 더 많아지더라고요. 어차피 인생이 정해진 행선지로 가는 게 아니라며 혼자 막 중얼거렸어요."

"차 안에서 혼자 그렇게 말하는 건 흔한 일이잖아요."

"그렇지만 생각의 종류가 좀 달랐어요. 조직에서 월급쟁이 생활은 충분히 했다! 전 로열티가 차고 넘치는 사람인데 말이죠. 평소에 안 하던 그런 잡생각이 자꾸 끼어들었어요. 월급 따박따박 들어오는 거 과감하게 청산하고 새로운 걸 해 보고 싶다고 가끔 말하고는 했는데 그날은 유난히 더 싱숭생숭했어요. 갑자기…. 그게 말이죠. 더는 내가 가져갈 게 없다고 생각하니 한숨이 그냥. 진짜 우울한 한숨이었어요."

"대표님 한숨 쉬는 모습은 상상이 잘 안 되네요."

"맞아요. 저 한숨 거의 안 쉽니다. 주위에 널린 한숨 장인들하고 질적으로 다르죠. 그래서 그날이 심상치 않았죠. 이럴 바엔 괜히 밀려나는 모양새로 흉하게 쫓겨나기 전에 먼저 선수 쳐야겠다! 그런 생각이 막! 그런 거지. 대가리가 되지 않는 이상, 결국 끝은 있게 마련이잖아? 안 그래? 박 기자님."

"……."

"아이고, 아이고, 아니다. 죄송해요. 박 기자님. 제가 자꾸 말이 짧아지네. 지금부터 좀 더 주의하겠습니다. 꽤 교양 있는 분들이 보는 잡진데 함부로 반말하면 안 되죠. 그럼요. 그럼요. 다시 할게요."

"이미 말씀하신 부분은 굳이 다시 안 하셔도 괜찮아요."

"그래요? 그럼 지금까지 얘기하면서 제가 반말했던 것 있으면 알아서 잘 바꿔 주세요. 원래 그렇게 하죠? 말투도 적당히 독자들 수준에 맞게 기자님이 잘 다듬어 주세요. 센스 있는 교양인처럼. 무슨 말 하는지 아시죠?"

"말투나 어휘는 그대로 옮기지만, 대표님 의도를 해치지 않는 선에서 조금씩 손보기도 해요. 긴장하지 마시고, 편하게 말씀하세요."

"그렇군요. 아까 어디까지 말했죠?"

"끝이 뻔한데 선수 치는 게 낫겠다는 그런 말씀까지 하신 거 같네요."

"아, 맞아요. 더 중요한 이유는 시기였어요. 더 늦기 전에 나도 최종 보스 한번 해 봐야지 그런 마음이었죠. 다들 말렸어요. 천천히 몇 년 더 버티다가 최소 부서장까지는 꽉 채워서 빼먹을 거 빼먹고 천천히 시작해도 되지 않냐고. 그렇게 말하는 사람들은 너무 나이브한 거죠. 조직 분위기가 급하게 변했거든요. 상무, 전무, 이사 이런 직함부터 자취를 감췄죠. 솔직히 말해서 인간이란 게 그런 직함 한 번 들어 보는 것 원하잖아요. 다들 못해서 그런 거지. 근데, 그런 말 자체를 없앴다니까요. 원활한 의사소통을 위해서? 호칭 하나 바뀐다고 위계가 평등해진다? 말이 안 되잖아요."

"맞아요. 그건 저도 공감되네요. 기사화된 적도 있죠."

"뭐라더라. 책임 매니저? 책임 하나만 덩그러니 남겨 놓으면 권위가 타파되나요? 말 하나 바꾼다고 다 되면 세상에 못 할 일 하나 없겠네요. 안 그래요? 기자님."

"말이 중요하긴 하지만 변화 속도는 엄청 느리죠."

"수평 구조의 열린 조직. 그런 거 만들겠다는 회사의 큰 그림은 이해가 갑니다. 근데, 방법이 영. 시원찮았어요. 그리고, 수평 구조를 누가 좋아할 거 같나요? 막 들어온 신입들이나 좋아하지. 회사 밥 먹은 지 한참 된 사람들은 그런 거 싫어해요. 아…. 이제 답이 없구나 싶었어요."

"설마 직함이 창업을 결심하시는 데 가장 큰 이유는 아니겠죠?"

"제일 크진 않았지만 무시할 만큼 사소하지도 않았네요. 말이 샜는데 아무튼 결심하고 스타트업 할 생각이다. 이런 미니멀한 계획을 말하면 사람들 반응이 한결같았어요. 딱 한 명 빼고 다 말렸거든요. 친구, 동료, 선후배, 대학원 은사님, 자주 가는 단골 식당 주인까지 은근슬쩍 말하면 손사래를 치면서 반대했죠. 근데, 찬성한 한 사람이 누군지 아세요? 평소에 그렇게 말 안 듣던 딸이었어요. 걔가 제 마음을 헤아려서 그랬는지 알 수 없지만, 찬성이 한 표라도 있다는 게 중요했죠."

"따님이 사춘기인가요?"

"아유, 말도 마세요. 지금도 한참이죠. 시크한 딸의 무심한 말이 좋았어요. 한번 해 보라고. 의외로 괜찮았죠. 심드렁한 응원에 용기가 났어요. 솔직히 회사원인 나는 참 별로인 인간처럼 느껴졌거든요. 철저하게 나를 감추면서 20년 넘게 살았어요. 행복한 날들이 딱히 떠오르지 않았어요."

"대표님, 말씀 중에 죄송하지만 역사적인 결심을 했던 그런 순간? 진짜 대표님만 아는 시작을 여쭤봤는데 지금 그 과정을 설명하시는 거… 맞죠?"

"저기요. 박 기자님. 혹시 성격 급하다는 소리 많이 듣지 않나요? 알고 있습니다. 질문에 대해서 제가 답하는 중이잖아요. 맥락을 설명하는 데 필요한 얘기들이니까 가만히 좀 들어 보세요. 그러니까 그게…. 어디까지 얘기했더라. 아 맞다, 맞다! 그래. 그래. 제가 생각이 많아졌다고 했잖아요."

"출근하실 때 차가 많이 막혔다고 하셨죠."

"사회적 인간! 굳이 키워드로 짧게 말한다면 그게 얼추 비슷하겠네요. 맞아요. 딱 좋네. 철저하게 윗사람들 비위 맞춰 가며 그렇게 살아오니까 진짜 내가 사라지는 거 아닌가 싶은 거죠. 그게. 사회적 인간이 되려고 애를 쓰면 쓸수록 더 공허하구나! 그런 심정이었죠."

"대표님 외람된 말씀이지만 사회적 인간이라는 용어를 여기서 쓰기에는 살짝…."

"그래요? 그건 기자님이 알아서 써 주세요. 아까 더 좋은 게 있으면 알아서 바꿔 주신다면서요. 편할 대로 하세요. 기자님도 아시겠지만 제가 다녔던 회사 솔직히 까놓고 말해서 가족 기업인 거 알죠? 지금 필드에서 뛰고 있는 윗대가리들 태어나자마자 미래가 보장된 사람들이라는 거죠. 제 아비, 조부한테 고스란히 다 물려받고서도 빌빌대는 주제에."

"아버지 때보다는 많이 흔들리긴 했죠."

"그 와중에 또 갑질은 엄청 꼼꼼하게 해. 그거 아세요? 엄청나게 애쓰는데 얼굴 보면 다 티 난다니까요. 그 꼴 하도 보니까…. 회사에 로열티를 보여도 끝이 없다. 딱 그 심정. 요즘 말로 그…. 뭐라더라. 현타! 그렇지. 그 현타가 왔어요. 아, 이런 말도 쓰면 안 되나? 딱 그 단어 말고는 다른 말로 표현이 안 되네. 적당한 말 있으면 알아서 바꿔주세요. 아까 말했던 사회적 인간도 그렇고…. 그대로 살려 주시면 더 좋지만."

"네, 계속 얘기하세요. 어디 보자. 지금 시간이…. 오늘 생각보다 인터뷰가 좀 길어질 거 같긴 한데. 괜찮다. 시간은 충분해요. 댁까지 걸어가려면 아직 멀었어요. 저희가 매끈하게 잘 정리할게요."

"저는 기자님만 믿겠습니다. 책을 쓰겠다고 결심한 건 그 날 사무실에 들어와서였어요. 누구나 다 안다고 착각하고 있는 내용을 쓰고 싶다는 의지가 막. 아무튼, 그랬어요. 회사에서 진짜 벌어지고 일들을 말해 줘야겠다. 결심이 서니까 사람이 그렇게 차분해지고 냉정해지더군요."

"대표님 원래 모습으로 돌아온 거네요."

"좀 달랐어요. 내가 아닌 거 같은 기분? 마치 다른 인격이 내 안에 쑥 들어온 기분이었어요. 사실 전 좋게 말하면 시원시원하고, 나쁘게 보면 다혈질에 가까운 그런 사람이거든요. 그날은 아니었어요. 제가 봐도 정말 무서울 정도로 너무 차분했어요."

"딴사람이 된 거 같았다?"

"그렇죠. 냉정하게 제 미래를 상상해 봤죠. 제가 경험이 많잖아요. 사람들이 인생은 알 수 없는 거라고 말하지만 전 너무 잘 알겠더라고요."

"잘 알겠다는 게 어떤 말씀이시죠?"

"그냥. 눈에 선해요. 내 인생에 내가 없어. 안 보여."

"너무 비관적인 거 아닌가요? 대표님 솔직히 성공한 인생이잖아요. 그냥 기분 탓 아니었을까요? 스트레스가 좀 심해져서 그럴 수도 있겠고."

"단연코 아닙니다. 자신 있어요. 그때 과감하게 밀고 나가지 않았으면 안 좋게 상상한 대로 됐을 거예요. 이건 논리적으로 설명하기가 참 어렵네. 분명한 건 그때 전 최고의 선택을 했어요. 근데, 기자님. 기자님도 사진 같은 순간 경험해 보셨나요?"

"사진 같은 순간…. 아무래도 계속 사람을 만나다 보니까 그런 거 꽤 있죠. 갑자기 그건 왜 물어보시죠?"

"보통 그걸 추억이라고 하죠."

"아, 추억…. 전 다른 걸 생각했는데…."

"사람들 대부분 그런 순간들이 몇 개씩은 있지 않나요? 근데, 저는 사진처럼 남는 순간이 거의 없어요. 추억이 없다는 거죠. 깔끔해요. 시간이 지나면 좋았는지 나빴는지 그저 그랬는지 희미하게 감정만 조금 남아 있고, 구체적인 건 하나도 기억이 안 나죠."

"보통 다 그러지 않나요? 오래되면."

"아니요. 달라요. 달라. 정말 화끈하게 잊어버리거든요. 그래서, 전 몇 안 되는 그런 날. 확실하게 묘사할 수 있어요. 그러니까 그날 차가 막혀서 생각이 많아졌다고 얘기했죠? 사무실에 들어와서도 생각이 계속 이어졌어요. 정말 생생합니다. 좀 길어도 참아 주세요. 중요하거든요. 아까 다 했던 말이지만 더 실감 나게 말하자면 이런 거죠. 최고 수치로 스트레스를 받아 가며 난리 쳐 봤자 10년 후면 어차피 제가 간절히 원하는 그 자리에 있을 확률은? 없습니다. 그냥 없어요. 이건 제가 확실하게 말할 수 있어요. 제 입사 동기들하고 능력 있는 후배들도 좋은 타이밍에 알아서 이직하는 게 베스트였어요. 다른 경우의 수는 없어요. 근데, 저는 그러기엔 이미 너무 발을 깊게 넣었죠. 더 못 올라가는 게 확실해지니까 박수 칠 때 떠나고 싶었어요. 현실이었죠. 전 출근하면 일단 일에 집중하는 사람인데, 그날은 예외! 다 부질없었죠. 지금 생각해도 어처구니가 없는 건 그 시기에 전 최고의 성과를 내고 있었어요."

"잘 알고 있습니다. 그래서, 대표님의 행보가 더 충격적이었죠. 남들은 보통 명예퇴직을 신청한다고 하면 한계에 부딪혀서 선택한다고 보잖아요. 대표님하고는 뭔가 잘 안 어울렸어요."

"그렇게 생각할 수도 있죠. 제가 차장 단 지 얼마 안 되어서 의욕도 넘치고, 후배들도 어쨌든 저한테 최대한 맞춰 주려고 애써 노력하는 게 미안할 정도였어요. 제가 진행하던 프로젝트는 거의 다 잘 되었고, '회사가 원하는 최고의 인재상'에 점점 가까워지고 있을 때였으니까요."

"언론 인터뷰 진짜 많이 하셨죠."

"이런 말 하기 그렇지만 추진력도 대단했죠. 솔직히 남부러운 거 없는 호시절이었어요. 적어도 남들이 보기에는. 그런 시기에 회사와 상의하지 않고, 제 거취를 결정한 건 위험한 일이긴 했어요. 지금 잘 되고 있으니까 웃으면서 얘기하는 거지. 가끔은 아찔합니다. 그날 그렇게 결심하고 석 달 정도 후에 바로 나와서 지금 회사를 차렸죠. 질질 끌지 않는 업무 스타일 때문에 그랬나 싶기도 하고."

"그래서 더 의문이 들긴 해요. 회사에서 그렇게 승승장구하고 계시면 더 큰 커리어를 쌓는 게 보통이잖아요. 과거 인터뷰를 찾아보면 알 수 있거든요. 회사와 대표님의 호흡은 정말 환상적이었어요. 이건 개인적으로 궁금한데 마지막에 다니셨던 그 회사. 몇 년 더 다닐 걸 이런 후회하신 적은 없나요?"

"그런 후회는 안 했어요. 몇 년 더 다니는 게 지극히 상식적인 판단이었겠죠. 근데, 마음이 이미 기울었거든요. 그때부터 다른 말은 안 들렸어요. 믿는 건 저 자신뿐이었죠. 그런 무모한 도전 덕에 이렇게 다른 인생을 살고 있으니 결과적으로 좋은 선택이었네요."

"그리고, 대표님이 스타트업 하신다는 얘기도 놀랐지만 그게 출판사라서 더 놀랐습니다. 우문이지만 왜 책이었나요? 전 사실 책보다는 영상이 대표님의 노하우를 전달하기에 훨씬 더 적합하다고 보거든요."

"책인 이유는 간단해요. 자신이 있었거든요. 또 종이책이 제 취향에 가까워요. 지금까지 전자북을 내놓지 않은 이유도 순전히 개인적인 선호 때문이죠. 책을 내면 좋겠다고 처음으로 생각한 건 고등학교 때였어요. 오래되었죠."

"혹시 글은 언제부터 쓰셨나요?"

"글은 항상. 국민학교 때 쓴 일기도 글 아닌가요? 어른이 되기 전에는 주로 감정을 옮겼다면 사회에 나와서는 일을 하면서 느끼거나 깨달은 걸 주로 썼어요. 비즈니스 세계에서 실전 감각을 키우면서 쌓은 노하우는 글로 남겼죠. 무조건 손으로. 진짜 중요한 건 노트 위에 연필이나 볼펜으로 썼어요. 제가 타이핑이 힘든 세대는 아니거든요. 그래도 쓰는 게 더 좋았어요. 물성이 있는 종이 위에 연필로 쓰고 또 그 위에 볼펜으로 또 체크하고."

"요즘 세대와는 살짝 좀…."

"평소 저의 클래식한 습관을 지켜본 사람들이라면 책을 내는 게 그렇게 놀라운 일은 아니었을 거예요. 첫 책이 실용서라는 데는 반응이 반반이었어요. 일하는 저를 아는 사람들은 당연한 선택이라고 하고, 일하지 않는 저를 보는 가족들과 친구들은 의외라고 해요."

"계획을 중요시했던 대표님의 직장인 시절은 상당히 단호했던 거로 기억하는데요. 그런 대표님 이미지와는 달리 예상 밖의 도전으로 성공을 거두었으니 사람들도 더 관심을 두고 보는 거겠죠. 그럼, 책을 내기로 했던 순간에 대해 정리하자면 오랜 직장 생활로 인한 매너리즘, 이미 오래된 계획, 따님의 응원, 이상한 기분이 들었던 출근길 정도로 마무리하면 될까요?"

"박 기자님, 역시 인터뷰를 많이 해 보셔서 핵심을 잘 뽑으시네. 근데, 그날 아침에 대해서 좀 더 얘기하고 싶어요. 그게 아주 흥미롭거든요."

"그렇게 하시죠."

"아까 말했던 그날 아침 얘기 이어서 계속 할게요. 제가 아침에 운전하면서 생각을 시작해서 사무실 들어온 지 얼마 안 있다가 마음을 정했다는 거 말씀 드렸죠? 맞죠? 아까 빼먹은 게 있는데 그날 제가 회사에 도착했을 때 아무도 없었어요. 아마 부하 직원들이 몇 명 와 있었다면 또 모르겠네요. 익숙한 제 자리에 앉아서 한참 멍하게 앉아 있었죠. 출근하면 바로 커피 내리는 게 제 오래된 루틴이거든요. 커피 내리는 게 귀찮은 일이지만 인스턴트 커피랑은 완전 다른 거 아시잖아요. 그걸 빼먹은 날에는 자주 엉망이 되니까 출근하자마자 커피 한잔 내리기. 이게 내 공간에 들어오면 무의식적으로 하는 건데 그날은 안 했어요. 일을 저지르려고 그랬는지 평소와 달라도 뭐가 빠졌는지도 몰랐죠. 가만히 눈을 감고, 숨을 고르게 아주 천천히 들이마시고, 또 그만큼 숨을 내쉬었어요. 그러면 마음이 안정된다고 하던데, 전 아니었어요."

"커피 한 잔에 너무 큰 의미를 부여하시는 거 아닌가요?"

"단순히 커피를 생략한 게 아니라니까. 뭔가 생각이 한꺼번에 몰려오는 거 같다고 해야 하나. 회사에 미련을 확 버리니까 이상하게 의혹, 의심, 허무, 공허 같은 그런 단

이달의 인물

어들 있잖아요. 평상시 대화할 때 잘 안 쓰는 말들. 긍정심리학을 좋아하던 저에게 그런 부정적인 단어들이 막 달려드는 그런 느낌이었어요. 사방에서 날아오는 뭐 그런 느낌?"

"묘사력이 훌륭하시군요. 소설 쓰셔도 될 거 같아요."

"그래요? 까짓 거 마음먹으면 못할 것도 없죠. 마치 단어들이 입체적으로 뇌 속으로 빨려 들어와서 하나하나 뇌수를 꽉 잡아채는 느낌이 들었어요. 그러니까, 냉정하고 차분해진 마음과는 달리 머리는 너무 뜨겁고 과격해졌어요."

"대표님, 그럼요. 음. 결정적인 순간은 그냥 갑자기 찾아온 거라고 봐도 되나요? 많은 얘기를 하셨는데 어떤 이유도 결정적으로 보이지는 않거든요. 그냥 대표님이 그때까지 잘 참아 오다가 하루 만에 폭발했다 정도의 스토리 같은데요. 이건 제 생각인데, 제 질문에 몰입하셔서 그날 하루를 좀 더 드라마틱하게 묘사하고 싶은 그런 욕심이 생긴 건 아닌가요?"

"알아요. 작위적이죠? 혹시 허언증 같나요? 근데, 전 결백해요. 감정이 그렇게 날뛴 건 대입을 준비하던 고3 때 빼고, 처음이었다니까요. 무슨 대책 없는 사춘기 소녀 있잖아요. 그리고 보니 그날은 내 딸하고도 좀 닮았다. 핵심은 그날 아침 전 생전 본 적이 없는 나였다는 거죠. 어쩌면 나처럼 보이는 또 다른 내가 독백하고 있는 거 같은? 뭐 그런 거? 영화 있잖아요. 이병헌 나왔던 거. 제목이 뭐더라. 아! 달콤한 인생! 거기서 이병헌이 오래 모셨던 보스한테 절규하면서 외치잖아요. 소리를 고래고래 지르면서 개처럼 일한 나를 어쩌고저쩌고하면서 막 원망하잖아요. 제가 그랬다니까요. 물론, 마음속으로 그랬죠. 그날이 그렇게 엄청난 날이었는지 나중에 출근한 직원들은 전혀 몰랐죠."

"지금 말씀하시는 것만 들으면 그날 좀 위험한 상태였던 거 같은데요?"

"맞아요. 아찔해요. 가만히 방치하다가는 독백으로 끝나는 게 아니라 웃대가리들한테 막 소리 지를 거 같았어요. 안 겪어 봤지만, 곧 생길 것 같은 그런 일 있잖아요. 그런 것이죠. 더 서늘했던 건 상상이 점점 더 잔인해졌어요. 혼자서 발끈해서 분노하기 시작했죠. 저도 이해가 안 돼요. 근데 그대로 회사를 계속 다니면 농담 조금 보태서 제가 뉴스에 나올 거 같았어요. 평소에 온화한 성품의 소유자로 알려졌던 F사 오 차장의 묻지마 폭행 CCTV 영상을 단독으로 입수하였습니다. 뭐 이런 뉴스 있잖아요."

"대표님하고 지금 인터뷰하고 있는 게 다행이네요."

"참아 왔던 만큼 많은 걸 누렸지만, 누린 만큼 회의감도 계속 누적된 거죠. 회사를 키우는 데 공이 크다고 자부해 왔는데 정작 남는 건 그 한 줌 성과? 그게 전부였어요. 경제적으로 더 여유로웠던 건 맞죠. 배부른 소리 한다고 해도 변명할 생각은 없어요. 사람이 밥만 먹고 살 수는 없잖아요. 그날 아침 시작된 감정이 너무 드라마틱했지만 부정적인 충동에서 벗어나는 방법을 찾는 데 반나절도 안 걸렸어요. 생존 본능이었을지도 모르겠네요."

"책을 이미 읽은 독자들이 대표님 인터뷰를 보시면 조금 놀랄 거 같아요. 의외로 감정에 충실하세요. 책하고 느낌이 아주 달라요. 첫 번째 질문에 이 정도까지 대답해 주셔서 좀 놀랐네요. 다른 것도 아직 많이 남았는데 기대되네요."

"말씀은 그렇게 하셨지만 여기까지 중년의 진부한 성공 스토리? 정도로 생각하는 거 다 알아요. 근데, 제 인생이 그렇게 뻔했으면 인터뷰하러 오지도 않았겠죠. 안 그래요? 어쨌든 데스크에서도 저로 결정한 건 이달의 인물 섹션이랑 뭔가 잘 맞아서 팔아먹을 건더기가 있어서 그런 거 아닌가요? 안 그래요? 박 기자님."

"네…에, 맞는 말씀이네요."

"기자님이 어떻게 질문하느냐에 따라 제 얘기가 달라지겠죠. 평범한 질문을 하면 저도 평범한 답을 드릴 수밖에 없어요. 박 기자님께서 핵심에 잘 접근하시면 제 말에서 쓸 만한 내용이 꽤 될 거예요."

"잘 알겠습니다. 대표님 스토리는 호기심을 자극하는 데 성공했어요. 뭔가 있죠. 이번 인터뷰가 그걸 시원하게 밝혀 주면 좋겠네요. 기존 CEO들의 성공 스토리하고 대표님하고 어떤 게 다른 걸까요? 솔직한 화법하고, 또…. 책의 구성이 좀 색다른 면도 있긴 하지만 그건 부수적일 뿐이고요. 결국, 대중을 움직이게 했던 게 무엇일까 아직도 해석이 많이 엇갈립니다. 허심탄회하게 자기 평가를 해 보신다면요."

"자기 평가를 하기에는 좀 이르지만 예상했던 질문이네요. 제 책이 잘 팔리고 있는 건 사실이니까 분석할 필요는 있죠. 일단, 철저하게 자기 객관화부터 했어요. 시작은 화끈하게 했지만, 그 다음 준비는 제대로 해야 했으니까. 막말로 제 한계와 가능성을 알고 시작해야 성공할 수 있는 거 아닙니까?"

"네, 그러니까 여쭤본 거죠. 계속 말씀해 주세요."

"잘 들어 보세요. 보통 실용 서적은 성공을 미끼로 삼습니다. 성공이란 두 글자 얼마나 좋습니까? 수많은 주제의 실용 서적이 있어도 마지막 결론은 성공입니다. 우리가 흔히 생각하는 성공의 범주에서 크게 벗어나지 않아요. 한 번 예를 들어 볼까요? 습관을 바꾸는 데 성공했다. 다이어트에 성공했다. 작가가 되는 데 성공했다. 말버릇을 바꾸는 데 성공했다. 의사소통하는 데 성공했다. 일을 잘할 방법을 얻어서 성공했다. 당장 생각나는 것만 해도 이 정도입니다. 성공을 다루는 책들은 결국 자기 자랑의 함정에 빠져요. 내가 이렇게 저렇게 해서 성공했다. 당신들도 할 수 있다! 근데, 솔직히 까놓고 말해서 그게 현실적인가요? 이제 그런 책 절대 안 통합니다. 그 책들 다 '갑'인 사람들이 쓴 거잖아요. 어디 진짜 '을'의 입장을 제대로 대변하는 책이 있나요? 이 책이 좀 고약해 보이는 면이 있지만 왜 먹힐까요? 진짜 듣고 싶은 얘기를 해 주니까 그런 거죠. 회사가 원하는 인재가 되는 법, 조직에서 진짜 핵심 인물로 살아남는 법. 책 제대로 읽은 사람들은 제가 잘난 척 좀 해도 인정할 수밖에 없어요."

"을의 입장에서 쓴 책들은 이미 꽤 있지 않나요?"

"있긴 있죠. 근데, 제대로 된 해결책을 써 놨냐 이 말이죠. 회사 힘들면 그만둬라, 눈치 보지 마라, 네가 원하는 걸 표현해라. 그런 말 누구나 할 수 있어요. 생각해 봐요. 책에서 아주 시원한 내 마음에 쏙 드는 글이 있다 칩시다. 그거 내일 출근해서 그대로 실천할 수 있는 사람들 몇이나 있을까요? 그건 오히려 사람을 망치는 거예요. 실제로 써먹을 수 있는 걸 알려 줘야지. 안 그런가?"

"역시 대표님 말씀을 들으니까 묘하게 설득되네요."

"묘하게 설득이 아니라 확실한 공감인 거죠. 제 책에는 사람들이 진짜 궁금한 얘기가 나와 있으니까요. 그전에는 어디 그랬나? 이리저리 눈치 보다가 진짜 필요한 얘기들은 쏙 빼놨지. 사실이 그렇잖아요. 요새 겉만 번지르르한 책들이 얼마나 많습니까?"

"찾아보면 괜찮은 책도 좀 있을 거 같은데요."

"참 위험한 게 그건 일종의 선동이거든요. 다른 게 선동인가요? 사실과 주관적인 의견을 적절하게 섞어서 말하는 게 선동이죠. 선동. 저는 그런 사람들치고 진실을 말하는 사람을 본 적이 없어. 본 적이. 진짜는 저 같은 사람이죠. 말이 아니라 행동으로 옮기는 사람. 행동이 중요한 거 아니겠어요? 아까 말했던 동기들 있죠. 사회생활 같이 시작했다고 했던. 아직 조직 안에서 숨도 못 쉬고 일하고 있습니다. 제가 부럽다면서 앞에서는 저를 찬양해도 뒤에서 욕하는 것도 다 알아요. 기자님도 아시잖아요? 말이 얼마나 빨리 도는데요. 그래도 모른 척합니다. 뒷담화라도 하지 않으면 견딜 수 없는 딱한 인생이니까. 대인배가 뭐 따로 있나요? 이해하고 넓은 마음으로 품어 주면 그걸로 충분하지."

"말씀 중에 죄송하지만…. 아닙니다. 계속 말씀하세요."

"착한 사람 되는 거 생각보다 쉽지 않습니다. 면전에서 대놓고 욕하지 않으면 그러려니 하면서 봐줘야죠. 대놓고 말은 못 하겠고, 속은 뒤집히고, 돌아 버릴 거 같으니까

이달의 인물

그러는 거지. 숨 쉴 여유까지 내가 막으면 안 되죠. 돈도 없어. 명예도 없어. 자격지심, 열등감으로 꽉 찬 사람들 그러고 있는 게 당연하지. 아무리 욕해도 이 책 쓴 나라는 사람이 우리나라 최고의 전문가라는 타이틀. 그건 변함없잖아요."

"요즘 제일 뜨겁긴 하죠."

"저는 말이죠. 제가 얻은 거 다 풀어내야지. 받은 만큼 베풀어야지. 그런 생각으로 썼습니다. 최소한 인간으로 태어났으면 은혜는 갚아야죠. 그걸 모르면 인간이 아니거든. 껍데기만 인간인 척하는 거지. 정말 짐승만도 못한 것들이 너무 많은 거 아닌가 싶어요. 가만히 생각해 봤어요. 난 정말 부끄럽지 않은 인생을 살아왔거든요. 당장 내일 저세상으로 떠난다 해도 여한이 없어요."

"대표님, 그건 좀 너무 나가신 거 같은데…."

"아니 진짜! 이 사람이 속고만 사셨나! 진짜 그렇다니까요. 근데, 여력이 조금 남았다면 이거 하나는 남기고 싶었어요. 내가 이 대한민국에서 일하면서 배운 게 너무 많거든. 그게 눈에 보이지는 않지만 정말 가치가 어마어마한 고급 지식이란 말이죠. 이걸 그냥 버린다는 게 너무 아까운 거지. 누릴 만큼 누렸으면 후배들을 올바른 길로 이끌어 줘야지. 내 보기엔 요즘에 멘토다운 멘토가 없어요. 다들 제 커리어 따먹기에 혈안이지. 진짜 후배들을 아끼는 사람들이 하나 없다는 게 참 안타까워서. 그래서 이 책은 꼭 쓰고 싶었어요."

"한마디로 정리하면 사명감 같은 거네요. 사명감…."

"저기, 박 기자님 제대로 듣고 있는 거죠? 열심히 적고 있는 거 같긴 한데, 그거 나중에 다 알 수 있지 않나? 녹취도 하고 있잖아요. 왜 자꾸 적고 있어요?"

"그게 또 그렇지가 않습니다. 현장에서만 느낄 수 있는 뉘앙스가 또 있으니까요."

"그러지 말고 그냥 내 말이나 좀 집중해서 들어요. 경청! 인터뷰가 그런 거 아닌가? 내 말에 집중 안 하는 거 뻔히 다 보이는데 속내를 털어놓을 맛이 나겠나 이 말이에요. 입장 바꿔서 한 번 생각해 봐요."

"그건 오해 같네요. 제가 지금 얼마나 집중해서 듣고 있는데요."

"사진은 왜 이렇게 한쪽에서만 찍는 거죠? 이래서 한 컷이나 건질 수 있겠나. 폼 나게 뒷모습도 좀 찍고. 어? 그 뭐냐. 품격. 품격이 느껴지게. 그리고 이렇게 걸으면서 인터뷰하는데 이게 좀 생동감 있어야 하는 거 아닌가? 순간 포착. 어? 요즘 카메라도 좋잖아요. 그 좋은 걸 왜 이렇게밖에 못 쓰나. 제가 무슨 말 하는지 알죠? 제발 했던 말 또 하게 하지 맙시다."

"네, 알겠습니다. 황 기자님. 여기. 여기! 이쪽에서도.

네, 네, 조금 더 이쪽으로. 그렇죠. 조금만 더 신경 써 주세요."

"기자님, 죄송한데…. 나 화장실 좀 잠깐 다녀오면 안 될까? 점심을 좀 짜게 먹었나 봐. 물을 많이 마셨더니. 이 근처에 공중화장실이 있을 텐데. 잠깐만요. 아, 저기. 저기 있네. 두 분 여기서 잠깐만 기다려요. 후딱 다녀올게요."

"괜찮습니다. 천천히 다녀오세요."

"들어갔나요? 아, 진짜. 말 더럽게 많네. 질문을 이해하긴 한 건가? 왜 자꾸 딴 데로 빠지냐고. 황 선배, 제가 아까 말했죠. 이번 인터뷰 망이라니까 진짜. 제가 이런 촉은 틀린 적이 없어요. 진짜. 말의 밀도 같은 소리 하고 자빠졌네. 말이 두서가 없어도 너무 없어. 알맹이도 없고. 했던 말 또 하고."

"그러게. 이 정도일 줄은 몰랐네."

"그나저나 이거 도대체 어떻게 해요? 진짜 답이 안 나오는 말만 골라서 하네. 어깨에 힘 들어간 거 봤어요? 이번 아이템 편집을 최소로 하자고 했던 건데…. 어째 이건 편집을 제일 많이 해야 할 거 같네요. 황 선배, 어떨 거 같아요?"

"나는…. 코멘트 보류."

"제일 잘 팔렸던 패션지도 하루가 멀다고 폐간인데, 이거 그대로 내보내면 다음 달 우리 판매 부수 진짜 위기가 올지도 몰라요. 재작년 그 사건 기억나시죠?"

"어떤 거 말하는 거야?"

"그거 있잖아요. 정기 구독자 싹 빠졌던 사건."

"아아, 뭔지 기억난다. 인터뷰 하나 때문에 다 털렸지. 잡은 물고기들이 그렇게 다 도망갈 줄은 몰랐겠지."

"요즘 종이 잡지 보는 사람들 점점 줄어들고 있는데…. 답답하네요. 와 이걸 어떻게 포장하지? 가르치고 싶어서 안달 난 거 보이세요? 순화한다고 손보기 시작하면 끝도 없는데…."

"나도 미치겠다. 어떤 앵글로 잡아도 저렇게 어색한 양반은 또 처음이네."

"사진 컷 수도 줄여야 할 거 같은데…. 황 선배, 요즘 사람들 저런 거 싫어하는 거 아시잖아요. 이거 나가면 자기 책 판매 지수 확 떨어질 텐데. 네거티브 이슈 한 방이면 끝이에요."

"저 사람 책도 책이지만 이 정도면 우리도 위험이다. 박 기자야. 컨펌 난 거 빠꾸 먹는 거 아냐?"

"에이, 선배 무슨 그런 무시무시한 말씀을. 그러지 말아요."

"그 지경까지 가진 않겠지?"

"어쩌면 킬이 더 나을지도 모르겠다. 이런 식이라면. 이미 원원은 물 건너갔고, 루즈루즈 가능성이 제일 크네요. 한 대 태우실래요? 여기 불이요. 후….".

"박 기자! 온다! 온다! 꺼, 얼른!"

"기자님들. 저 덕분에 한숨 돌리셨죠? 다시 가 볼까요? 아까 어디까지 얘기했더라. 멘토 얘기까지 한 거 같은데….".

"바로 이어 가죠. 대놓고 여쭤보겠습니다. 이렇게 책이 잘 나갈지 예상하셨나요? 전문가들 평은 좀 박한 편인데, 보통 사람들은 아주 열광하고 있거든요. 20~30대 남녀 불문하고 아주 고르게 평이 좋아요. 이건 신뢰할 수 있는 게 요즘은 리뷰도 실구매자만 남길 수 있거든요."

"에이, 기자님. 당연히 예상했죠. 그걸 말이라고 해요. 전 말이죠. 지는 싸움은 안 합니다. 한번 지면 타격이 엄청나잖아요. 제가 전격적으로 결정했다고 계획까지 없었을 거 같나요? 천만의 말씀이죠. 전 굉장히 전략적인 사람입니다. 그래도 너무 잘난 척하는 거 같은 이런 얘기는 오프 더 레코드로 하는 거 아시죠? 기자님도 이제 인터뷰 짬은 꽤 되는 거로 아는데, 이 정도는 굳이 말 안 해도 언더스탠?"

"이 정도는 들어가도 괜찮을 거 같은데요."

"그래요? 기자님이 괜찮다면 괜찮겠죠. 알아서 해요. 그러니까 내가 서점 여기저기를 다니다 보니까 의외로 이쪽 분야 책이 거의 없더란 말이죠. 다들 멘토를 자처하고 여기저기서 아우성치고 있는데, 그야말로 가짜들이 판치고 있었어요. 다들 불나방처럼 거기 근처에서 윙윙거리고 있는 게 빤히 보여요. 이거다 싶었죠. 분노에 아주 조금만 공감해 주고, 기업에서 진짜 일어나고 있는 일들에 대한 썰 몇 가지만 풀어놔도 충성을 맹세할 자발적인 서포터들이 널렸더군요."

"검증 안 된 컨설팅에 대해서도 자발적으로 응원하는 사람들이 많긴 하더군요. 약간, 교조적으로 보일 정도? 많이 과열되어 보이긴 했어요."

이달의 인물

"어쨌거나 전 시장 조사 딱 1년 봤어요. 신간이 수천, 수만이 나오지만 내가 이제 전문가로서 제대로 된 정보를 제공하고 있는 이 분야에 빈틈이 너무 많은 거야. 아무도 거들떠보지 않았다는 건 너무 과장된 표현이고. 어쨌든 여기저기 뻥뻥 뚫린 구멍이 너무 많았어요. 사람들이 되게 똑똑한 척하지만 다들 진짜 뭐가 중요한지 모르는 거지. 세상이란 게 치밀하게 개인 털어먹는 걸 이미 다 알고 있잖아요. 그래서 이쪽 분야는 여전히 최고의 블루 오션이죠. 기업 관련해서 이렇게 접근하는 책은 또 없었고. 비슷비슷한 책은 수십 권이지만 제 책 같은 시도는 없었어요."

"대표님이 출판 흐름 잘 파악하신 건 다들 인정하고 있죠."

"그럼요, 제 책 팔리는 거 보면 인정해야죠. 사람들이 원하고 있다는 증거잖아. 내가 잘났다는 게 아니라. 벌써 5쇄면 괜찮은 성적이잖아요. 계속 난리네요. 다들. 나온 지 1년도 안 됐는데 리커버 버전을 내놓으라고 하지를 않나. 책 기획하고 원고 한창 쓰고 있을 때만 해도 전화 한 통 없었는데, 요즘 어떤 날은 전화 받느라 할 일을 못 하고 있어요. 기성 출판사에서도 심심치 않게 계약하자고 연락 오고. 아무 관심이 없었는데, 조금 뜬다 싶으니까 귀신같이 돈 냄새는 맡는다니까요. 판을 더 벌이고 싶긴 하지만 아직은 아닌 거 같아서 다 거절했어요. 수익을 나누고 싶은 생각도 없고. 북 치고 장구 치고 혼자 다 했지. 달랑 한 명 있었던 그 직원이야 내가 시키는 대로 했을 뿐이고."

"그 직원 얘기도 온라인에서는 꽤 유명하던데요."

"걔 지분도 약간 있는데 미미하죠. 이번에 나랑 같이 일했던 업체 사람들은 다 알아요. 걔랑 일하면서 내가 얼마나 속이 뒤집혔는지. 그렇게 평균 이하인 줄 알았으면 그 인간 처음부터 안 뽑는 건데."

"직원 얘기 해서 말씀인데, 그분은 어떤 과정으로 채용했는지 궁금해요. 커뮤니티에 돌아다니는 글 보면 그 직원이 꽤 많이 고생했던데. 아마 그 친구도 출판 쪽은 처음이죠? 직접 쓴 제작 일기도 꽤 화제가 되었어요. 거의 맨땅에 헤딩하기 수준으로 고생하며 일했다고."

"아니, 고생? 무슨 고생? 걔가 그렇게 말해요? 걔랑 통화라도 했어요? 어디서 되지도 않는 소리를 합니까? 그건 진짜 말도 안 되는 소리죠. 나나 되니까 그 정도 거둬 준 거지. 그런 성격, 그런 능력으로 어디 가서 환영받을 수 있을 거 같나요? 기자님도 딱 일주일만 일해 보면 걔가 어떤 앤지 그냥 알게 될 거예요. 대체 무슨 말을 어떻게 하고 다녔길래 박 기자까지 그런 얘기를 하는지 모르겠네."

"너무 흥분하지 마세요. 저는 사전 조사 자료 보고 드리는 말씀이에요."

"난 대표로서 해 줄 수 있는 건 넘치게 배려해 줬어요. 걔도 양심은 있는지 감사했다면서 알아서 갈 길 찾아간다더군요. 현실적으로 저도 사업하는 거잖아요. 그래도 난 정말 1년 채워서 퇴직금 정도는 챙겨 주려고 했어요. 걔 인내심이 그 정도밖에 안 되는데 저도 별수 없죠."

"그분 그만두셨나요? 이건 또 금시초문이네요. 그럼 지금 영업이랑 마케팅은 누가 하나요? 일이 만만치 않을 텐데요."

"외주 줬죠. 제가 진짜 말이 나와서 하는 말인데, 요새 젊은 친구들 보면…. 아, 진짜! 내가 진짜 이런 말은 안 하려고 했는데, 책임감이 없습니다. 책임감이. 일을 배울 때는 야근할 수도 있는 거죠. 일 배우는 사람이 무슨 휴무를 그렇게 야무지게 따지나요? 얄미워요. 그런 친구들은. 일이나 제대로 하면서 그런 말 하면 이해하는 척이라도 하겠어. 아니, 어떻게 하고 싶은 거 다 하면서 일을 배울 수 있냐 이 말이에요. 틈만 나면 쉴 생각부터 하고. 일이 안 되어 있으면 주말이라도 나와서 해야지. 그걸 꼭 말로 해야 아나? 남들 쉴 때 똑같이 다 쉬고 어떻게 성공합니까? 안 그래요?"

"계속 그 직원 말씀하시는 거죠. 그분이 사회생활을 많이 안 했나 봐요. 신입치고는 나이가 좀 있지 않았나?"

"입사하면서 책 나올 때까지 책임지고 일하는 거라고 동의했으면 필요한 준비는 알아서 해야지. 어떤 책이 더 잘 팔리는지 시장 조사도 좀 하고. 책 표지 색깔은 어떤 게 좋은지, 표지 디자인은 뭐가 먹히는지, 폰트는 어떤 게 세련되고 가독성이 좋아 보이는지. 이런 거 기본 아닙니까? 아무리 신입 사원이라도 시키는 것만 하면 뭐 하러 돈 들여서 채용합니까? 회사가 100을 원하면 두 배는 해야 밥값 하는 거 아닌가요? 박 기자님. 제 말이 틀렸나요?"

"그렇죠. 회사 차원에서는 그게 맞죠."

"내가 제 부모도 아니고 하나하나 다 어떻게 다 가르칠 수가 있어요? 말하니까 열받네 진짜. 내가 이런 말이나 하려고 인터뷰한 게 아닌데. 그냥 딴 얘기 해요. 딴 얘기. 뭔가 좀 더 생산적이고 미래 지향적인 얘기. 비전 같은 거 있잖아요. 왜 갑자기 개 얘기는 해서. 오늘 인터뷰 저랑 하는 거잖아요. 무슨 말 하는지 아시죠?"

"그러면, 직원 얘기는 잠시 뒤로 미루고. 말씀하신 대로 이른 질문이지만 대표님 앞으로 향후 계획부터 먼저 들어볼까요? 집필에 대한 의지가 대단하다고 들었어요."

"직원 얘기는 더 할 필요 없어요. 딱히 더 할 말도 없고. 계획이라…. 다음 책 얘기는…. 박 기자님, 다음 책 얘기 지금 여기서 처음 하는 건데요."

"정말요? 저 오늘 특종 하나 주시는 건가요?"

이달의 인물

"그렇다고 봐야지. 제가 이런 사람입니다. 알아서 원하는 거 드리잖아. 내년 하반기쯤? 그때 나오는 일정으로 준비하고 있어요. 창업하면서 혼자서 다 하다 보니까 건강을 많이 해쳤어요. 사실 지금 많이 안 좋습니다. 좋은 콘텐츠를 내놓으려면 시간도 좀 필요하니까. 천천히 하고 있어요."

"전반적으로 건강이 아주 좋은 편은 아니셨군요. 혈색은 좋아 보이셨는데…."

"큰 그림부터 그려 놓고 조금씩 생각날 때마다 디테일을 채워 넣고 있죠. 내 책이 앞으로 가야 할 지점, 만나야 할 독자들을 그려 보고 있어요."

"다음 책 주제도 연장선인가요?"

"그보다 먼저 제가 첫 책 내면서 진심으로 깨달은 게 있어요. 역시 사람은 목표가 확실해야 한다는 것. 목표가 다 이뤄지지 않는다는 것쯤은 다 알고 있어요. 그래도 세워야 해요. 반드시. 요새 욜로니 뭐니 하면서 방탕한 삶을 은근히 부추기고 있는데, 여가까지 싹 다 조종당하고 있다는 거 알아야 해요. 지금 놀러 다니고 그럴 땝니까? 여가? 여행? 그런 거 별 필요 없어요. 지나고 나면 어차피 쉬나 안 쉬나 다 똑같아. 그런 거에 속으면 안 돼요. 나도 믿으면 안 돼. 제 책에도 당당하게 써 놨어요. 다 믿지 말라고. 진짜 어른이면 그런 쓴 말을 해 줘야지. 너 하고 싶은 대로 다 해라. 이러는 건 어른이 할 말이 아니에요. 무책임한 거지. 다음 책에는 아마 그런 망상을 깨부수는 글로 가득 채우려고요. 첫 책은 대리급 이하의 친구들이 읽으면 더 좋고, 다음 책은 관리자까지 올라간 사람들이 메인입니다."

"그렇군요. 어쩌면 첫 책보다 논란이 더 심해질 수 있겠는데요."

"회사원뿐만 아니라 자영업 하시는 분들에게도 도움이 되는 내용을 넣을 거예요. 기자님도 말했지만, 반발은 더 심해지겠죠. 관리자가 됐다는 건 살아남기 위해서 할 거 안 할 거 별짓 다 해 봤다는 뜻이니까. 그렇게 해서 얻은 결과니까 얼마나 자부심이 강하겠어요. 하지만 그럴수록 마음을 열어야 합니다. 겉으로는 예의 바르게 듣는 척하면서 속으로 자만하는 사람들은 티가 나요. 그게 아니라 진짜로 확 열고 경청하는 사람들은 또 한 단계 도약하는 거죠. 깨닫는 소수의 사람만 깨닫는 거고, 아닌 사람은 자기 틀에서 절대 못 벗어나요. 마음을 못 여는 사람들은 결국 무슨 말을 해도 들어 먹지 않아요. 줘 봤자 의미 없죠."

"대표님 진짜 거침없네요. 어쨌든 기대되네요. 다음 책도 베스트셀러 되면 대표님 책이 확실한 수요가 있다는 뜻이니까요. 그런데 말이죠."

"이거 계속 걸으면서 얘기하는 것도 힘드네. 어디 잠깐

앉으면 안 될까요? 앉아서 대화하는 컷도 좀 필요하지 않나? 숨이 차네. 숨이 차."

"많이 힘드세요? 그럼, 잠깐 쉬시죠."

"간만에 인터뷰 핑계로 운동하는 거 같네요. 제가 워낙 바쁘니까 요즘에는 운동하는 시간도 사치예요. 근데, 또 생각하니까 열받네. 요즘 친구들은 뭐가 그렇게 할 게 많은지. 아니, 하고 싶은 거 다 해서 언제 일을 배우냐고요. 인생을 가치 있게 사는 게 중요하지. 가치 있는 인생은 스스로 만들어 가는 겁니다. 자기 하고 싶은 일만 하는 그런 삶이 가치 있다고 외치는 사람들 참 많죠. 다들 착각하고 있는데 자기 하고 싶은 일만 하면 어떻게 되는 줄 알아요? 나중에 하고 싶지 않은 일을 한꺼번에 해야 할 때가 반드시 와요. 결혼도 해야 하고, 애도 키워야 하고, 노후 생활 국가에서 챙겨 줄 거 같아요? 절대! 알아서 해야 한단 말이죠."

"맞아요. 자기 인생은 자기가 챙겨야 하죠."

"이렇게 험한 세상인데, 그런 낭만적인 일상이 언제까지 될 것 같나요? 절대로 개인이 바라는 대로 사회는 변하지 않아요. 나중에 환상에서 깨면 현실로 돌아오게 되어 있어요. 더 비참하게. 그걸 알았으면 좋겠어요. 젊은 친구들에게 바라는 건 그것밖에 없어요. 그거 하나만 알아도 난 충분해요."

"대표님, 이건 개인적으로 제가 궁금해서 드리는 질문인데요. 정말 순수하게 책의 제목에 대해서요. 자신의 능력을 스스로 증명해야만 회사에 당하지 않는다는 말이 이미 회사가 원하는 대로 해 주는. 그러니까 회사에 당하고 있는 거 아닌가요? 제목만 봐서는 내가 주체적으로 서야 이겨 낼 수 있다는 말처럼 보이는데 내용은 그게 아니잖아요. 회사가 하라는 대로 해야 겨우 입에 풀칠할 수 있다. 다들 그렇게 살고 있는데 별나게 굴지 마라. 그런 거 아닌가요? 책 제목만 보고 기대했는데 정반대 내용이라고 항의하는 리뷰도 꽤 많았어요. 시쳇말로 노이즈 마케팅이 제대로 먹혔다고 그러기도 해요."

"본질을 봐야 하는데, 자기가 보고 싶은 것만 보니까 그렇죠. 의문을 품는 거 이해는 하는데요. 긍정적인 리뷰가 훨씬 더 많은 건 박 기자님도 아시잖아요. 회사에 당하지 않으려면 정신 똑바로 차려야 합니다. 자신의 능력을 스스로 증명하라는 말이 진짜 뭘 의미하는지요. 그건 사실 말이죠."

—

임윤경은 올해 34살이다. 이달의 인물 인터뷰 무편집 녹취록에서 박 기자가 살짝 언급하자마자 오 대표의 분노에 찬 말의 탄환을 모조리 맞은 문제적 직원 임윤경. 윤경은 주로 아르바이트생 신분으로 일했던 프랜차이즈를 다 기억하지 못했다. 이미 사라진 곳도 있고, 상호가 변경된 곳도 적지 않았다. 윤경은 30대에 진입한 후 처음으로 인맥이라는 걸 활용했다.

윤경이 31살이 되던 해, 안정적인 직장에 대한 욕망이 최고치였을 때 윤경의 그때 나이와 같은 숫자로 끝나는 프랜차이즈에서 함께 일했던 두 살 많은 언니가 진짜길21이라는 스타트업 회사를 소개해 줬다. 출판사였다. 언니 친구의 까마득한 선배가 운영하고 있다고 했다. 윤경은 그 순간에도 열심히 아이스크림을 퍼 담으며 바코드를 찍고 있는 언니의 내년 계획 실현 가능성을 떠올렸다. 국가 고시 채용 인원이 대폭 증가한다는 기사는 딱 한 번만 더 준비해 보자는 언니의 결심에 쐐기를 박았다. 윤경은 내년 이맘때쯤 부디 언니의 합격 소식을 직접 들으면 좋겠다고 생각했다.

언니는 은근히 시기, 질투가 많은 윤경의 성격이 적용되지 않는 몇 안 되는 선한 사람이었다. 언니가 소개해 준 곳은 밥벌이만이 아닌 자아실현이라는 예스러운 가치까지 충족시켜 줄 수도 있는 업무 환경이라는 게 괜히 더 설렜다. 이번처럼 무기 계약직 형태는 또 처음이었다. 공무원 수준까지는 아니어도 복지가 괜찮다고, 크게 다를 게 없다고, 남들 다니는 직장과 비슷하다고. 그런 주관적인 이유로 약간의 기대를 품은 것도 사실이다. 정규직과 다른 차별의 덫은 일부러 생각하지 않았다.

    드디어 윤경은 직무가 아닌 직업이라는 형태로 자신이 하는 일을 설명할 수 있게 되었다는 사실에 감격했다. 예를 들어 '잠깐 하는 것뿐이야. 놀면 뭐 해 돈이라도 벌어야지. 머리 쓸 필요 없이 계속 반복하면 돼.'라며 센 척하며 말하는 것과 달리 '나 드디어 취직했어.'라고 당당하게 말할 수 있게 되었다는 의미였다. 윤경은 다른 누군가의 빈자리를 3개월 정도 채우는 것 혹은 1년 정도밖에 안 되는 불안정한 고용 상태에서 벗어날 수도 있다는 기대를 희미하게 품었다. 그런데도 경계심을 늦추지 않았던 이유는 경험의 소산이었다. 윤경이 온 정성으로 도전하고 또 도전해도 되지 않았던 정식 취업의 행운이 이렇게 쉽게 올 리 없다고 생각했다.

    윤경은 언니가 일자리를 소개해 주면서 믿을 만한 사람이라고 심플하게 오 대표를 정의해도 그 말을 온전히 다 믿지 않는 건 당연했다. 처음이자 최종이었던 면접에서 윤경의 마음은 더 확고해졌는데, 오 대표가 화려한 지난 경력을 자랑 삼아 얘기할 때도 순진하게 믿는 척 연기를 한 건 어쩔 수 없는 선택이었다. 오 대표의 눈빛이 낯익었다. 윤경은 그런 눈빛을 감지하자 내면의 깊은 곳에 처박아 두었던 순수라는 감정을 힘겹게 끌어냈다.

　윤경은 아르바이트를 하며 수많은 고용주를 겪었다. 경험으로 깨닫게 된 건 무엇보다 선명하게 남게 마련이다. 아픈 경험은 기억하려고 애쓰지 않아도 남는다. 잊으려고 애써도 결국 남는다. 윤경은 자신의 의사를 정확하게 표현하고, 당당하게 의견을 드러냈을 때 동료로 생각했던 몇 안 되는 사람들조차 순식간에 사라지는 것을 보았다. 윤경은 혼자 남겨지는 듯한 절망감을 몇 번 느끼면서 감정을 다루는 실력이 입체적으로 진화했다. 이번에는 특히 더 순수를 방패 삼고 일을 시작하는 게 옳았다. 윤경은 처음 출근하는 날, 자신의 운명을 직감했다. 윤경은 법적으로 최저 임금 수준의 연봉에도 감사하다는 말을 기어이 입 밖으로 꺼내 보였다. 오 대표는 거창한 비전을 강한 어조로 늘어놓는 대신, 윤경의 직무와 역할에 대해서는 모호한 태도로 말을 얼버무렸다.

　오 대표는 최소한의 팀을 꾸렸을 뿐, 단발성 프로젝트가 끝나면 깔끔하게 안녕을 고해 올 것이라고 윤경은 거침없이 예언했다. 윤경은 사서 걱정하는 스타일인 어머니에게 그런 예측 상황을 정직하게 말하지 않았다. 마지막 출근날을 미리 알려 드렸을 때, '수고했다.'는 한마디로 체념을 삼킨 어머니의 뒷모습은 아주 쓸쓸해 보였다.

　윤경은 첫 출근부터 기대를 완전히 찢어 버리고 뛰어들

었다. 현실적인 사전 조치는 이미 시행되었고, 그런 까닭으로 마지막 출근하는 날도 담담한 감정을 유지할 수 있었다. 아르바이트를 할 때마다 여린 마음으로 상처를 남김없이 흡수하곤 했던 윤경으로서는 진짜길21이라는 이 작은 일터에 상대적으로 가장 큰 기대를 했던 게 사실이었다. 기대가 큰 만큼 상처의 크기도 가장 크지 않을까 우려했는데, 윤경은 예상과 달리 가장 홀가분한 마지막 날을 기쁜 마음으로 맞이했다.

윤경은 지금도 27번째 버전의 최종 확정 원고를 인쇄 업체에 넘겼던 오후 4시의 공기를 잊지 못한다. 아침부터 물 한 잔 마실 틈 없이 디자인 업체 실무자와 오 대표의 실시간 수정 사항을 조율하며 끝내 최종 승인을 받아 냈다. 오 대표의 변덕과 윤경의 소심한 선택. 그 둘의 삐거덕거리는 조합은 최초의 인쇄 예정일이 해를 넘기면서까지 연기되는 근본적인 원인이었지만 윤경은 그런대로 만족했다. 끝이 안 날 것 같은 불필요한 걱정에서 해방된 것만으로도 충분했다.

윤경은 오 대표에게 조심스럽게 양해를 구하고 식사를 하고 오겠다고 문자를 보냈다. 답장을 확인하기 전에 미리 사무실 문을 여닫았다. 윤경은 초겨울에 걸린 감기의 여파로 몇 달간 지속된 잔기침이 지긋지긋했다. 숨을 참으며 복도를 지나 경쾌한 리듬의 발걸음으로 계단을 내려갔다. 엘리베이터는 일부러 타지 않았다. 건물 밖으로 나오자 찬 바람이 매서운 기세로 얼굴을 강타했다. 항상 안주머니에 넣어 둔 검은색 일회용 마스크를 바로 착용했다.

윤경은 시내로 나갔다. 한 블록만 건너면 인구 밀도가 달라지는 이 동네는 몇 개월이 지나도 신기했다. 얼마 만에 느긋한 발걸음으로 이 시간에 걷고 있는 건지 믿기지 않았다. 식탐이 강하지 않은 윤경이었지만 평소와 달리 먹고 싶었던 맛있는 음식을 찾아 거리를 돌아다녔다. 굵은 눈물방울이 후드득 마스크 위로 떨어졌다는 것을 인지한 건 윤경의 시야가 뿌옇게 흐려진 직후였다. 눈물이 별로 없던 윤경은 예고 없이 터져 나온 울음에 그저 난감했다. 예기치 못한 눈물로 시작된 울음은 곧 꺼이꺼이 소리를 동반하였다.

윤경은 소리에 반응하는 사람들의 호기심 가득한 시선들이 부담스러웠다. 마침 몇 번 가 본 적 있던 칼국숫집이 보였다. 도망치듯 식당 안으로 들어간 윤경은 바로 칼국수 곱빼기를 시켰다. 윤경은 눈물의 원인을 분석하는 건 나중으로 미루고 우선 갓 뽑은 면과 어우러진 칼국수의 따뜻한 국물을 떠서 입안으로 가져갔다. 잦아들었다. 눈물이. 울음이. 호흡이. 동시에 허기의 규모가 커졌다. 윤경은 눈을 비비면서 게걸스럽게 탱글탱글한 면발을 있는 힘껏 빨아들였다.

윤경은 서로 안 맞으면 쿨하게 헤어지자고 했던 오 대표의 첫 지시 사항이 뭐였는지 아무리 되짚어 봐도 기억나지 않았다. 유효 기간이 얼마 남지 않았다는 것을 직감했다. 오 대표는 최종 원고가 확정되고, 인쇄가 시작된 바로 다음 날. 집요하게 윤경을 공격하기 시작했다. 지나치게 많이 참아 왔다는 듯이 더 강렬하게! 이제는 어쩔 수 없다는 듯이 확고하게! 오 대표는 노골적으로 강경한 의사를 표시했다. '이러면 더 이상 당신하고 일 못 합니다.' 오 대표가 어설픈 표정 연기를 하면서 가증스럽게 말하자 윤경은 곧장 화장실로 달려갔다.

헛구역질이 재발했다. 병원에서도 '마음을 편히 가지세요.'라는 말 이외에는 별다른 뾰족한 처방이 없던 윤경의 오래된 이상 신호였다. 윤경은 더는 싸울 힘도 없다는 듯이 담담하게 받아들였다. 오 대표의 넉넉한 승리였다. 윤경은 퇴근하고 곧바로 정산 작업에 들어갔다. 일하는 동안 얻었던 것들과 잃었던 것들의 냉정하게 비교하여 분리하는 작업을 꼼꼼하게 수행하였다.

심리적인 보상은 눈에 보이지 않았기에 경력이나 성취 경험으로 치환하기가 쉽지 않았다. 윤경이 얻은 실질적인 이득과 결과물 등을 바탕으로 대차 대조표를 작성하는 게 만만치 않은 작업이었다. 극악의 스트레스 상황에 장시간 노출되었던 걸 고려하면 심리적 보상 수치는 예상 밖으로 높은 편이었다. 나쁘지 않은 결과였다. 윤경은 이미 기대를 접었던 자신을 다독였다. 모든 관계는 기대를 얼마나 충족시켰느냐로 요약할 수 있다. 윤경은 현실주의자처럼 자신을 포장하는 데 능숙했다. 이상주의자의 삶을 꿈꿔 왔던 철없던 어린 시절의 윤경이 전혀 존재하지 않았던 것처럼.

'당신 친구 없었지?', '무슨 일을 그렇게 두서없이 하니?', '네가 애니? 아니 정말 애 같아.', '너 참 비인간적이야. 그딴 식으로 하면 어디 가서도 환영받지 못해.', '네가 생각하는 게 창의적인 거 같니?', '내가 힘들면 네가 좀 더 날 배려해야 하는 거 아니니?', '아직도 나를 몰라. 도대체 그렇게 얘기했는데 아직도 모르겠어?', '너한테 지금껏 뭘 가르쳤는지…. 허무하다. 허무해.', '내가 무슨 말 하는지 몰라?', '내가 무슨 말 하는지 이해가 안 가냐고?', '죄송하다고 먼저 말하는 게 먼저지, 무슨 말이 그렇게 많아?', '내가 사람 하나 만들었지. 나나 되니까 당신 데리고 있는 거야. 감사한 줄 알아.', '이딴 식으로 사람 열받게 하지 말고!', '내가 당신 월급 왜 깎으려 하는지 알아? 지금까지 당신 가르치느라 허비한 내 소중한 시간에 대한 페널티야. 나 그렇게 돈 없는 사람 아니야.', '네가 알아서 좀 해. 아직도 이걸 알려 줘야 해?', '생각하지 말고 그냥 내가 시키는 대로 해.', '이런 건 좀 알아서 해라.', '난 말이야. 내 딸이 커서 당신 닮을까 봐 걱정돼.'

윤경은 일상의 언어 조합을 통해서도 심심치 않게 감정을 능욕하는 오 대표의 특별한 능력을 버텨 낼 재간이 없었다. 윤경은 그럴 바엔 시원하게 오 대표의 전용 감정 쓰레기통이 되기로 하고, 그저 묵묵히 감내했다. 심장이 녹아내리는 것 같은 언어폭력에 하루 종일 노출되어도 절대 울지 않았던 윤경은 자신이 인내심이 이렇게 강한 사람이었나 싶었다. 윤경은 아르바이트를 할 때 가끔 들었던, 육두문자가 섞인 보편적인 욕보다 정교한 모멸의 언어를 경험했고, 멸시의 시선을 견뎌 냈다. 오 대표의 언어는 체인지업에 능한 투수의 공처럼 변화무쌍했다. 깊이 있는 조롱이기도 했고, 본 적 없는 오 대표의 전 부하 직원들과의 비교이기도 했으며, 때로는 다른 누구도 아닌 윤경을 자기 손으로 채용했다는 실책에 대한 자학적 분노를 난사하는 수단이기도 했다.

스타트업 회사답게 중간 관리자가 없었다. 정리되지 않은 채로 부유하는 생각의 덩어리에 불과한 오 대표의 지시 사항을 능숙하게 처리하는 것은 윤경에게 불가항력적인 일이었다. 윤경은 이미 갖추고 있어야 마땅했던 일 센스가 없는 자신의 머리를 통째로 부정하고 싶었지만 명백한 사실이었다. 윤경은 유난히 일을 더 못했다. 물론 일을 못하는 건 오 대표도 마찬가지였다.

윤경은 스스로 일을 잘하지 못하는 이유를 너무나 뼈아프게 잘 알고 있어서 자신 때문에 주변 사람들이 힘들어하는 것에 죄책감을 느끼는 현실 속에 살았다. 반면 오 대표는 자신을 굉장히 일 잘하는 사람으로 과대평가하여 주변 사람들이 힘들어하는 것을 전혀 알지 못한 채 착각 속에 살았다. 둘의 결정적인 차이점이었다.

오 대표의 불호령과 윤경의 소심한 행동. 마이너스 시너지 효과는 상상을 초월했다. 윤경의 느린 업무 처리 능력은 오 대표가 볼 때는 기본적으로 갖추어야 할 직무에 대한 최소한의 이해조차 커버하지 못한다고 평가받았다. 윤경이 제자리걸음과 비슷한 형국으로 일을 처리하는 속도가 더 느려질수록 오 대표의 분노는 활활 불타며 거세졌다. 윤경은 점점 지쳐 갔다. 윤경이 더 고통스러웠던 순간은 오 대표의 행동에서 자신의 모습이 보일 때였다. 두 사람이 비슷한 행동 방식으로 일의 진행이 느려져도 윤경은 오 대표에게 사무치는 불만을 표현할 수 없었다. 윤경은 오 대표가 심하게 질책할 때마다 마음 깊은 속에서 '지금, 당신이 똑같이 하는 개 같은 짓거리야.'라는 말이 부글부

글 끓었다. 윤경은 오 대표에게 말해 주고 싶었다. 윤경은 몇 개월 동안 푹 삶은 그 말을 오 대표의 얼굴을 똑바로 쳐다보면서 꼭 해 주고 싶었다. 윤경은 우연히 오 대표를 만나는 순간이 온다면 그 말을 반드시 해 주겠다고 다짐하고 또 다짐했다.

윤경은 20대의 전부를 공무원 시험에 올인했지만, 최종 합격을 한 적이 없으니 사회적인 평가 기준에 따르면 아무런 결과가 없다는 것을 인정해야만 했다. 합격 아니면 불합격. 중간은 없었다. 윤경은 주소지를 옮기는 편법을 쓰면서까지 마지막으로 도전했던 지방직 9급 공무원 시험에 최종 불합격하던 그 날을 자주 떠올렸다. 어머니 역시 화를 낼 힘이 남아 있지 않았다. 윤경은 달라지지 않는 자신이 마음에 들지 않았다. 윤경은 윤경이었다. 죽었다 깨어나도, 남처럼 살고 싶어 발버둥을 쳐도, 윤경은 그저 어제와 조금 다른 윤경이 될 뿐이었다.

윤경은 진짜길21을 마지막으로 일반적인 사회생활을 깨끗하게 포기했다. 먹고살 길이 막막했지만, 윤경도 글을 한번 써 보기로 마음먹었다. 조직에서 재능을 키우는 건 불가능하다는 것을 확인한 윤경은 초등학교 때부터 죽기 전까지 꼭 한번은 이뤄야 할 목표 중 하나인 책을 쓰기로 했다. 평생 이뤄져도 그만 안 이뤄져도 그만이라는 듯

이달의 인물

한 버킷 리스트의 빛바랜 목표 위 먼지를 털어 냈다. '내가 직접 쓴 책 내 보기.' 윤경은 퇴사 후 첫 책은 평범한 에세이를 쓰려 했다. 윤경에게 남들처럼 살고 싶은 무의식이 남아 있어서 정해진 목표였다. 윤경은 자신이 참여했지만, 도무지 공감할 수 없던 오 대표의 책이 예상외로 큰 반향을 일으키는 기현상을 보며 자신감을 얻었다.

  윤경이 진짜길21에서 일을 하며 소가 뒷걸음치는 격으로 알게 된 사실. 독립 출판이라는 새로운 생태계가 태동하여 이미 안정적인 단계에 접어들었다는 걸 알게 되었고, 기본적인 투자금이 가장 적은 분야에 속하며, 사람에 따라서 책 한 권 내는 게 회사에 다니면서 진급하는 것보다 훨씬 더 빨리 이룰 수 있는 목표라는 걸 알게 되었다. 윤경은 더 나아가 에세이로는 자신의 가치관을 솔직하게 드러낼 수 없다는 발 빠른 판단으로 단편 소설로 종목을 바꿨다. 쇼트 트랙 선수가 스피드 스케이팅 선수로 전향해서 성공하는 걸 봤던 윤경은 그렇게 자신의 첫 번째 책의 성격을 고심 끝에 변경하였다.

  윤경은 그동안 경험했던 자신의 이야기들을 조합하면 그럴싸한 소설 한 편이 완성되는 것은 그렇게 어렵지 않은 일이라고 방심했다. 윤경은 알고 지낸 사람들의 성별을 바꾸고 자신이 좋아했던 이성의 인격, 환상을 품었던 순간들을 한 인물 속에 욱여넣었다. 윤경이 일관성 없이 창조한 인물은 이해하기가 어려웠다. 이해할 수 없는 인물을 보면서 어디서부터 고쳐야 할지 감도 오지 않았다. 보통 사람들의 보편적이고 객관적인 시각이 필요했다. 윤경은 심혈을 기울여 쓴 원고를 믿을 만한 몇 명의 가까운 친구들에게 조심스럽게 보여 줬다. 윤경은 친구들의 모호한 표정과 음성이 반복되자 뒤늦게 이상한 낌새를 알아차렸다. 어느샌가 친구들은 윤경의 소설을 읽지 않고 침묵했다.

윤경은 이번에도 발을 잘못 들여놨다고 느꼈다. 충분히 예상 가능했고, 놀랍지 않은 일이었다. 그런데도 윤경은 물러서지 않기로 했다. 뭔가 잘못되어 가고 있었지만, 다른 길로 가는 플랜B는 애초에 세우지 않았다. 윤경 이외에는 누구도 몰랐던 배수의 진. 윤경이 쓴 소설은 상투적이었다. 진부한 표현들로 범벅된 문장들은 세련미도 없었고, 무딘 날로 풍자해 봤자 다들 심드렁한 반응뿐이었다. 수박 겉핥기식의 묘사로는 최소한의 공감도 얻을 수 없었다.

윤경은 계획한 대로 된 것은 아무것도 없었지만 의외로 마음이 편해졌다. 정확히 말하자면 마음이 편해졌다고 자신에게 강요하며 이미지 트레이닝을 멈추지 않았다. 윤경은 소설 쓰기를 멈출 생각이 없었다. 다음 소설의 화자를 결정하였다. 윤경과 가장 가깝게 지냈던 유일한 대학교 친구 박대민. 싫증을 잘 내고 까다로운 대민의 성격을 군말 없이 받아 주는 친구는 윤경이 유일했다. 오늘 윤경은 졸업하고 바로 기자가 된 친구 대민을 만나러 갈 생각에 들뜬 마음을 감출 수가 없었다. 대민이 기자가 될 줄은 몰랐다. 더 놀라운 건 7년째 같은 잡지사를 다니고 있다는 사실이었다. 말수가 많지 않던 대민이 능숙하게 취재하는 모습은 좀처럼 상상하기가 힘들다. 대민이 주인공으로 등장하는 새로운 이야기의 뼈대를 쌓아 갔다. 윤경은 신발을 신다 말고 거울을 들여다봤다. 전신 거울에 비친 당당한 모습이, 당당한 표정이 낯설게 느껴졌다. 윤경이 대민과 잘 지냈던 건 대화하는 게 즐거워서였다. 대민만이 유일하게 윤경의 말에서 핵심을 잘 뽑아 공감해 줬고, 윤경 역시 잘 보이지 않는 대민의 섬세한 배려를 알아봤다. 거짓말처럼 끊어졌던 대민과의 인연이 재개되었다. 윤경은 대민과 수다를 떨면 새로운 소설 한 편의 결말, 유난한 풀리지 않는 이야기의 힌트를 얻게 될 것이라고 기대했다. 윤경은 아무리 황당한 얘기를 해도 대민이 매몰차게 돌아서지 않을 것이라는 걸 알았다. 윤경은 대민이 새로운 소설의 키를 쥐고 있을 거란 사실을 믿어 의심치 않았다.

―

박 기자는 피곤한 상황이 벌어지기 전에 대학교 시절 절친이었던 윤경이 전화한 진짜 이유가 궁금해졌다. 윤경은 갑자기 전화한 것도 모자라 자신이 다녔던 회사 대표를 인터뷰해 보면 어떻겠냐고 제안했다. 윤경의 전 회사 대표가 오 대표라는 사실은 이달의 인물 인터뷰이 선정 건으로 한참 회의를 하던 중에 알게 되었다. 박 기자는 윤경을 이 세상에서 부탁이라는 걸 제일 못하는 친구로 기억하고 있었다. 그런 윤경이 졸업하고 처음 전화해서 한 말이 그런 부탁이었다.

박 기자는 밥이나 먹자는 말로 대답을 대신했다. 박 기자는 윤경이 계속 공무원 시험을 준비하고 있다는 걸 알고 있었다. 연락을 주저할 수밖에 없었는데, 먼저 연락을 준 윤경이 그저 반갑고 고마웠다. 정작 박 기자가 윤경을 만났을 때는 오 대표 얘기를 듣지 못했다. 박 기자가 먼저 오 대표 얘기를 꺼내면 '난 그런 얘기 한 적 없는데?'라며 황당한 표정으로 대답할 것 같은 얼굴이었다. 박 기자는 지난 얘기는 거의 생략하고, 느닷없이 책을 만들고 있다는 최근 근황에 더 큰 비중을 둔 윤경의 자랑이 어색했다. 예고편 없이 다소 약한 반전 영화를 보는 듯했다. 박 기자는 윤경에게 미안한 마음이 들었지만 오랜만에 본 친구에게 불편한 진실을 말하지 않기로 했다.

박 기자는 윤경이 다녔던 회사의 전 대표, 그러니까 오

대표를 인터뷰할 생각이 전혀 없었다. 박 기자는 윤경과 저녁을 먹고 사무실로 돌아와 오 대표를 좀 더 자세히 검색했다. 지지와 비난의 댓글 퍼레이드로 커뮤니티를 장악하면서 판매 속도가 가속화되는 것을 보고 화가 치밀었다. 오 대표의 책이 시장에서 통한다는 것 자체를 이해할 수 없었다. 그렇게 박 기자는 윤경과의 개인적인 인연과 다소 뜬금없는 제안에도 불구하고 짐짓 모른 척하고 있었다.

박 기자의 개인적인 생각과 달리 회사는 그런 걸 따지지 않았다. 화제가 되면 일단 물어뜯고 보는 게 이곳의 법칙이라는 것을 깜빡했다. 편집 데스크와 일선 기자들 사이에서 예상치 않게 논쟁의 불이 붙었다. 당연히 킬될 줄 알았던 인물이 규모가 큰 커뮤니티의 댓글 양상과 비슷하게 의견이 갈려서 긴장감이 형성되었다. 보통 인물을 선택할 경우 한쪽으로 금방 기우는 게 보편적인 순서인데, 왜 이렇게 오락가락 분위기가 갈피를 못 잡고 있는지 미칠 지경이었다. 일주일이나 지속한 찬반 토론 끝에 인터뷰 대상자로 오 대표가 결정되었을 때 박 기자는 그대로 도망치고 싶었다. 박 기자는 도망은커녕 인터뷰의 진행자로 발탁된 것이었다. 데스 매치의 교체 선수로 투입된 기분이었다.

박 기자는 녹취록을 다 풀어내면서 초인적인 힘을 발휘했다. 평소보다 두 배 이상의 줄담배를 피워 댔다. 인터뷰 내내 계속되는 자기 자랑을 참아 가며 윤경이 다녔던 회사의 대표란 작자의 말을 곧바로 다시 듣는 건 고역이었다. 박 기자는 나눠서 일한다고 될 게 아니라는 게 분명하다는 판단하에 그날 밤을 꼬박 새웠다. 다음 날 아침, 박 기자는 인터뷰인지 소설인지 분간하기 힘든 이달의 인물 인터뷰 기사 초안을 데스크에 넘겼다. 예상대로 난리가 났다. 박 기자가 그렇게 반대할 때는 다들 융통성 없다고 왜 그렇게 부정적이냐고 그렇게 조롱 아닌 조롱을 하더니, 정리된 인터뷰 전문을 보고는 하나같이 고개를 흔들었다. '아니, 이런 사람이었어요?', '그러게요. 건질 만한 게. 없네. 없어.'

그 인터뷰 기사로 말할 거 같으면 박 기자가 온 신경을 다 쏟아서 그나마 고운 체로 걸러 내고 허용 가능한 수준으로 애써 포장해서 힘겹게 만든 결과물인데 말이다. 김 선배는 시간이 촉박하지만 '엎고 다시 가자.'는 은근한 목소리로 협박 아닌 협박을 했다. 새로운 인물을 찾으라는 김 선배의 지시는 예상 가능한 시나리오였다. 박 기자는 엊그제 진행했던 이달의 인물 인터뷰가 전면 백지화되었다는 사실에 안도했다. 더는 수정이 불가능할 정도로 난감했던 오 대표의 가치관은 적지 않은 방향에서 사측과

정면으로 충돌했다. '본지의 편집 방향과 무관합니다.'라는 안내 문구로 해결할 수 있는 수준이 아니었다.

　박 기자는 조직 생활이 신물 났지만, 대단히 현실적인 사람이었다. 박 기자는 아무리 화가 나고 가슴이 답답해져도 진짜 나갈 수밖에 없는 최후의 상황이 연출되기 전까지는 절대로 회사 밖으로 나갈 생각이 없었다. 박 기자는 처음부터 다시 몸에 익은 오래된 행동을 반복했다. 경제/경영에서부터 문화/예술까지 구미를 당기는 기사를 꼼꼼히 살펴봤다. 인터뷰하자고 하면 좋다고 수락할 인간을 찾는 시간. 이틀이면 충분하다. 그런데 박 기자는 윤경이 오 대표 같은 인간하고 인터뷰하는 걸 왜 부탁했는지 의문이었다. 박 기자는 윤경과 다시 통화하면 꼭 물어봐야겠다고 생각했다. 박 기자의 상식으로는 이해할 수 없는 윤경의 부탁. 박 기자는 윤경이 부탁했던 진짜 이유가 따로 있고, 그 이유를 듣는다면 이해할 수 있을 거로 추정했다. 박 기자가 대학 시절 봤던 윤경은 최소한의 상식은 있는 친구였다. 앞으로도 윤경을 상식적인 친구로 기억하기 위해서 그 질문은 필요했다. 박 기자는 '윤경에게 전화. 오 대표와 인터뷰를 부탁한 진짜 이유?'라고 휘갈겨 쓴 포스트잇을 모니터 한 귀퉁이에 잘 보이도록 붙여 놓았다. 박 기자는 새로운 인터뷰 대상자를 검색하기 위해 마우스 휠 움직이는 속도를 좀 더 높였다.

자료번호 : 2019-03-07-14
생산일시 : 2019. 4. 16, 15:06 ~ 19:12
자료형태 :
.wav (Soft copy, voice) /
.doc (Soft copy, text) /
A4 80g 18Page (Hard copy, paper)
자 료 명 :
2019년 5월, 기획 인터뷰(이달의 인물) 녹취 무편집 본.
자료요약 : 2019년 1/4분기 의외의 베스트셀러 '회사에 당하는 회사원, 회사가 감당하는 회사원'의 저자 오용섭과의 인터뷰 녹취 전체 내용.

보관연한 : 1년
기사채택여부 : (Y/N)

이달의 인물

폭력적인 호의

재희씨 드시고 싶은 거 있나요? 20:48

 김 대리가 이긴 게 맞지만 내가 진 것도 아니다. 혼신의 힘을 다 쏟아 내는 사람 앞에서 나로서는 이 정도로 마무리하는 게 최선의 결과였다. 김 대리와 식사를 하고 커피 한 잔을 마셨던 곳은 내가 졸업하고 나서 꾸준히 드나들었던 카페다. 대형 프랜차이즈의 거친 공세에도 잘 버티고 있던 동네의 작은 개인 카페. 마음을 편하게 해 주는 조용한 분위기가 주인을 많이 닮았다. 나이를 물어본 적은 없지만 못해도 다섯 살 이상 많을 것으로 추정되는 주인은 긴 시간 날 봐 왔지만 내 신상을 물어본 적이 없었다. 선을 넘지 않는 주인의 처세술은 곧 전략이었다. 손님이 뭘 원하는지 정확하게 파악했다. 엊그제 지나가다 무심결에 카페 안을 한참 들여다봤지만 끝내 들어가지 않았다. 주인은 지금까지 그랬듯 내 안부에 관심이 없을 것이다. 아주 가끔 '요즘 그 친구 안 오네.'라고 혼잣말을 하며 묵묵하게 제 할 일에 열중하고 있을 것이다. 구김살 하나 없는 성격을 자랑하는 내 친구는 왜 그 귀한 아지트를 버렸냐고 타박했다. 설명해 줘도 이해할 리가 없을 땐 화제를 돌리는 게 덜 피곤하다. 그냥 더 좋은 곳을 찾았다고.

—

나는 내 감정을 보호하기 위해 견고한 성을 평생 쌓아온 사람이다. 성 안의 진짜 나를 볼 수 있는 사람은 거의 없다. 부모님도 마찬가지. 성이 무너졌다. 그런데 무슨 대단한 이유로 단단한 성의 외벽이 무너진 게 아니다. 그날은 흔한 회식이었다. 업무의 연장이라는 다짐을 잊지 않고 마지막까지 정신을 놓지 않았던 회식 자리에서 잠시 긴장을 놓았던 게 화근이었다. 사방을 살피며 조심하고 또 조심해야 했다. 방심한 단 한 번의 틈이 돌이킬 수 없는 균열의 군집으로 커지면서 성의 외곽은 완전히 무너졌고, 나는 무방비 상태로 노출되었다.

나는 피하지 말았어야 했다. 내가 소화할 수 없는 타인의 마음을 인지했을 때는 정확한 거절만이 유효했을 텐데. 양질의 영양분 없이 알아서 잘 자라는 타인의 호감을 애써 모른 척할 때, 과감한 행동을 유발할 수도 있다는 걸 왜 몰랐을까. 나의 소극적인 회피 행동은 세련된 출구 전략이 될 수 없었다. 물러서지 말았어야 했다. 김 대리가 처음 나에게 보낸 사적인 시그널부터 정면으로 맞서 산산조각 내야 옳았다. 미적지근한 친절과 부정확한 의사 표현은 빈곤한 상상력으로 점철된 김 대리의 오해를 키웠다. 내가 사회생활의 기본이라고 생각한 웃는 얼굴은 김 대리의 감정이 증폭하는 가장 큰 이유가 되었다. 드러난 감정과 숨겨진 감정이 뒤섞여 공존하는 이 복잡한 사회에서 나의 웃는 얼굴은 끊임없이 재해석되었고, 내 의도대로 기능한 적이 거의 없다는 걸 마침내 깨달았다.

—

나는 2년 차 평범한 직장인. 나름 탄탄한 중소기업에서 일하고 있는 나의 소소한 계획은 예상대로 순항 중이었다. 첫 직장은 1년 정도만 더 버티다가 3년 이상의 경력이 확보되면 연봉, 노동 강도, 복지가 균형을 이루고 있다는 평가를 받는 F사로 이직하리라는 야무진 꿈을 이루기 위해 존재하는 임시 정류장일 뿐이다. 내 계획은 성긴 디테일과는 별개로 기초적인 문해력만 있다면 누구나 쉽게 이해할 수 있는 간단한 목표와 목적을 포괄하고 있었다.

졸업한 지 얼마 안 되었을 때 만났던 컨설턴트는 좀 특별했다. 열정의 색깔이 남달랐다. 학부생 때 참여했던 그 어떤 취업 프로그램도 도움이 안 되었는데, 그는 전화 한 통에서 느껴지는 품격부터 남달랐다. 그는 나에게 서류 전형 통과의 비법을 알려 줬다. 결과적으로 내가 이곳에서 일하게 되기까지 큰 역할을 하신 분이다. 며칠 전 헤드헌팅 업무까지 겸한다는 인사 문자를 보내왔다. 역시 다정다감한 사람. 대량 문자 발송 시스템을 이용한 안부라도 상관없다. 내가 원하는 정보가 들어 있다면 그것만으로 충분히 다정하다. 그에게 효과적으로 어필할 수 있는 싱싱한 경력이 완료되기까지 얼마 남지 않았다. 나만 잘 버틴다면 경력 코디네이팅은 그리 어렵지 않을 것이다. 전문가의 손에 의해.

위력적인 기적의 소용돌이는 최종 면접에서 더 큰 파괴력을 발휘해 나를 이곳에 데려다 놨다. 서류 전형에서 떨어진 게 수십 번, 1차 면접에서 떨어진 게 일곱 번, 최종 면접에서 떨어진 게 다섯 번 정도 되자 합리성에 기반했던 나의 판단 능력은 눈에 띄게 성능이 저하되었다. 합리성이 줄어들자, 엉뚱하게 늘어난 건 인지 부조화 심리였다. 나 같은 훌륭한 인재를 알아보지 못하는 건 사회 탓이다! 될 대로 되라는 심정으로 임했던 최종 면접. 어려 보이는 외모와 달리 노련한 눈빛의 주인이었던 면접관은 마지막으로 하고 싶은 말 있으면 실컷 해 보라고 했다. 그건 보통 면접관이 마지막으로 던지는 함정이라는 게 컨설턴트들의 공통된 견해였다. '실컷'이라는 단어가 거슬렸던 나는 기어코 마지막에 냉소적인 열변을 토했다. '저는 이곳에 뼈를 묻을 생각은 없습니다만, 만약 일할 기회가 주어진다면 가성비 좋은 인재가 되겠습니다.'라고, 나는 아무 망설임 없이 말했다. 정적이 흐르는 가운데 면접관 중 한 명이 피식 웃었던가. 기억이 흐릿하다. 그 아슬아슬했던 순간에 운이 크게 작용했다는 말 외엔 달리 설명할 길이 없었다.

부모님의 적당한 사회적 지위, 비교적 어린 나이, 서울 소재 이름만 들어도 알 수 있는 대학에서 4년 내내 놓치지 않았던 빛바랜 장학금이 주는 은근한 자부심도 지극히 평범한 수준이라는 게 3대3 최종 면접에서 허무하게 드러났다. 물론 오른쪽에 앉아 있던 사람이 '조직 생활이 뭐라고 생각하나요?'라는 갑작스러운 면접관의 질문에 대답하다가 스텝이 꼬여 '씨발.'이라는 욕설을 무의식적으로 내뱉은 건 내게 큰 호재였다.

2명의 최종 합격자 명단에 나를 포함한 이유는 무엇일까. 오차 범위를 한참 벗어난 한 인간을 구제하려는 회사의 쓸데없는 관대함일 수도 있고, 속는 셈 치고 뽑아서 단

물을 쏙 빼 먹어 본때를 보여 주자는 전략일 수도. 이유가 뭐가 되었든 간에 나에게는 감사한 일이었다. 입사한 이후 '네가 걔라며.'라는 말을 종종 들었지만 줄기차게 미소로 화답하자 사람들은 금세 흥미를 잃었다.

이제 와서 보자면 모든 일은 이미 일어난 일이 되어 버렸다. 출처를 안다고 하더라도 손을 쓸 수 없는 말들이 저마다의 생명력으로 무성하게 뻗어 나갔다. 뒤를 돌아본다 한들 아무런 소용이 없다. 다시 그 순간으로 돌아간다면 철저하게 내 마음을 바로 표현할 거라고 다짐해 보지만 역시 별 소용 없다는 걸 알고 있었다. 나는 마른세수를 하며 후회를 거듭했다. 다짐은 대개 실패로 끝난다. 변함없는 미래는 정신의 통증을 더 강화하는 변하지 않는 과거와 비슷한 것이다. 변하지 않는 과거. 이 말은 정답에 가깝다. 과거는 절대 변하지 않는다. 과거가 변하지 않으면 현재도 변하지 않고, 당연하게도 미래도 변하지 않는다. 그 말은…. 과거의 어떤 순간으로 인한 미래는 정해져 있다는 뜻이다. 의미 없는 가정은 인류의 역사보다 훨씬 더 작고 사소할 수밖에 없는 한 인간의 역사 앞에서도 동일하게 적용된다. 가정은 미래의 고통을 가중할 뿐이다. 아마 난 그때로 다시 돌아간다고 해도 사람 좋아 보이는 미소를 지으며 최소한의 방어만 했을 것이다. 김 대리가 처음 호감을 보인 순간부터 소극적인 대처로 일관했던 나는 끝내 그의 폭발을 지켜볼 수밖에 없었다. 김 대리를 원망하는 것은 내 인생에 도움이 되지 않는다는 걸 너무 잘 알고 있었지만, 화를 누르면 누를수록 더 큰 탄성을 머금고 심장과 목덜미를 중심으로 터져 나왔다. 지금 내 눈앞에 펼쳐진 뜻밖의 결과는 내가 바란 게 아니지만 내가 해결해야만 한다. 조직은 조직을 위해서 언제든지 얼굴색을 바꾼다. 갑자기 표정이 왜 그러냐고 항변해 봤자 달라지는 것은 없다. 받아들이고 다른 방식으로 대처하는 게 현명하다.

나는 알고 있다. 주로 자신에게 한없이 관대하고, 남에게는 지나치게 엄격한 보통 사람들. 그들이 바라는 사회적 잣대의 잔인함을 알고 있다. 그래서 나는 사회가 평균적으로 요구하는 행동을 훌륭하게 소화할 수 있는, 그야말로 생존을 위해 필요한 능력을 갖췄다. 그걸 간단하게 축약한다면 참 잘 견뎠다는 말이다. 튀지 않으면서도 은근히 능력을 어필하고 내 사생활의 몫을 챙길 수 있는 눈치도 있었다. 상사들은 나의 그런 발 빠른 대응을 부러워하면서도 질투하지는 않았다. 오히려 기특하게 여겼다. 질투의 감정을 드러내기에는 체면이 안 설 정도로 지나치게 먼 경력 차이. 세속적 성공을 위해 날이 바짝 선 그들의 시선으로부터 자유로울 수 있던 건 나에게 최고의 행운이었다. 신입에게 가혹한 상황도 종종 있었다. 최상급의 난이도를 자랑하는 퀘스트가 갑자기 제시되어도 어렵지 않게 뚫고 나갔다. 나는 잘 참는 사람이니까. 지금도 여전히. 참는 건 조직 생활에 필요한 기초 체력 정도라고 보면 적당하다. 기초 체력 없이는 어떤 일도 불가능하다. 미래에 대한 불안으로 시달리고 있는 회사원의 들뜬 열정의 밑바닥까지 게걸스럽게 흡수하고 있는 탐욕스러운 조직에서 살아남기 위해서는 참아야 했다. 해야 할 말이나 하고 싶은 말을 하지 않는다는 기괴한 인내만으로도 가져올 수 있는 알짜배기 평판이 꽤 많았다. 난 계획에 따라 스스로 기한을 두고 시작했기 때문에 웬만한 자극에는 반응하지 않으며 묵묵하게 역할 놀이에 몰입했다. 문제의 김 대리가 우리 회사에 오기 전까지는 별문제가 없었다. 그런데, 그러니까….

단단해 보였던 나의 심리 상태가 무너질 수도 있다는 걸 가장 먼저 안 사람은 불행하게도 내가 아니었다. 나에게 일의 처음과 끝 지점을 지정해 주고 끝까지 확인해야 직성이 풀리는 사람. 자신의 영향력을 벗어나면 조금 전까지 웃다가도 냉기 어린 표정을 천연덕스럽게 드러낼 줄 아는 사람. 남 차장은 부서 내에서 서열상 나와 가장 가깝지는 않았지만 바로 뒷자리에 앉은 이유만으로 나의 모든 움직임을 지켜보았다. 남 차장의 능력은 비범했다. 사람들을 관찰하고 변화의 기운을 감지하는 능력은 그 누구도 따라갈 수 없었다. 정치력도 나쁘지 않아서 부서를 넘나들며 얇지만 넓은 인간관계를 꽤나 긴 시간 동안 유지하고 있었다. 인신공격과 질투가 잘 배합된 살벌한 남 차장의 뒷담화는 좌중을 압도했다. 당사자가 보이면 눈 하나 깜짝 안 하고 순식간에 미소가 새겨진 가면을 쓰고 곰살궂게 응대하는 남 차장의 모습에 한 번쯤은 감탄했으리라. 지나가는 회사 동료를 보면 바로 그 자리에서 기본적인 가족 관계, 진급 사항, 비공식 최측근, 최근 에피소드, 사내 불륜 관계 같은 아킬레스건까지 누구보다 더 빠르고 정확하게 읊조렸다. 기억력, 의사소통 능력, 상황 판단 능력을 통해 파악한 거대한 데이터베이스 한가운데 똬리를 틀고 앉아 안정적으로 자리를 차지하고 있었다.

남 차장은 수시 채용 경력직으로 이직한 김 대리의 눈빛을 정확하게 포착했고, 이해할 만한 심리적 증거를 모았다. 나에게 묻지도 않은 채 제멋대로 장황한 브리핑을 시작하곤 했는데 '언제까지 가만히 지켜보고 있을 거야?'라는 지겨운 말로 끝나기 일쑤였다. 가만히 있지 않으면 뭘 해야 하는 걸까. 때로는 무대응이 나쁘지 않은 처세술이라고 믿었던 나는 남 차장의 말에 시원한 대답을 하지 못했다. 나는 '직장 동료의 급격한 감정을 불러온 당사

폭력적인 호의

자.'라는 기묘한 낙인에도 별다른 대응을 하지 않은 죄로 어느새 다수의 사람에게 특이한 사람으로 인식되었다. 남 차장의 작품이었다. 호감을 표현하는 김 대리에게 최소한의 감사조차 제대로 표현하지 않는 냉정한 인간이라는 최초의 뒷담화는 피도 눈물도 없는, 독하고 매정한 인간이라는 표현으로 진화하여 한층 더 수위를 높여 갔다. 여기서는 내가 이상한 사람이었다. 이상한 나는 왜 감사해야 하는지 지금도 모르겠다.

참는 게 일상이자 특기였던 나에게 치명적인 약점이 하나 있었다. 예측 불가한 이성의 접근에는 속수무책이었다는 것. 더 정확히 말해서 예측 불가한, '호감이 없는' 이성의 '지속적인' 접근에는 적절한 대응을 하지 못했다. 입사 후 나에게 직장 동료 이상으로 오해할 만한 지나친 관심을 주는 사람들이 의외로 꽤 있었다. 나의 어떤 면이 그들의 과도한 친절을 불러일으켰는지 알 수 없지만, 대부분은 두어 번의 과한 행동을 하다가 언제 그랬냐는 듯이 물러서곤 했다. 지나가다 우연히 몇몇 이들의 웅얼거리는 소리를 들었지만 개의치 않았다. 내 앞에서는 시치미를 뗐지만, 뒤에서는 대부분 그런 식으로 뾰로통한 말들을 부지런히 주고받고 있었다. '사람이 말을 하는데 무슨 표정 변화가 없냐?', '로봇인 줄 알았다니까!', '너무 비싼 척하는 거 같아.' 사회생활을 처음 해 보는 티가 많이 난다는 말에도 난 화가 나지 않았다. 더 정확히 말해서 화가 나지 않은 척했다. 미세한 표정 변화도 잘 허락하지 않았다. 평온한 내 얼굴은 성공적인 이직을 위한 의지의 산물이었다. 표정 관리가 궤도에 올라 신경 쓰지 않아도 될 때쯤 내 시간의 잔잔한 파도 위로 김 대리가 조용히 떠오른 것이다. 김 대리는 다른 사람들과 달랐다.

김 대리에게 동료 이상의 감정 이외에는 다른 감정은 전혀 느끼지 못했다. 퇴근길 지하철 안에서 고개만 돌리면 좌, 우, 앞에서 흔하게 마주칠 수 있는 인상이었다. 아주 친절하지도 퉁명스럽지도 않은 특색 없는 말투, 흐릿한 이목구비, 억지로 유행을 좇는 듯한 템포 늦은 패션 감각까지 어딜 봐도 호감을 느낄 만한 구석이 거의 없었다. 국어사전을 펼쳐 두고 유사하지만 미세하게 다른 어감을 집요하게 연구하는 학자가 아니라면 내가 말한 것 이상은 표현하기 힘들 것이다. 김 대리는 분주한 점심시간 단골식당에서 쉽게 볼 수 있는 그냥 흔한 김 대리 같은 김 대리였다.

흔한 김 대리가 정말 좋은 동료가 될 수 있겠구나 싶었던 날이 있었다. 평소보다 조금 늦었는지 깊고 빠른 호흡을 내쉬며 계단을 올라오는 김 대리의 얼굴은 적색으로 벌겋게 달아올라 있었다. 김 대리의 얼굴색은 이성에게 생길 수 있는 나의 최소한의 호기심조차 원천 봉쇄하는

폭력적인 호의

데 크게 기여했다.

그때만 해도 김 대리 역시 마찬가지로 나에게 이성에게 보내는 표준화된 호감을 보인 적은 없었다. 따라서 난 김 대리와 나 사이에서 태어난 적조차 없는 감정의 형태를 주거나 받을 일말의 가능성도 없다고 단정 지었다. 나는 김 대리의 부서와 업무 연관성이 적지 않은 포지션에서 일을 했다. 불편하게 지내고 싶은 마음은 아니어서 가벼운 목 인사 정도는 신경 써서 하는 편이었다. 같은 층에 있었지만 자주 볼 수도 없었고, 전체 회의가 아닌 이상에는 얼굴 한번 마주친 적 없이 흘러간 날도 여럿이었다. 가끔 들리는 김 대리의 음성은 경력직의 위엄이라고 여겼다. 조용하지만 단단한 김 대리의 목소리는 기 싸움에 적합했다. 예사롭지 않았다. 유해 보이는 인상이 전부는 아니구나. 보기와는 다르게 할 말은 하는 동료라는 인상을 받기도 했다.

시원하게 한잔 마셔요 1

시원하게 한잔 마셔요 14:21

김 대리는 치밀했다. 누구보다 철저했다. 김 대리가 온 지 3개월쯤 지났을까. 업무를 위한 단톡방을 벗어나 1대1 대화창이 생기며 아직 '읽지 않음'을 의미하는 숫자 1이

떴다. 그리고 그 숫자는 곧 2가 되었다. 대화창을 열자, 두 줄의 오른쪽 끝에 붙어 있던 각각의 1이란 숫자 두 개가 실시간으로 사라졌다. 김 대리가 나에게 처음으로 연달아 보낸 2개의 메시지는 톨 사이즈의 아이스 아메리카노 쿠폰과 짧은 한 줄이었다. 부담스러웠다. 생일 같은 특별한 날도 아니었고, 김 대리에게 따로 도움을 받은 적도 없었으니까. 갑자기 나에게 왜? 감사한 마음보다는 잘못 배달 온 택배를 받은 것처럼 귀찮았다. 김 대리는 느긋하게 신호탄을 쏘아 올린 것이다.

내가 짐작한 그것만은 아니길 바라며 잠시나마 난 의식적으로 외면했다. 난 여느 2년 차 직장인처럼 완벽한 적응이라고 하기에는 약간 모자랐고, 사내 분위기의 전체적인 조감도를 그리며 눈치껏 행동하기에도 바빴으며, 타 부서에서 근무하고 있는 한 사람의 세심한 감정 변화까지 보살필 능력도 책임도 없었다. 내가 대화창에 들어가서 잠시 침묵을 지키고 있을 때, 김 대리는 '날씨가 좀 많이 더워서요.'라는 한마디를 더 보탰다. 처음 말을 걸었던 날은 그게 다였다.

남 차장의 반복되는 브리핑을 곱씹었다. 김 대리가 보낸 무심한 글자의 조합에서 썼다 지우기를 반복한 잔상이 보이는 듯했다. 애써 담담한 척하고 있는 단문이었다. 관심을 표현하는 데 능숙하지 못한 자에게서 발견할 수 있

폭력적인 호의

는 조악한 여유. 나에게 미리 전달된 남 차장의 키워드를 대화창에 덧대 보니 김 대리의 인위적인 여유가 더 확실하게 보였다. 김 대리를 계속 거론하며 브리핑하던 남 차장의 오지랖도 요긴하게 쓸 데가 있었다. 여러 감각이 동시다발로 필요 이상으로 예민해지기 시작했다. 민감해진 감각은 단숨에 김 대리가 처음 출근하던 날을 도착 지점으로 설정했고, 그때까지의 기억을 빠르게 훑고 지나가며 특이 사항을 체크했다. 자주 협업이 필요한 김 대리의 부서. 늘 그래 왔던 것처럼 막 이직했던 김 대리의 연락처를 저장했던 게 생각났다.

새로운 인간관계를 시작하는 최초의 암묵적 요식 행위. 부서 통합 단톡방에서 온라인으로 연결된 또 하나의 자아들이 앞다투어 김 대리의 입성을 환영하는 축하 메시지를 남겼다. 예의상 하는 말을 별로 선호하지 않는 나는 그 행렬에 동참할 필요가 있나 의문을 가졌지만, 남들처럼 축하 말을 남겼다고 생각했다. 김 대리와 나의 1대1 대화창이 생성된 후에 단톡방을 훑어보다 내가 김 대리에게 축하 메시지조차 남기지 않았단 사실을 알게 되었다. 그 정도로 신경 쓰지 않았던 직장 동료였다. 아이스 아메리카노는 시작에 불과했고, 내 취향을 어떻게 알았는지 그 뒤로 조각 케이크와 그란데 사이즈의 라테 쿠폰 등을 종종 보냈다.

라떼를 더 좋아하시는 거 같더군요 16:43

18:22 감사해요.

이번에 새로 나온 조각 케이크예요 09:30

12:30 이런 거 안 보내 주셔도 되는데

   김 대리가 등장한 약 3개월이라는 시간을 꼼꼼하게 복기하는 데 그다지 많은 시간과 노력이 필요하지는 않았다. 기억의 필름 전체를 재빠르게 돌려 보니 김 대리의 눈빛이 달라지고 있었다는 걸 어렵지 않게 발견했다. 김 대리가 온 지 일주일 정도 지나서부터였다. 경력직이라고 해도 새로운 곳에 도착한 김 대리는 경계의 눈초리가 가득했다. 그랬던 김 대리의 얼굴에서 웃음기가 많아지고 눈빛이 부드러워졌다. 부드러운 눈빛으로 변장한 노골적인 응시가 절대 노골적으로 보이지 않았다고 착각했다. 나와 시선을 정면으로 마주한 적은 몇 번 되지 않았지만, 시선을 피하거나 지나치지 않던 김 대리의 눈길은 이미 호감의 씨앗을 잉태한 직후였음을 분명히 드러내고 있었다.

   김 대리가 은밀하게 감정의 폭주를 거듭하고 있다는 게 선명하게 드러났고, 마음의 표정을 전혀 숨기지 못했다는 사실 역시 밝혀진다. 김 대리와 나를 제외한 모든 사람이

폭력적인 호의

너 나 할 거 없이 다 알고 있었다. 은근히 즐기는 말투로 좀 잘해 보라는 맥락 없는 말을 던지고 가는 선배들이 몇 명인가 있었던 것도 같다. 어떠한 대꾸의 말도 하지 않은 채 영혼 없는 웃음을 짓는 일. 그것 말고 내가 할 수 있는 일은 없었다. 다른 동료들은 의욕만 앞선 행동으로 나에게 반격하고 제압할 수 있는 빌미를 제공한 반면 김 대리는 나에게 쿠폰을 주기 전까지 굉장히 조심스러웠다. 가끔 출처를 알 수 없는 어색한 분위기가 형성되곤 했는데 그게 김 대리의 시선이 나에게 필요 이상으로 자주, 오래 머무를 때 그랬던 거 같다. 당사자와 또 다른 당사자보다 다른 사람들이 더 신경을 곤두세우고 있는 감정의 역전이 일어나고 있었다. 지금도 이해할 수 없는, 동료들의 넘치는 관심의 전체 총량은 내 인내심을 야금야금 갉아먹었다. 김 대리는 업무 공간에서 나에게 꼭 필요한 말을 제외하고는 단 한 번도 실없는 말을 건넨 적도 없었다. 김 대리에게 나의 불편한 심기를 전달해 봤자 피해의식에 물들어 있다고 자인하는 꼴이었다.

감사합니다. 더운데 건강 잘 챙기시고요. 16:44

17:57 네 감사합니다.

재희씨 어제 전체 회의 자료 정리한 거 있나요? 11:03

감사합니다! 14:02

17:54 고생하셨습니다. 얼른 퇴근하세요.

재희씨 너무 감사해요! 다음에 밥 한 번 살게요! 15:32

16:22 도움이 되어서 다행이네요.

17:24 밥은 괜찮아요.

이 더위는 언제쯤 사라질까요?
시원한 바람 좀 불었으면 좋겠네요! 12:45
재희씨 어떤 음악 좋아해요? 요즘 들을 게 없어서요!
추천 좀 해 줘요 14:11

15:33 저는 음악을 잘 안 듣는 편이에요.

저는 이제 퇴근했네요. 내일 봐요 18:33

어제 제가 메시지를 못 봐서요.

09:21 오늘도 수고하세요.

18:44 제가 지금 전화 받을 컨디션이 아니라서요.

18:46 전화는 좀 부담스러워요.

네! 알겠어요. 오늘도 수고 많았어요! 18:48

폭력적인 호의

여름 감기가 무섭네요! 재희씨도 컨디션 관리 잘하세요! 13:27

16:11 네! 감사합니다.

다음 주 저녁에 시간 있으세요? 20:22

09:21 대리님. 많이 바쁘신 거 같은데 밥 안 사셔도 정말 괜찮아요.

오늘만 지나면 주말이니까 힘내요! 15:30

15:55 네 대리님도요.

직장인들이 가장 우울한 시간. 잘 쉬시고 내일 출근 잘해요!
너무 늦게 주무시지 말고! 21:32

09:33 대리님도 이번 주 화이팅하세요.

재희씨의 미래가 기대됩니다! 13:55

17:42 고생하셨어요.

다음 주말에 시간 어떠세요? 19:22

10:05 제가 다음 주 주말에는 선약이 있어요.

그 다음 주 어떠세요? 10:06

15:01 저는 그날 저녁밖에 시간 안 되는데.

15:02 대리님 몸 안 좋으신데 약속 미루셔도 괜찮아요.

재희씨랑 밥 먹으면 한결 좋아질 거 같아요! 15:33

17:51 잘 쉬세요.

나의 피해 의식이 현실의 영역으로 입장했다. 채 한 달이 안 걸렸다. 커피 쿠폰으로 포문을 연 김 대리의 본격적인 관심은 시작만 어려웠지 사적인 연락은 지치지도 않고 계속 이어졌다. 김 대리의 1대1 대화창에 새로운 숫자가 뜨면 지난 몇 년간 잊고 있었던 부정맥 증상이 되살아났다. 이걸 달콤한 고통이라고 해야 할지. 가끔은 김 대리에게 받은 쿠폰을 친구에게 주며 생색을 내기도 했다. 김 대리는 나름 불규칙적인 주기와 시간대를 선택하여 의외의 호기심을 자극하려는 수가 너무 뻔히 보여서 한숨이 나왔다. 당신과는 사적인 관계로 발전하고 싶은 마음이 전혀 없다는 걸 어떻게 표현해야 했을까. 나는 최선을 다했다. 예의상 보낼 수밖에 없었던 짧은 몇 개의 단어와 마침표로 구성된 한 개의 문장을 발송하기라도 하면 김 대리의 들뜬 움직임이 담긴 그림자가 반투명 유리창 너머로 너울거렸다. 기뻐서 어쩔 줄 모르는 자의 실루엣이었다.

김 대리의 존재가 두드러지기 전에는 내게 주어진 업무만 소화하면 별문제가 없었다. 겉으로 보기에 티가 나지 않는 김 대리의 조용하고 집요한 관심은 나의 집중력을 저하하는 마중물이 되었다. 김 대리의 최초 등장으로부터 약 4개월쯤, 최초의 커피 쿠폰 수령 후 약 1개월이 안 되었을 즈음부터 나의 이례적인 실수가 급격하게 늘어갔다.

실수의 개수보다 실수의 성격이 더 문제였다. 2년 차가

해서는 안 될 실수였다. 예를 들면, 남 차장이 주관하는 급한 회의의 하드 카피 부수를 착각하고 인원보다 적게 준비해서 몇몇 동료는 자료 없이 회의에 참석할 수밖에 없는 상황을 만들든지, 남 차장이 전날 퇴근하면서 '부담 갖지 말고 가볍게 생각해 봐.'라며 과제로 주었던 신규 사업 아이템 준비를 까맣게 잊고 있었다든지, 출근해서 모니터를 뚫어져라 바라보며 너무 집중한 나머지 남 차장에게 아침 인사를 본의 아니게 생략했던 것 등이 있었다. 소소하지만 상대를 어처구니없게 만드는 실수들. 실수가 반복되자 가장 먼저 무너진 건 내 표정이었고, 두 번째로 무너진 건 남 차장의 인내심이었다. 어떤 상황에서도 변화가 거의 없던 내 얼굴이 자주 뜨거워지는 것을 체감할 수 있었고, 주로 뒷담화의 최초 발원지였던 남 차장은 언젠가부터 나에게 불필요한 말을 하지 않았다. 남 차장의 날카로운 혀끝이 어디로 향하고 있는지 훤히 알 수 있는 일이었다.

김 대리는 차츰 변해 가고 있는 나의 얼굴, 나의 표정을 인식하지 못하는 사람처럼 변함없이 행동했다. 김 대리는 내 얼굴에 웃음기가 점점 사라지고, 어깨가 처지고, 말수가 줄어도 아랑곳하지 않고 끈질기게 계속 연락을 해 왔다. 남 차장을 비롯한 다른 동료들은 나와 김 대리를 잇는 인연의 끈이 가망 없어 보이자, 유일한 내 입사 동기와 김 대리의 부서 핵심 인력 김 과장의 색다른 연결 고리에 뒤늦은 관심을 쏟아부었다.

더는 표정 관리가 필요 없었다. 과하다고 느꼈던 동료들의 관심이 오히려 아쉬울 정도로 그 누구도 나에게 시선을 주지 않았다. 남 차장조차 업무 지시하는 잠깐을 제외하고는 나를 관찰하는 일에 흥미를 잃은 것처럼 따분한 표정으로 모니터만 바라보았다. 3년이라는 깔끔한 경력이 눈앞이었는데 현실적으로 불가능한 도전으로 기울어져 가고 있다는 게 느껴졌다. 이직을 위한 이력서의 하이라이트. 지난 경력 요약의 가장 윗줄에 '경력 2년'이라고 쓰는 것도 나쁘지 않다고 합리화하기 시작했다.

착잡한 마음으로 최초의 계획을 전면 수정하고 있던 보통의 그 어떤 하루. 같은 층을 쓰고 있는 몇 안 되는 부서의 통합 회식이 있는 날이었다. 회식에 대한 인식이 크게 개선되면서 직장인들의 저녁 풍경이 빠르게 변하고 있다는 건 인터넷 뉴스만 챙겨 봐도 충분히 알 수 있는 사실이지만, 이곳에서는 별 의미가 없었다. 전통과 악습의 중간 어딘가쯤에서 팽팽하게 기 싸움을 하는 지겨운 회식. 연기는 되어도 절대 취소되지 않는 회식. 피곤한 시간이었다. 아무리 맛있는 음식으로 메뉴가 정해져도 회식이라는 외피를 둘러쓰면 귀신같이 혀끝의 감각이 무뎌졌다.

민 상무가 진부한 건배 제의를 한 후 먼저 자리를 뜨면 20여 명의 사람이 비교적 자유롭게 먹고 마실 수 있다는 점은 회식을 견디게 하는 중요한 포인트였다. 그날은 장소 선정도 탁월했다. 남 차장의 오지랖 데이터베이스가 빛을 보는 가장 탁월한 순간. 걸어서 갈 수 있는 거리에 이 정도 대규모 인원을 한꺼번에 수용할 수 있는 횟집은 유일무이했다. 삼겹살과 목살을 구울 때 나는 특유의 진한 냄새와 자욱한 연기에서 벗어날 수 있다는 것만 해도 나쁘지 않았다. 민 상무의 귀가 후엔 누구도 술을 강권하지 않고, 먼저 자리를 떠도 제지하거나 싫은 소리를 하는 사람이 없다는 것도 나름 괜찮은 분위기. 다들 취기가 적당히 돌자 난 전화를 받는 척하며 밖에 나가서 한참 있다가 들어왔다. 10분 정도만 있으면 내가 인사 없이 집으로 가도 누구도 기억하지 못할 것이다. 그런데, 내 건너편에 김 대리가 앉아 있었다.

"저기요, 재희 씨. 근데, 너무하는 거 아닌가요?"

혀가 살짝 꼬인 듯한 발음이었지만 나를 똑바로 바라보면서 대뜸 건넨 말이었다. 무대응으로 공식적인 첫 도발을 가까스로 막아 냈다. 잠시 침묵하던 김 대리는 크게 심호흡을 한번 하고 나서 말을 이어 갔다. 계속 참아 왔지만, 오늘은 어쩔 수 없다는 듯이 아주 낮은 목소리로 폭포수처럼 말을 쏟아 내다가 점점 데시벨을 높였다. '당신 때문에 지루한 회사 생활을 견디고 있는 거 알고 있었나요?', '계속 마음을 표현하는데 어쩌면 그렇게 한결같이 사무적으로만 대하시나요?'와 같은 하소연을 생각나는 대로 순서 없이 들려주었다.

김 대리의 목소리가 점점 커지자 시끌시끌하던 횟집이 점점 조용해졌다. 김 대리의 목소리는 비장함이 서려 있어 모두의 시선을 잡아끄는 데 비교적 빠르게 성공했다. 회식은 갑자기 오해를 풀기 위해 마주한 서투른 남녀 한 쌍과 이를 바라보는 산만한 다수의 관객이 핸드폰도 무음으로 변경하고 집중하는 모양새로 탈바꿈되었다. 일방적이고 절절한 고백의 주인공인 김 대리는 애처로운 목소리와 달리 멀리서 보면 마치 화를 내는 사람처럼 보일 지경이었다.

나는 난처한 표정으로 가만히 김 대리의 말을 듣고 있었다. 상대성 이론에 충실한 이 순간이 끝나기를 기다리면서. 다들 많이 취해 있기를 바라면서. 난 달리 할 말을 찾지 못해 미안하다는 표정으로 '감사합니다.'라는 말을 반복하고 있었는데, 그게 더 못마땅했는지 김 대리의 결정타가 날라 왔다.

"제가 고마워서 식사 한번 대접하고 싶다는데 그게 그렇게 무리한 부탁이었나요?"

웅성웅성. 탕비실에서 들었던 것 같은 익숙한 소음이

들렸다. 갑자기 나타난 비일상적인 순간 앞에서 갈대 같았던 타인들은 엄청난 집중력을 보였고, 빠른 상황 평가까지 첨가되자 개별적인 말의 홍수가 났다. '재희 씨, 그냥 밥 한번 먹어.', '그러게, 밥 먹는 게 뭐 그리 어렵냐.'와 같은 타박이 여기저기서 날라 왔다. 김 대리의 과한 관심에 대해서는 누구 하나도 지적하는 사람이 없었다.

'식사해! 식사해!' 마치 '노래해! 노래해!'라는 익숙한 구호처럼 김 대리와 나의 저녁 식사를 열렬히 응원했다. 나는 간절하게 그 시간을, 그 공간을 벗어나고 싶었다. 그들이 원하는 답을 하지 않을 경우 다른 경로로 더 거센 말들이 덩실덩실 춤출 것이다. 그런 이유로 굴복하고 말았다. '김 대리님, 알겠으니까 그만하시죠. 식사해요.' 환호성이 터졌다. 김 대리는 그 말을 듣자마자 의기양양한 표정으로 목소리 톤을 다시 낮추고, 이후 언제 시간이 되는지 뭘 좋아하는지 나의 일정과 취향을 부지런히 탐색했다. 거래가 성사되니까 사람들은 다시 자기 말을 쏟기 시작했다. 흥미가 생기면 귀를 지나치게 열었고, 흥미가 떨어지면 귀를 가차 없이 닫았다. 극단적인 사람들. 자포자기하는 심정으로 김 대리와의 저녁 식사를 수락하면서 내 계획이 완전히 무너졌다는 것을 실감했다. 나를 향해 쏟아 내는 김 대리의 마음은 내가 통제할 수 있는 영역 밖에 있다는 것을 인정해야만 했다.

더군다나 평소에 예의 바른 행동과 나쁘지 않은 업무 능력으로 구성원들의 호감을 산 김 대리는 용기 있는 고백으로 주가가 상승한 것이 분명했다. 나는 보편적인 상식의 정체가 무엇인지 골똘하게 생각해도 마땅한 답이 떠오르지 않았다.

재희씨 드시고 싶은 거 있나요? 20:48

09:21 아무거나 괜찮아요.

그리고 재희씨 무슨 색 좋아해요? 09:22

몇 주 후로 약속을 최대한 늦췄다. 잠시 쉬기로 결정한 지 며칠 지나지 않았다. 그런데, 나의 거취는 누구나 다 알고 있는 공식적인 이야기가 되었다. 다들 걱정하는 눈빛을 장착하고 어떻게 하려고 갑자기 그만두냐는 말을 던지기도 했다. 당연하게도 걱정의 성분은 진심이 누락된 지나가는 말 100퍼센트였다. 남 차장은 내가 갑작스럽게 퇴사를 결정하자, 꽤 아쉬워하는 눈치였다. 마의 3년을 코앞에 두고 너무 아깝다고 말했다. 남 차장은 분명 나와는 다른 종류의 사람이었지만, 잔정이 꽤 많았다. 그렇다고 다시 볼 일은 없을 것이다. 높은 확률로. 웃긴 건 나에게만 엄청난 파장이 있던 그날 이후로 나의 포커페이스 역량은 거의 원상태로 복구되었고, 실수의 종류와 개수

역시 현저하게 줄었다.

　남은 건 김 대리와의 약속. 없던 일로 할 수도 있었지만, 굳이 피하고 싶지는 않았다. 나와 인연이 없을 뿐 김 대리의 진심이 진짜라는 건 의심의 여지가 없다고 나 자신을 기만했다. 나는 최대한 편한 복장으로 약속 장소에 나갔다. 약속을 깨지 않는 것만으로도 예의는 충분히 차린 셈이다. 나와의 저녁을 애타게 기다렸던 김 대리가 식사를 계산하도록 허락했다. 메뉴는 뭐였더라. 아직 시간이 더 필요한 건가. 뭘 먹었는지는 잊었고, 미각이 돌아왔다는 사실만 희미하게 남아 있다. 가벼운 저녁을 먹고 내가 자주 갔던 단골 카페로 자리를 옮겼다.
　김 대리는 나에게 지난 회식 때 했던 말들을 다시 정리해서 말했다. 몇 개의 단어를 바꾸고, 내가 듣기 편하도록 문장의 순서를 재배열했다. 크게 다른 건 없었다. 그때의 김 대리는 술에 많이 취해 있었고, 지금은 멀쩡하다는 것 정도가 사소한 차이였다. 마치 대사를 외우듯 담담하게 말하는 김 대리의 말에서 전혀 느끼지 못했던 안정감이 배어 나왔다. 낯설었다. 김 대리의 말을 다 듣고 나 역시 준비한 말들을 차례대로 내어놓았다. 나는 공과 사를 분명히 하는 사람이라서 사적인 연락이 꽤 불편하다고 말했다. 호의는 감사하나 그만하셨으면 좋겠다는 직접적인 거

절의 말을 전달했다. 돌려 말하면 안 될 거 같았다. 나를 위해서 그리고 김 대리를 위해서 정확한 선을 그어야만 했다. 김 대리는 그래야 겨우 알아듣는 사람이었다. 짧은 침묵이 커피를 식힐 때쯤 김 대리는 호흡을 가다듬고 말을 이어 나갔다.

"오늘이 마지막이 될 수 있을지도 모른다는 각오는 하고 나왔어요. 저도 바보가 아닌데 제게 별 관심 없는 거 알았죠. 근데, 이기적인 거 알면서도 감사한 마음을 이렇게 직접 표현하고 싶었어요. 진짜 감사했으니까요. 제가 꽤 많이 좋아했다는 사실을 아셨으면 했어요. 덕분에 제가 이직하고 적응하는 데 많은 도움이 되었거든요."

난 김 대리의 지속적이고 집요한 관심으로 인해 나를 감싸고 있던 단단한 벽 한 귀퉁이가 처참하게 무너졌었는데 그는 나를 좋아하며 시련을 극복할 수 있었다고 말했다. 내 앞에 도착한 이 설명하기 힘든 감정의 정체는 뭘까. 나는 그 자리에서 웃지도 울지도 못했다.

당신으로 인해 무너진 내가 당신을 살렸다니. 얼굴이 뜨거워지는 게 느껴졌다. 오랜만이었다. 직접 볼 수는 없지만 어떤 색인지 쉽게 알 수 있었다. 아마도 내 계획의 보장된 미래를 온몸으로 즐기고 있을 즈음 우연히 봤던 김 대리의 얼굴. 내 얼굴은 아마 적색으로 빛나던 김 대리의 그 얼굴색과 닮아 있었을 것이다.

폭력적인 호의

할 말을 다 했다는 듯 입술을 꽉 물었던 김 대리는 세미정장과 어울리지 않는 가방 속에서 무언가를 꺼내려고 했다. 굉장히 조심스럽게 손을 넣었는데 찾는 물건이 어디 있는지 바로 파악하지 못한 채 한참 뒤적거렸다. 잠시 후 탁자 위에 올려놓은 것은 책으로 보이는 것이었다. 김 대리는 독자가 한 명밖에 없는 책이라고 했다. 무슨 말을 하는지 이해가 가지 않았다. 김 대리는 촌스러워도 자신이 마음을 표현하는 방법은 이것밖에 없다면서 나를 위한 책을 만들었다고 했다. 한번 펼쳐 보라고 자꾸 권했지만 께름칙한 기분에 선뜻 손이 가지 않았다. 김 대리의 시선이 내 얼굴에 계속 머무르는 게 느껴졌다. 저녁 식사가 성사된 순간부터 출구는 없었다. 책을 들어서 처음부터 끝까지 조금은 빠르게 넘겨 보았다. 나와 나누었던 대화, 나를 생각하면서 쓴 일기와 고백의 말들이 빼곡하게 채워져 있는 것처럼 보였다. 난 이런 건 처음 받아 봤다고 말했다. 사실이었다.

"재희 씨 좋아하는 색으로 표지를 만들고 싶었는데, 답을 안 주셔서 그냥 제가 좋아하는 색으로 했어요."

김 대리도 뿌듯한 표정으로 이런 걸 준 건 처음이라고 말했다. 사실인지 아닌지 궁금하지 않았다. 고맙다고 했지만 사실 전혀 고맙지 않았다. 처음부터 끝까지 왜 이렇게 부담을 주는지 원망의 말을 퍼붓고 싶었지만, 날 선 말을 차마 육성으로 변환시키지는 못했다. 나는 묘수가 담긴 그럴싸한 말을 생각해 냈다. 당신의 정성이 담긴 이 책을 쉽게 읽지는 못하겠으나, 시간을 두고 천천히 읽어 보겠다고 말했다. 바로 읽어 보겠다고 있는 그대로 말하면 책을 읽은 소감이 어땠는지 나의 의견을 집요하게 물어볼 것이 뻔했다.

  회식 때처럼 난 빨리 그 자리를 벗어나고 싶었다. 오랜 절친과 급하게 약속이 잡혔다고 말하자 김 대리는 체념하듯 알았다며 자리에서 함께 일어났다. 지하철역으로 향하는 길. '책, 감사합니다. 어떻게 갚아야 할지.'라고 마음에 없는 말을 했다. 김 대리는 '다음에 또 식사하면 좋을 거 같네요.'라는 말로 나를 끝까지 당황하게 했다. 김 대리 같은 종류의 인간에게는 진실의 소리만을 들려주는 게 최선이었다. '그건 좀 힘들 거 같네요.' 예의를 생략한 나의 마지막 말이었다.

  피곤했다. 집으로 가는 길. 급행열차가 곧 도착했다. 지하철 안에서 책을 꺼냈다. 말이 책이지 책처럼 보이는 복사물 그 이상 그 이하도 아니었다. 그동안 예의상 했던 말들, 내 의지와는 무관한 김 대리와의 저녁 식사가 낳은 결과가 바로 이 책이었다. 프롤로그부터 김 대리의 애타는 마음이 직접적으로 표현되어 있어 적잖게 놀랐다. 이렇게 과감한 사람이었나. 책 속의 김 대리는 굉장히 집요한 성격을 그대로 드러내고 있었는데, 한심한 건 본인이 집요하다는 걸 전혀 눈치채지 못하는 듯했다. 예상치 못한 권위도 곳곳에 서려 있었고, 평소에 꼬박꼬박 존댓말을 하던 김 대리는 나를 위해서 만들었다는 책 속 글자 위에서 동의 없이 함부로 반말하고 있었다.

예의 바르고 평범한 사회인의 외양을 갖춘 김 대리가 왜 오랜 시간 연애를 하지 못했는지 실마리가 풀렸다. 김 대리는 자기 감정이 최우선인 사람이었다. 들뜬 감정에 취한 채 상대가 어떤 생각을 하는지 개의치 않고 자신의 계획대로만 움직였다. 난 끝까지 읽는 건 포기했다. 나는 지금도 책의 에필로그에서 김 대리가 무슨 말을 했는지 알 수 없다. 정성이 가시적으로 보이는데도 감동이 느껴지지 않았다. 내 삶에서 가장 많은 정성이 담긴 선물을 받고서도 이처럼 심드렁한 태도가 가능하다니.

졸업 무렵, 필요에 의해 급하게 가까워진 컨설턴트가 했던 말이 떠올랐다. 관심 없는 자가 아무리 애를 써서 감동이 끌어내고 마음을 얻으려 한들 애정으로 발전할 가능성은 희박하다고. 회사도 똑같다고. 당신 이력서에는 회사가 진짜 원하는 게 하나도 없다고. 김 대리의 마지막 선물은 아무것도 모르던 시절, 수없이 발송했던 나의 이력서와 비슷했다.

집에 도착하기 전, 서둘러 김 대리에게 마지막 문자를 보냈다. 흔한 이모티콘 없이 아주 건조한 문체로. 답장이 오기 전에 망설이지 않고 차단을, 했다. 김 대리와의 1대1 대화창도 바로 삭제했다. 인간관계는 간편하다. 연결이 쉬운 만큼 단절 또한 아주 신속하다. 나에게는 그나마 다행인 일이다.

진로발달이론의 재해석

제1장 성장기와 탐색기의 이면

 고아영은 상담심리학을 전공하고, 아동심리학을 부전공했다. 아영은 상담이 효율성을 따지면 안 되는 분야 중 하나라고 생각했다. 많은 사람이 기초 과학 분야의 학문이 실제 적용 가능한 성과를 내기 전까지는 낭비의 집합체라고 오해하는 것처럼 아영은 상담 역시 단기간에 성과를 내는 종류의 학문이 아니라고 굳게 믿었다. 그런 아영에게 직업상담의 첫인상은 매년 새로운 비전을 내세우는 지방 시청의 현수막에 쓰인 글 같았다. 달성하기 힘든 목표라도 상관없다는 듯 어차피 한 해만 버티면 새로운 비전으로 갈아치워질 그런 뻔한 목표 말이다. 길어야 1년이라는 유효 기간만 버티면 교체되는 현수막 같은. 아영은 실제로 직업상담이 이뤄지는 곳에서 1년은커녕 대부분 3

개월 정도의 짧은 기간 동안 상담이 진행된다는 말을 듣고 화들짝 놀랐다.

처음 내담자를 만나서 대뜸 라포를 형성하고, 내담자의 낮은 자존감을 끌어올리고, 급기야 꼭 맞는 직업까지 찾을 수 있는 힘을 길러 준다는 대략의 시스템이 좀처럼 이해되지 않았다. 그건 상담심리학 전공자 아영의 눈으로 볼 때는 비현실적인 상담 목표의 전형적인 사례였다.

아영의 동기들이 직업상담을 해도 된다고 국가에서 허락해 주는 기술 자격증 따기에 혈안이 된 건 그리 오래된 일이 아니었다. 상담심리학과에 입학해서 전공 강의를 그럭저럭 집중해서 듣는 수험자라면? 평일 저녁 시간과 주말을 통으로 쓰면 3개월 정도의 투자로 합격이 불가능하지만은 않은 정도의 무난한 난이도였다. 자격증을 획득하면 논문을 제출하지 않아도 졸업 필수 조건에 어긋나지 않게 된 것이 불과 재작년의 일이었다.

상담 일에 다소 사명감이 부족해 보였던 아영의 예비역 남자 동기들에게는 이게 웬 떡이냐 싶은, 뿌리치기 어려운 달콤한 유혹이었다. 물론 대부분의 여자들은 졸업 필수 조건과 상관없이 쳐 내야 할 공부량이 상대적으로 적은 1학년 여름 방학에 미리 따 놓는 게 보통이었다.

외모라는 결정적 변수가 사회의 전 분야에 고르게 분포되어 막대한 영향력을 행사하고 있는 건 여전했지만 아영의 과에서 만큼은 '1학년 방학에는 성형 수술이 대세!'라는 변신의 의지를 담은 구호가 옛말처럼 느껴질 정도로 자격증 획득에 열을 올렸다.

몇몇 영향력 있는 지도 교수들은 '너희들의 경쟁력은 뚜렷한 이목구비가 아니라 내담자의 불안을 자극하지 않는 편안한 인상과 표정, 신뢰 있는 목소리여야만 한다.'라는 식의 말을 4년 내내 강조했다. 교수들이 자신들의 발언을 진실이라고 믿고 말한 건지, 진실은 아니지만 해야만 하는 말이라 한 건지 아영은 지금도 그 진실을 알고 싶다. 아니 진실보다 그들의 진심을 보고 싶었을지도. 교수들이 매 학기 잊을 만하면 한 번씩 돌아가면서 강조한 탓이었을까. 아영과 친구들, 가까운 선후배들은 대체로 성형 광풍에 크게 휩쓸리지 않았다. 그러나 이런 경향성이 전통으로 자리 잡을 만큼 오래가지는 않았다.

이유는 간단했다. 아영의 선배 중 한 명이 한 듯 안 한 듯 미묘한 자연주의풍의 성형으로 인생 역전에 성공했다는 이유로. 눈에 띄지 않던 선배의 성공에 세상의 관심이 쏠리자 교수들은 자신들이 떠들었던 말들을 꿀꺽 삼켜 버리고 개별 진로 상담에서도 선배의 사례는 의도적으로 언급하지 않았다. 누가 물어보면 '글쎄, 누군지 잘 모르겠네. 내 강의를 들은 적은 없는 거 같은데….'라며 약속이나 한 듯이 능청스럽게 말을 돌렸다.

진로발달이론의 재해석

요즘은 특화된 취업 프로그램이 많다. 선배는 그런 프로그램의 초창기 모델을 실험적으로 적용했던 개척자였다. 개인의 본성을 거스르지 않는 진로 컨설팅, 사회 초년생이 실전에서 활용할 수 있는 스피치 노하우, 면접관을 사로잡는 메이크업 비법 등의 차별화된 커리큘럼을 내세워 업계의 미확인 블루 오션을 능동적으로 탐색한 후 새로운 입지를 홀로 개척했다. 스타트업 회사다운 패기가 빛났다. 관성에 푹 젖은 업계는 바짝 긴장할 수밖에 없는 신예의 눈부신 등장이었다.

선배는 상대적으로 취업 정보의 흐름이 다소 늦은 지방 대학을 중심으로 직접 취업 관련 부서를 찾아가 공격적인 홍보를 진행하고, 대학과 취업 유관 기관 사이에 숨겨져 있는 실적 이해관계의 흐름을 파악하여 케이스 바이 케이스로 전략적인 대응을 했다. 선배의 사업 수완은 새싹부터 남달랐다. 유능한 사람이었다. 선배를 찾는 학교가 점점 늘어났다. 대학뿐만 아니라 고등학교에서도 어떻게 소문을 들었는지 연락을 해 왔다. '특강으로 잠깐 오시면 안 될까요?' 선배 혼자 모든 일을 다 해냈던 작은 회사는 창립 이래 상승세가 꺾인 적이 없었다. 착실한 성장은 의심할 여지가 없었지만 '선배의 스타트업 회사에 사이즈가 다른 날개를 달아 준 것은 성형 한 방!'이라는 소문은 성공한 자의 업적을 질투하는 익명의 치들이 퍼뜨리는 루머라고 무시하기엔 시기가 절묘했던 게 사실이었다.

선배의 성형 전후 사진이 인터넷에 퍼지기 시작한 건 공교롭게도 컨설팅 사업의 확장세가 궤도에 안정적으로 올라선 채 가파른 상승 곡선이 시작되었던 해였다. 아영은 아무리 선배의 성형이 자연스럽게 자리 잡았다 해도 그보다는 상담심리학을 전공했다는 이력이 '1등 컨설팅'이라는 타이틀을 거머쥐는 데 결정적인 자리매김을 했을 것이라고 순진하게 믿었던 것이다. 아영은 상담을 전문적으로 연구하고 공부한 사람이 주는 신뢰감의 무게를 높게 평가했다.

선배가 악플에 대처하는 자세는 훌륭했다. 선배의 관점에서 다행인 정도가 아니라 기가 막힌 전화위복이 된 건, 가입 절차가 비교적 까다롭지 않아 안정적으로 20만 명 이상의 회원 수가 유지되고 있는 취준생 카페를 공략한 일이다. 정확한 판단으로 일일 게시물 건수가 많은 편인 자유 게시판에 직접 글을 올려 타오르는 악플의 불꽃을 신속하게 진화했다.

아영은 일부러 카페에 가입하진 않았다. 직업상담 관련 홍보가 범람하고 있는 카페에 애써 들어가고 싶지 않다는 의지의 표현이었다. 선배가 글을 남긴 자유 게시판은 카페 등급 외의 어떤 사람이라도 출입할 수 있기도 했고. 아영은 선배가 올린 글을 보고 자신의 예상이 보기 좋게 빗

나갔다는 것을 인정할 수밖에 없었다. 선배의 글은 자유 게시판 상단에 공지처럼 고정되어 있었다. 최다 추천 수, 최고 조회 수, 최다 댓글 수 트리플 크라운에 빛나는 명실공히 최고 인기 글이었다. 여론이 반전되었다는 걸 보여 주듯 선플도 적지 않았다.

성형이 '신의 한 수'였다는 걸 결코 부정하고 싶지는 않다는 백기 투항의 서두, 상담심리를 접목한 진로 상담, 취업 컨설팅에 대한 자신의 열정과 헌신에 대한 중간 스토리텔링, 성형한 나를 여전히 아끼고 사랑한다는 애달픈 마무리로 구성된 글은 모범 답안처럼 깔끔했다. 선배의 솔직한 고백은 누가 봐도 변명이 아니라 성실하고 진실한 해명이었다. 집단 지성의 집약체 같은 악플이 빠른 속도로 줄어들었다. 어떻게 말해야 마음을 산산조각 낼 수 있는지 내기하듯 간결하고 신선한 표현의 악플이 매일같이 쏟아졌다는 게 믿기지 않을 만큼 빠른 속도였다. 악플에 자비 없는 고소를 실천해 '무언의 핵잠수함'이라는 별명을 얻은 한 연예인의 행보가 화제였던 것도 영향이 컸다. 가장 악질적인 악성 댓글 베스트10과 더불어 고소 진행 상황을 SNS 계정에서 역시나 자비 없이 공개하여 '인생은 실전이다!'라는 교훈을 보여 줬다. 선배와 선배의 회사를 비방하는 글과 댓글로 장, 단편 소설을 썼던 악플러들은 지레 겁을 먹고 서둘러 더러운 배설의 흔적을 빠르게 지워 나갔다. 물론 완전히 없어지지는 않았다. 악플의 생명력은 소멸과는 무관했다. 그 와중에 박제된 몇몇 캡처 글은 '개념 없는 악플러의 만행'이라는 파일명으로 더 긴 세월 조롱당했다.

선배는 그 사건을 겪고 오히려 강해졌다. 강남에서 새롭게 떠오르는 성형외과의에게 좀 더 자연스러운 시술을 몇 차례 더 받았다는 소문이 파다했다. 그것 말고는 더 별다른 구설수 없이 규모와 내실의 균형을 잘 맞춰 갔다. 자체적으로 컨설팅 사업 분야의 체계를 정리하는 것 역시 게을리하지 않았다. 선배는 5년간의 사업 리포트를 면밀하게 분석한 결과, 중구난방식의 사업 확장은 곤란하다는 답을 얻었다. 자체 개발이라는 위험한 도전에도 불구하고, 냉혹한 시장에서 이미 검증된 몇 개의 취업 컨설팅 프로그램과 1대1 컨설팅을 간판으로 내걸었다. 고급화 전략이었다. 컨설팅 비용이 만만치 않았지만, 효과가 확실한 만큼 만족도가 높아서 문의 전화가 빗발쳤다. 나머지 자잘한 사업은 과감하게 일괄 정리. 회자정리.

선배에게는 그 사건이 초심을 지킬 수 있는 이정표였다. 명과 암이 판이할 수밖에 없는 성형도 진심과 적절하게 섞인다면 훨씬 더 좋은 결과를 가져올 수 있다는 대표적인 사례였다. 일과 결혼하겠다는 듯한 기세로 컨설팅의 전문성을 높이는 데 청춘을 바치고 있다는 훈훈한 소식만 가끔 들려왔다. 선배 혼자였던 회사에 과 후배 3명이 함께 일하게 되었다는 최근 소식이 마지막이었다. 선배는 성형으로 얻게 된 추가 이익을 더 효과적인 컨설팅, 더 완성도 높은 프로그램을 위해 아낌없이 쏟아부었다.

아영은 선배의 성공을 질투하지 않는다는 뻔한 거짓말 대신 자신과는 길이 다르다고 확실하게 인정하고 다시 전공 공부에 매진했다. 아영은 입학부터 마지막 학기까지 성실하게 공부한 평범한 듯 평범하지 않은 학생이었다. 친구들과 후배들은 대부분 통과 의례처럼 한두 번의 휴학을 했다. 삶의 여유라는 사치를 부리는 극소수의 휴학도 있었지만, 학자금 대출 상환을 위해 어쩔 수 없이 휴학하는 경우가 일반적이었다. 아영의 집안 사정이 마냥 여유롭지는 않았으나, 돈을 따로 벌어야 할 만큼 휴학이 절실하지도 않았으므로 특이 사항이 없는 이상 제때 졸업하는 게 지극히 상식적인 판단이었다. 아영은 시간이 한참 흐른 후 비로소 후회했다. 후회가 아영의 현실을 개선하는 데 도움이 안 된다는 걸 알면서도 계속했다.

아영은 부전공까지 여유 있게 이수한 성실한 학생이었지만, 심리학 계통의 과를 졸업하더라도 밥벌이를 제대로 하려면 적어도 10년 이상 동종 업계에서 수련하는 마음으로 인내해야 하는 업계의 암묵적인 룰 앞에서 자주 의욕이 사라졌다. 상담 분야는 개인의 능력에 따라 편차가 있긴 해도 대체로 짧지 않은 세월을 견뎌야 했는데, 아무리 독하게 마음을 먹고 시작해도 대개 끝을 알 수 없는 변칙적인 내담자의 유형 앞에 중도 포기하는 사람이 많다는 걸 익히 알고 있었다.

정신적인 노동 강도가 상대적으로 낮으나 상담 스킬을 적절하게 활용할 수 있는 유사 분야로 이직하는 경우가 은근히 많았다. 예를 들어 아직 대면 업무를 할 만큼 에너지가 남아 있는 경우에는 청소년 상담, 다문화 상담 등이 있었고, 사람을 보는 거 자체가 싫을 정도로 스트레스가 심해질 경우 문자 상담처럼 온라인 쪽으로 넘어가기도 했다. 일부의 사례와 이유긴 했지만 그런 케이스가 존재하는 건 부정할 수 없는 사실이었다. 마음이 아픈 사람들은 어디에나 있기에 그만큼 상담을 진행해야 할 사람들도 많이 필요했다. 산업 혁명 이후 급격하게 증가한 인간의 노동량은 육체적인 고통만큼이나 정신적인 고통을 호소하는 이들을 양산했다. 이들을 돌보기 위해서라도 상담을 수행할 인력이 폭발적으로 증가하는 게 당연했다.

상담 분야는 지칠 줄 모르고 계속 발전했다. 기존의 상담 기법이 임상 통계로 검증되면 더 까다로운 내담자를 위해서 종류가 다른 상담 기법이 유예 기간을 거쳐 융합되기도 했다. 새로운 상담 기법의 탄생은 계속되었다. 아

진로발달이론의 재해석

영은 가끔 상담 실력을 키우는 것만큼이나 상담 분야가 어디까지 발전할 수 있을지 궁금했다. 아영은 인간의 마음이 다양한 방식으로 병들어 가기 때문에 유사한 증상을 보인다고 해도 같은 처방을 할 수 없다고 생각하곤 했다.

아영은 끙끙대며 미래를 당겨 보았다. 제법 생생하게 보인다. 상담자의 멋진 하루가 재생된다. 분명 미래를 끌어왔으니 고화질을 기대했는데 이상하게 스크래치가 빈번한 옛날 필름 영화의 담담한 오프닝 같다. 아영이 기대하는 이상적인 상담자의 연구실이 보인다. 최대한 많은 내담자를 상대하여 확보된 통계치를 적극적으로 활용하고, 오류를 줄여 나가는 데 아낌없이 시간을 쓰는 상담자의 모습이 빠른 속도의 몽타주 기법으로 휙휙 지나간다.

아영은 내담자의 심리 분석 정확도를 오차 범위 내로 좁히는 결정적인 무기로 '경험치'를 적극적으로 활용하는 전문가가 되기를 갈망했다. 새로운 유형 A-2 내담자가 있다 해도 A-1 내담자의 유형에서 변칙적인 이상 심리가 추가되는 과정을 관찰하고 통제하면서 심리 개선의 지름길을 발견해 내는 사람이 되고 싶었다. 아영이 생각하는 상담자의 최종 진화 형태였다.

아영은 바둑에서 승부사의 기본이라고 할 수 있는 복기를 하듯 축어록을 남겼다. 가장 진지한 마음과 모습으로 상담자와 내담자의 교류가, 상담의 치열한 흔적이, 문자

화되어 담겨 있는 축어록을 소중히 여겼다. 아영이 축어록을 분석하고 학습하면서 키운 상담 능력은 학부생의 평균을 훌쩍 웃도는 수준이었다.

  아영은 대학 시절 4년 내내 정답이 없는 심리상담 사례 연구를 지속했다. 아영은 상담자의 업무 능력은 시간과 정성을 투자한 만큼 정직하게 향상된다는 가설을 세웠고, 계절이 10번 정도 바뀔 때까지는 지도 교수들보다 더 열정적으로 공부했다. 기세 좋게 타올랐던 아영의 열정은 재학생들의 실질적인 직무 능력을 키운다는 공식적인 이유보다 담당 교수의 연구 성과를 위해서 불가피하다는 비공식적인 이유의 비율이 상대적으로 훨씬 높다는 걸 알게 된 후 빠르게 식어 갔다. 아영은 조직에서 함부로 반기를 드는 무모한 부류는 아니었다. 아영은 비공식적인 이유에 전혀 공감하지 못하면서도 불합리 앞에서 조용히 눈 감은 채 묵묵히 연구에 동참하는 그저 그런 학부생 중 한 명으로 전락하고 말았다. 꽤 아픈 변화였다. 아영의 열정은 끝내 다시 타오르지 못했고, 불안이 억눌려 있던 만큼 한 번에 치솟았다. 친구들의 시선이 아영에게 주목된 것도 당연했다. 아영은 열정과 성실의 상징에서 탈락했다. 졸업이 가까워질수록 아영의 불안 심리가 구체적인 증상으로 발현되었기 때문이다.

아영의 심리가 불안해지고 있다는 증거는 조별 발표가 필수였던 수업에서 처음으로 발견되었다. 이상 심리에 관해 열심히 공부하던 아영의 목소리가 이상 심리의 징후처럼 가늘게 떨리기 시작했다. 만장일치 발표자로 지목된 아영을 비롯해 조원들 모두 처음 겪는 일에 당황했다. 그 뒤로 목요일 1교시, 가장 깐깐한 전공 교수의 강의에 4년 만에 첫 지각을 했고, 점심을 먹으면서 친구와 했던 대화를 다음 날 모두 잊기도 했다. 대화를 전혀 기억하지 못하는 아영을 오해하는 횟수가 점점 늘어나자 친구들은 아영과의 친분을 티 나지 않게 조금씩 줄여 갔다. 다른 친구들에게는 엄살 부리며 힘들다고 말할 수도 없는 사소한 일이었을 수도 있지만, 그 일의 당사자가 아영이라면 달리 보일 수밖에 없었다. 평범해 보이는 실수들이 아영과 만났을 때는 유례없이 심각해 보였다. 아영의 그런 상황에서도 머뭇거리지 않았다는 게 조금 남달랐다.

아영은 후진 없이 휴학 없이 꾸역꾸역 학점을 채워 가며 마침내 졸업에 성공한 후 곧바로 캠퍼스의 맨 꼭대기에 있는 대학원에 진학했다. 상담심리학 전공 심화 과정에 무서울 정도로 몰두했다. 타고난 집중력이었다. 아영은 이상 징후를 학업 속에 파묻는 방식으로 정면 돌파했으나, 결국 억눌린 문제가 근본적으로 해결된 게 아니었다. 더 큰 폭발력이 숨겨져 있었다.

아영은 대학원 3학기까지는 수없이 반복한 롤 플레이 상담 실습에서 아낌없이 실력을 뽐냈다. 비공식적이었지만 상위권에서 벗어난 적이 없었다. 문제는 대학원 마지막 학기 상담 센터에 나가서 실습 과정을 수행할 때 제대로 터졌다.

센터는 엄연히 교육의 공간만은 아니었다. 아영은 아직 심리상담 수련의였지만 실제 만나는 내담자는 진짜였다. 아픈 정도가 가볍더라도 마음이 아픈 사람들은 절박했고, 반응도 즉각적이었으며, 의미 없는 말에도 크게 동요했다. 아영에게 배정된 내담자의 지난 기록에는 별다른 특이 사항이 없었다. 회사에서 발표할 때 집중적으로 발생하는 불안 심리를 정기적인 상담으로 커버하고 있던 내담자였을 뿐.

내담자는 경과가 좋은 편에 속했는데, 그런 내담자와의 첫 상담 시간 내내 아영은 떨리는 목소리로 얘기했다. 이상 징후의 시작을 알렸던 발표가 생각났다. 일정하게 계속 떨리던 아영의 목소리는 내담자의 심기를 이상한 방식으로 자극하여 불편케 했다. 회기상 내담자의 눈물은 예정에 없었다. 티슈도 준비하지 않은 아영은 실전 첫 상담에서 내담자를 울렸다. 타이밍이 좋지 않았다. 결국 내담자는 아영에게 직접 상담 일정을 일시적으로 연기해 줄

것과, 상담자 변경을 공식적으로 부탁했다.

더 아찔했던 건 아영과 처음 만난 내담자의 첫 컴플레인은 데스크에 전달되지 않았다는 것이다. 아영은 친구의 말을 까맣게 잊었던 순간처럼 내담자의 부탁을 하얗게 잊었다. 좀처럼 불만을 드러내지 않던 온순한 내담자는 크게 당혹한 것에 그치지 않고 센터 공식 게시판에 저주의 댓글로 도배를 거듭했다. 학부생 때 사소하다고 판단하여 대수롭지 않게 여겼던 문제들이 도화선이 되어 잇달아 연결되었다. 더한 것들이 터질 것 같았다. 감당하기 어려운 수준의 더 큰 문제로 커지는 건 시간 문제였다. 아영은 너무 피곤하고 괴롭고 외로웠다.

차라리 시원하게 울고 싶었다. 가슴이 터질 것처럼 아팠다. 야속하게도 눈물샘조차 다 말랐는지 아무리 자극적인 스트레스를 받아도 눈물은 구경조차 할 수 없었다. 아영은 혼자서 감당하기 어렵다는 주관적인 판단이 이미 객관적인 현실로 도착했음을 인정했다.

상담을 받아야 하는 명백한 시점이었다. 공교롭게도 아영의 대학 시절 지도 교수의 친구인 민영빈 교수가 아영을 담당했는데, 좀 더 빨리 상담을 받고 싶은 조바심에 민 교수와 가깝게 지내고 있는 대학원 동기에게 근황을 세세하게 물었다. 다행히 아영의 인간관계는 대학 시절 후반전만큼 최악은 아니었다. 동기는 민 교수의 까다로운 성향을 시작으로 상담을 받을 때 참고할 만한 요긴한 정보들을 아낌없이 풀어냈다. 아영은 정확하게 일주일 후에 성사된 민 교수와의 상담을 잊을 수 없다. 아영의 진로 방향이 그렇게 급격하게 바뀔 줄은 전혀 예상하지 못했다.

아영의 인생은 평탄한 것처럼 보이다가 결정적인 순간에는 언제나 급선회가 동반되었다. 아영은 종종 아찔하게 어지러웠다. 처음으로 급선회의 쓴맛을 본 날. 과격한 변화가 몇 차례 반복되면서 심각한 문제 앞에서도 담담해질 수 있었으나 그날 하루를 생각하면 침착함에서 아득하게 멀어진다. '도대체 무슨 일이 있었나요?'라고 누군가 물어온다면 아영은 기억의 외장 하드를 능숙하게 연결하여 몇 번이고 시간대별로 생생하게 브리핑할 수 있다.

민 교수는 다양한 임상 심리 연구, 이상 심리에 정통한 권위자이자 권력자이다. 상담 구조화 능력이 탁월했으며, 특히 관계 지향적인 인간 중심 상담 기법을 전면적으로 도입하여 국내 실정에 맞게 널리 보급했다. 민 교수의 상담은 우울증, 조울증은 물론 한국적인 병명으로 번역이 불가한 '화병'에 시달리는 중년의 심리 개선에 탁월한 효과가 있었다. 자기 말을 들어 줬으면 하는 사람들이 여기저기서 손을 흔들며 아우성치고 있는 시대에 딱 맞는 선견지명이었다.

진로발달이론의 재해석

민 교수는 상담심리학회에서도 중요한 인물로 거론되었다. 공중파, 케이블을 가리지 않고 정신 건강 정보를 제공하는 프로그램에 패널로 자주 출연했다. 빠른 속도로 영향력을 넓게 가고 있었으며, 이제는 섭외가 들어와도 오히려 방송국이 기다려야 할 판이었다. 아영은 거의 2년 치 일정이 꽉 차 있는 민 교수의 시간을 어렵게 얻어 낸 만큼, 실질적인 조언을 한 줌이라도 더 얻어 내기 위해 현재 상황을 미리 정리, 요약해서 차분하게 말했다. 시뮬레이션을 반복해서인지 목소리는 떨리지 않았으나 심장은 조마조마했다. 어떤 해결책을 제시할지 모르는 민 교수의 즉석 처방전은 기대 반 걱정 반인 미지의 영역이었다.

아영은 상담이 본격적으로 시작된 건가 싶었다. 민 교수는 업데이트 시기가 한참 지난 듯한 구식 매뉴얼을 그대로 읽는 듯했다. 민 교수의 지나치게 낮고 굵은 목소리는 감정을 드러내지 않는 게 최후의 목표라도 되는 듯 나른한 톤으로 지속하였다. 방송과는 확연히 달랐다. 심지어 목소리 볼륨이 너무 낮았다. 방송은 리모컨으로 (+) 볼륨 버튼을 누르면 별문제가 없다. 실제 상담에서 민 교수의 목소리는 여러 가지로 이유로 제법 큰 주의력이 필요했다. 민 교수의 말을 모조리 씹어 먹으며 소화하겠다던 아영의 의지는 손쉽게 제압당했고, 허무하게 무기력해졌다.

상담인지 충고인지 조언인지 헷갈리게 만드는 편 방향의 일방적인 말들이 아영에게 차곡차곡 도착. 무심하게 쌓여만 갔다. 저 단어는 전공 시간에 들었던 것도 같은데…. 맨 밑에 깔린 전문적인 단어들의 건조한 무덤은, '이 대화는 무엇을 위해 존재하는가?'라는 근원적인 의문을 불러일으켰다. 상담은 제 기능을 상실한 것처럼 삐걱거렸고, 마침내 아영의 절박한 기대는 완전무결하게 고개를 숙였다. 진지함과 다정함을 고루 갖췄다고 확신했던 민 교수의 이미지는 고작 1시간도 안 되어 시원하게 증발했다. 이것도 모자랐는지 민 교수는 상담 마무리 즈음 아영에게 기습적인 카운터 펀치를 날렸다. 아영의 가련한 영혼은 그대로 항복을 선언했다.

"남들도 다 그래. 심리상담을 한다고 해서 상담자의 심리가 완벽할 수는 없지. 인간인데 당연한 거야."

"교수님, 그럼…. 제가 어떻게 해야 하나요?"

"하긴 뭘 해. 뭘 특별히 더 하려고 하지 마. 극복한다? 그런 건 없어."

"네?"

"내담자나 상담자나 비슷해. 결국 좋아질 사람은 어떻게든 좋아져. 시간이 약이란 말 몰라? 자네도 마찬가지야."

나름 진지한 상담을 기대했던 아영에게 민 교수는 심플한 해결책을 제시했다. 이걸 게으른 연구자의 변명으로 봐야 할지, 연륜 있는 노교수가 은밀하게 내미는 인생의 비결이라고 여겨야 마땅할지 분간이 가지 않았다. 아영은 정신을 차리고 예의 바른 표정을 누차 가다듬고, 생각했다. 민 교수는 아영이 사전에 낸 대학원 등록금 위에 아주 약간 허용되는 아량을 베풀었을 뿐이다. 그 이상 그 이하도 아니다. 섭섭할 필요가 없다. 그렇지만, 아영은 화려한 명성의 소유자를 맹신하고 있었다는 걸 그제야 깨달았다. 민 교수의 실제 모습도 방송과 크게 다르지 않을 거라고 너무 순진하게 믿고 있었다. 아영은 뼈아픈 자책을 했지만, 이미 늦었다고 체념했다. 상담으로 느껴지지 않았던 민 교수의 마지막 일장 연설을 침착하게 다 듣고 나서 간신히 그곳을 빠져나올 수 있었다. 감사 인사를 하는 것은 잊지 않았다.

종종 부재중이라는 안내와 함께 굳게 닫혀 있던 민 교수의 개인 연구실. 그날따라 더 어두워 보였던 짙은 회색빛 문을 나서면서도 뒷모습이 보이지 않도록 나름 세밀한 동선을 지켜 냈다. 허무하게 지나간 30분 가량의 개인 상담은 아영이 상상한 상담 전문가의 사명감에 대해 철저히 회의적인 시각으로 재점검하는 기회가 되었다. 학생으로 살아온 6년 가까운 시간 동안 아영은 무엇을 공부하고,

연구하고, 꿈꿔 왔는지 싶어 눈물이 한 방울 주르륵 흘러내렸다. 어쩌면 처음부터 아영은 심리상담을 잘할 수 없는 사람이었을까.

아영은 절망적인 상담을 마치고 터벅터벅 복도를 걸어가다 오프라인 게시판에 게시된 직업상담사 채용 공고를 응시했다. 아영이 가고자 했던 정통 상담심리학자의 길은 이미 멀어진 지 오래였다. 아영은 몰랐다. 내담자의 직업을 상담해 주는 일이 첫 밥벌이가 될 줄은 정말 몰랐다. 저명한 학자 슈퍼가 제시한 이론의 하위 단계인 전환기나 시행기 어디쯤 해당하는 대학원 끝 무렵. 아영의 선택지 바깥에 존재했던 직업상담의 세계로 뛰어들었다.

제2장 확립기의 이면

수도권과 그리 멀지 않은 곳에 있지만, 수도권의 될성부른 인재들은 좀처럼 내려오지 않는 4년제 지방 거점 사립 P대학. 국내외를 아우를 수 있는 글로벌 인재를 양성한다고? 웃기는 소리! 천만의 말씀!

졸업한 지 2년 하고도 3개월이 지난 지금 나의 두 번째 직장이다. 이 정도면 솔직히 양호한 거 아닌가? 초반 적응에 실패하고 벌써 네다섯 번 옮긴 친구들도 적지 않다. 인내심 없는 녀석들!

나 한유슬 사원이 일하는 이곳의 대외적인 공식 명칭은 무려 인력개발지원과다. 무슨 대기업에 있을 법한 비장한 느낌으로 정했는지 나야 그 깊은 뜻을 알 길이 없다. 나는 인력개발지원과의 여러 하위 부서 중 하나인 취업지원 3팀에서 취업행정지원이라는 걸 하고 있다. 말은 그럴듯하지만 회계 관련된 온갖 잡무가 주된 업무이고, 손님 오면 커피 혹은 녹차 타기, 일주일에 한 번 사무실 대청소 주관하기, 멋모르고 온 재학생 혹은 가끔 오는 졸업생에게 담당자 안내해 주기 등이 보조 업무이다. 현 팀장의 허세 가득한 지난 무용담에 놀란 척해 주는 것, 변 계장의 힘만 들어간 재미없는 농담에도 크게 웃어 주는 것, 지치지 않고 레퍼토리를 변주하는 경 주임의 남편 자랑을 지루하지 않은 표정으로 들어 주는 것도 들인 시간으로 따지면 업무는 업무인데 어디에 분류해야 할지 모르겠다.

인간관계유지학? 사회생활관계학? 그런 학문이 있다면 1장 2절 어디쯤 있지 않을까. 인간관계론의 대가 데일 카네기도 한국에서 다시 태어나면 자기가 쓴 입문서를 대폭 수정해야 한다는 데에 군말 없이 동의할 것이다.

진짜 중요한 나의 핵심 업무는 취업 관련 장학금 대상자 매칭 및 관리. 까다로운 수급 조건을 통과할 수 있는 대상자 선정! 일단 건강 보험료 납부 기준으로 중위 소득

60퍼센트 이하인 가구의 구성원이어야 한다. 반드시. 이 조건을 통과한 1차 대상 후보자는 3학년까지 평점을 3점 이상으로 유지해야 하며, D학점 이하의 과목이 발생하면 바로 아웃이다. 교양 과목도 예외는 없다. 대상자가 된 학생은 졸업하기 전후 1년 이내에 무사히 취업에 성공해야 한다. 4학년 아니면 졸업한 지 1년이 지나기 전이라는 말. 이 시기에 취업하는 게 그리 어려운 게 아니라고? 어렵다. 생각보다 훨씬 더. 이유는?

　취업처의 조건이 무척 까다롭다. 아무 회사나 들어가도 되는 거 아니냐고? 그럴 리가! 국가에서 제시하는 기준에 부합하는 연 매출 규모를 3년 이상 유지하고 있는 곳이어야 하며, 대상자가 졸업할 때 주 전공이 취업처의 직무와 연계성이 있다고 인정되어야 한다. 문제는 연계성의 인정 기준이 엿가락처럼 매년 바뀐다는 게 엿 같은 함정이다. 어쩌면 올해는 무사히 지나갈 수도 있을 것 같다. 한숨 돌리기엔 이르다.

　끝판왕이 기다리고 있다. 천신만고 끝에 취업이 되더라도 죽으나 사나 2년 이상을 잘 버텨야 한다. 정말이지 취업까지 성공한 장한 대상자들이 딴생각 못 하게 격려 비슷한 전화를 수시로 넣어 줘야 한다. 나는 남친에게도 그렇게 진심을 다한 격려를 한 적이 없는데 말이다. 까딱하면 배 째라며 배짱부리는 간이 부은 분들도 계셔서 십기

진로발달이론의 재해석

를 건드리지 않는 게 좋다. 장학금은 입사일 기준 1년 후에 반이, 2년 후에 남은 반이 지급된다. 학자금 대출 상환으로 사회생활을 시작하는 요즘 청년들에게 꽤 실질적인 도움이 되는 액수라는 것만 말해 두자.

장학금을 받은 학생이 취업 유지 기간 2년을 못 채우면? 내가 대상자를 처음부터 찾아야 한다. 일단 힘이 쫙 빠진 상태에서 또 다른 대상자를 찾는 거라 의욕 상실에서 벗어나기도 버거워 잘 될 턱이 없다. 아는 조교, 모르는 조교 할 거 없이 빌고 또 털어야 겨우 대상자 그림자라도 언뜻 볼 수 있다. 남의 돈, 그것도 국가에서 내려오는 장학금을 받아먹는 게 그리 호락호락한 일이 아니다. 대상자들은 장학금을 받을 때는 아이처럼 좋아하지만, 제대로 된 준비도 없이 덜컥 들어간 첫 직장에서 몇 번 제대로 휘둘리고 나면 정신을 못 차리고 엄살을 부리기도 했다. 여기서 그만두면 이미 지급된 장학금도 토해 내야 하고, 향후 3년간 그 어떤 국가 지원 보조금을 신청할 수 없다고 으름장을 놓기도 했다. 애원하듯 설득할 때는 이게 뭔 짓인가 싶기도 했다. 누가 누구에게 빌고 있는 건가. 인간의 본성을 잘못 해석한 탁상행정 덕이다. 그래도 쌤 덕분에 장학금을 요긴하게 썼다는 진심이 느껴지는 안부 전화가 올 땐 울컥하기도 했다. 정작 난 누가 전화했는지 얼굴도 안 떠오르는데 말이다. 내가 보기와 다르게 이렇게 마음이 여리고 착한 애다.

　나의 첫 직장은 빈틈없이 순수한 노답의 결정체였다. 동기 복? 상사 복? 그러니까 인복은 전혀 없고, '우리나라도 이제 저녁이 있는 삶을 누려야 하지 않을까요?' 하고 의문을 제기해 봤자 싸대기 한 대 맞지 않으면 다행이었던 일복만 팡팡 터지는 그런 곳이었다.
　숨 막히는 적막이 고요하게 흘러서 일이 별로 없구나 싶었다. 알고 보니 다들 일에 미쳐 있어서 입을 열 틈이 없었다. 일에 미치지 않으면 버틸 수 없다는 게 현실에 더 가깝겠다. 업무 지시는 거의 사내 메신저나 이메일을 통해 이뤄졌다. 육성이 실제로 오가는 건 쌍욕을 퍼붓는 눈 시뻘건 부장의 악다구니와 기죽은 평사원들이 '네, 잘하겠습니다.'라고 말하는 기어들어 가는 목소리 정도? 최소한의 영업 실적을 내야만 지급되는 수당이 기본급에 포함된 것도 나중에 알았다. 잘 보이지 않는 보험 약관처럼 두리뭉실한 계약서 끝자락에 있던 그렇게 중요한 문장이 왜 내 눈에 보이지 않았을까.
　어쩐지 졸업하고 나서 자소서 없이 이력서만 넣어도 되는 곳에 몇 번 지원했던 게 다였던 내가 최종 면접까지 일사천리로 통과한 게 영 찝찝했다. 계약직이었지만 적당한 근태와 그럭저럭 해 볼 만한 성과에 따라 2년 정도면 충

진로발달이론의 재해석

분히 정규직 전환도 가능하다는 말에 혹했지만, 7개월 만에 때려치우고 나왔던 걸 절대 후회하지 않는다. 과장! 허위! 사기 광고! 수준의 감언이설에 낚여서 들어간 회사를 그만두는 게 뭐 그리 대수라고. 지금도 난! 아직 무지! 젊으니까! 거기는 그냥 아무것도 없는 곳이었다. 입 아프게 말하고 싶지 않다. 구체적으로 무슨 일을 했는지, 무슨 일이 있었는지 다 잊고 싶다. 으아. 지워 버리고 싶다. 깨끗하고 맑게!

거기에 비하면 여기는 그래도 아직은 괜찮다. 재취업하기 전에 또 반년을 홀랑 놀아 버린 건 그냥 지나가자. 나한유슬의 두 번째 직장은 그럭저럭 만족스럽다. 오해하면 안 되는 게 어디까지나 상대적으로 만족스럽다는 거다. 상대적! 여기도 답 없는 상황이 세트로 온종일 몰아칠 때도 가끔 있지만 적어도 한 가지! 칼퇴를 막는 자는 없다. 왜냐고? 상사들이 6시 땡 하면 다 먼저 가니까. 초과 근무에 대한 인정 기준이 변경되었다고 한다. 한 달 동안 추가로 짭짤하게 먹을 수 있던 금액이 대폭 줄어든 다음에는 상황이 바뀌었다고. 다들 그깟 돈 몇 푼 안 받고 요즘 유행하는 워라밸이나 챙길란다 같은 지금 분위기는 내가 입사하기 전에 자리 잡았다고 한다. 그 점이 가장 마음에 든다. 말 많은 전임자가 2주라는 짧은 기간에 이것저것 안

해 줘도 괜찮은 말을 참 많이 하고 가서 거 사람 참 말 진짜 많네 그러면서 욕도 많이 했는데, 공식적인 인수인계보다 그 사람이 해 준 뒷얘기가 훨씬 더 쓸모 있었다. 팀 분위기를 섬세하게 파악하는 데 유용한 꿀팁이 한가득이었던 것이다.

취업지원 3팀에서 일한 지도 1년이 넘었다. 엄마는 내가 1년을 넘기지 못할 거라고 장담했지만 어쩌나 지금도 멀쩡하게 다니고 있답니다. 그래서! 요즘 엄마는 자주 날 그윽한 눈으로 대견하다는 듯이 바라본다. 월급 다음 날 용돈이라도 봉투에 넣어서 주머니에 쿡 찔러 넣으면 '오구오구, 우리 딸이 이제 밥값 좀 하네.' 하면서 엉덩이를 툭툭 친다. 아직도 애 취급받는 게 살짝 에러지만 '저거 저거 어디 가서 사람 구실이나 하겠어. 쯧쯧.' 이랬던 것에 비하면 얼마든지 참을 만하다. 실상 취업지원 3팀에서 내가 나름 잘 버티고 있는 진짜 이유는 단순하다. 반년 전에 새로 들어온 직업상담사 고아영. 내 인생을 구하러 온 동반자라고 말하면 그건 좀 낯간지럽고. 적군인지 아군이지 헷갈린 땐 약간의 긴장감이 있었는데, 몇 주의 조정 기간을 거쳐 곧 내 편이 되었다. 생각보다 자주 호출당했던 비공식 소인원 회식에 지쳐서 따로 둘만 만났던 날이 있었는데, 그제야 비로소 합이 꽤 잘 맞는 걸 알게 됐다. 경

진로발달이론의 재해석

주임과 변 계장의 손아귀에서 벗어난 것만 해도 행복했다. 고리타분한 인간들은 지긋지긋하지만 함께 신랄한 뒷담화를 해도 안전하다고 느낄 수 있는, 단 한 사람만 있다면 나 같은 해맑은 애도 직장 생활 슬기롭게 해낼 수 있다!

고아영 직업상담사는 27살. 나는 빠른 연생이라서 26살. 사회에서 만난 친구답게 말을 놓지 않아서 어차피 한 살 정도의 나이 차이는 그리 중요치 않았다. 사석에서 나는 그냥 고쌤이라고 부르고, 고쌤은 나를 한쌤이라고 부른다. 사무실에 입장하는 순간부터 고 선생님, 고아영 선생님, 한 선생님, 유슬 선생님 등의 입에 안 붙는 호칭으로 서로를 불러야 한다. 사전에 합을 맞춘 약속된 연기를 하듯이. 특히, 경 주임은 우리가 친하게 지내는 것도 질투하는 것 같다. 점심 먹고 화장실이라도 같이 가려고 하면 눈에서 레이저가 나왔다. 정말 별꼴이다. 그런데 취업지원 3팀은 경 주임이 호러 영화 초반에 허무하게 죽어 버리는 시시한 악당처럼 보일 만큼 진상 고인물 천국이라는 게 숨 막히는 사실이다!

여기서 잠깐! 고인물의 사전적 정의를 짚고 넘어가야 왜 내가 그들을 고인물이라고 칭하는지 쉽게 이해할 것이다. 고인물은 지대가 낮은 논밭의 농작물에 해를 줄 정도의 깊이로, 빠지지 않고 잠겨 있는 물을 의미한다. 우리나라에서 가장 큰 포털 사이트의 국어사전에 정확하게 나와 있다. 못 믿겠으면 지금 바로 검색해 봐도 된다. 그들의 성격을 짐작할 수 있는 고인물의 본래 뜻이 아닐는지!

 호칭 하나도 어마어마하게 격식을 따진다. 형식적인 예의에 목을 매는 그들이 교양인의 탈을 쓰고 쏟아 내는 막말의 면면을 살펴보면 얼마나 모순적인지 알 수 있다. 적어도 내가 경험한 교직 사회는 그들만의 리그로 현재까지는 자가발전이 가능한 곳이다. 견고한 울타리 안에서 안락한 삶을 살아왔다는 걸 증명이라도 하듯 외부 사람들의 고충을 이해할 여분의 마음이 없는 사람들이었다. 정권이 여러 번 바뀌면서 진보와 보수가 뒤엉키고 교차하는 드라마틱한 순간을 관통하면서도 조용한 영향력이 건재한 몇 안 되는 집단 중 하나라는 변 계장의 말이 어렴풋이 이해가 갔다.

 변 계장은 죽어도 내 속을 모를 것이다. 의기양양하게 말한 그 발언을 자폭성 자백으로 받아들였던 내 마음을! 상황이 이렇다 보니 그들을 이해하려면 노력이 절실히 필요했다. 그들을 이해해야 내가 숨을 쉴 수 있다. 내가 가슴을 활짝 펴고, 이해 좀 해 보겠다고! 진짜 노력할 만큼 해 봤다! 너무 힘들다! 내 상식으로는 이해할 수 없는 게 한두 개가 아니다. 그중에서 죽었다 깨어나도 이해 불가한 일들을 몇 개 엄선해서 소개해 볼까 한다.

　가장 먼저 떠오르는 건 조금 사소하다. 그렇지만 나를 아는 사람들은 이해하리라 믿는다. 내가 조금 철없는 건 인정하지만 그렇다고 막 싸가지 없이 행동하는 막무가내형 인간은 아니니까. 묘하게 스트레스받는 이 관습에 대해 어떻게 생각하고 반응할지 자못 궁금하다. 처음 출근하는 사람이 사무실에 있는 컴퓨터의 전원 버튼을 빠짐없이 싹 눌러 놔야 한다는 거 이해가 되나? 자리에 앉아서 손가락 한 번만 까딱하면 되는 그 사소한 일 말이다. 처음 출근하는 사람은 막내여야만 했다. 나는 막내다. 그 일은 곧 내 일이라는 뜻이었다. 고쌤이 온 뒤로는 같이 하거나 둘 중 먼저 온 사람이 해서 그나마 나아진 상황이었다. 화를 낼 일이 아닐 수도 있는데 간지럼을 많이 타는 사람의 옆구리를 쿡쿡 찌르는 느낌이다. 야릇한 짜증이 섞인 초라한 화가 지치지도 않고 계속 날 괴롭힌다. 아침마다. 작은 화의 감정도 매일 조금씩 쌓이니까 무시할 수가 없다. 겪어 보지 않으면 별거 아닌 것처럼 보이는 이 일이 얼마나 기분을 잡치게 하는지 알 수 없을 것이다.

　지난달 평소처럼 내가 제일 먼저 출근한 어느 날. 8시 56분이었다. 그날따라 9시도 안 된 이른 시간에 득달같이 전화가 울렸다. 사무실 전화벨 소리가 들릴 때, 벽시계를 봤으니 기억은 정확하다. 그냥 무시하려 했는데, 소리가 멈추지 않았다. 인내심에 부스터를 달고 전원 버튼을 하나씩 꾹꾹 누르고 있었다. 불현듯 뇌리를 스친 이야기. 가끔 우리 부서 최고 권력자인 인력개발지원과장이 출근 시간 바로 전에 전화해서 기강이 어쩌고저쩌고하면서 분위기를 쑥대밭으로 만들어서 며칠씩 고생했다는 일화가 떠올랐다. 하필이면 벨은 현 팀장 자리에서 울렸다. 심각한 일이 벌어지지 않은 이상 좀처럼 들리지 않는 현 팀장의 전화벨 소리. 지원과장일 가능성이 농후했다.

숨을 가다듬고 차분한 목소리로 전화를 받았다. '취업지원 3팀 한유슬입니다. 무엇을 도와 드릴까요?' '선생님, 저 며칠 전에 장학금 신청했는데, 언제 결과 나와요?' '네? 실례지만, 학생 이름이 어떻게 되나요?' 업무 시작 전에 전화해서 신경질적인 목소리로 주야장천 캐물을 땐 나도 짜증이 슬슬 올라왔다. 지원과장의 기습 점검이 아니어서 다행이라고 한숨 돌리면서도 나는 감정을 최대한 배제하고 형식적이고 건조하게 대답하며 마음을 진정시켰다.

"좋은 아침!"

한참 신경전을 벌이고 있을 때 경 주임의 밝은 목소리가 문 앞에서 크게 울렸다. 목청도 좋은 경 주임. 작은 체구에서 나오는 목소리치고는 굉장히 우렁찬 편에 속했다. 고개를 들고 급하게 눈인사를 하면서 경 주임의 얼굴을 보는 순간! 바로 경 주임의 컴퓨터 전원만 미처 누르지 못했다는 사실이 스쳤다. 아차! 왜 하필 경 주임 컴퓨터를 놓쳤을까. 마음에 걸렸지만 통화를 마무리 짓고 아무 일 없다는 듯 자리를 돌아와 일과를 소화하고 있었다. 퇴근 시간이 가까워졌고 속으로 '별일이야 있겠어. 다행이다.'라고 혼잣말을 할 때 경 주임이 나만 따로 모의 면접실로 불러냈다. 방심하는 순간 사건이 생긴다.

"아니, 한유슬 선생님. 요즘 너무 대충이다. 그거 전원 버튼 누르는 게 그렇게 힘들어?"

"아뇨, 그게 아니라…."

"계장님, 팀장님, 상담사들 컴퓨터는 다 켜 놨더라. 내 것만 쏙 빼놓는 건 뭐지? 내가 주임 나부랭이라서 무시하는 거야?"

"주임님, 제가 9시 전에 출근했거든요. 근데 갑자기 전화가 와서요. 그러니까…."

"아, 됐고! 다음에 한 번 더 그러기만 해! 진짜!"

경 주임은 나에게 쉼 없이 호된 질책을 퍼부어 댔다. 무슨 죽을죄를 지은 것도 아니고! 아니 자기들은 손가락이 없어! 그거 누르는 게 그렇게 힘들까? 누군가는 반대로 그거 눌러 주는 게 그렇게 힘드냐고 말할 수도 있지만. 아마 출근 댓바람에 버튼을 누를 때마다 괜한 반항심이 쑥쑥 자란다는 걸 모르는 게 뻔하다. 이 말도 안 되는 소소한 악습은 꿋꿋이 유지될 것이다. 아마 저들이 다 정년 퇴임하기 전까지? 적어도 다른 부서로 이동하기 전까지는 견고하게 살아 있을 것이다. 내 계약 기간 만료가 더 빠를 듯싶다. 앓느니 죽지. 포기하는 게 정신 건강에 이롭다. 고쌤과 함께 사이 좋게 전원 버튼을 나눠 눌렀던 지난 주 화요일 아침, 그날의 사건을 대략 브리핑해 줬는데 눈을 똥그랗게 뜨고 격한 반응으로 나를 위로했다. 고쌤이 그런 리액션도 할 줄 아는 사람이라니! 놀랄 때 눈이 꽤 크다는 것도, 나의 예민함에 격하게 반응해 주는 공감 능력도 있다는 것도, 무덤덤한 태도로 일관하고 있었지만 속으로 눈치를 엄청나게 보고 있었다는 것도 새롭게 안 사실이었다.

취업지원 3팀 역시 대부분 회사가 그렇듯 소수의 정규직과 다수의 비정규직으로 구성되어 있다. 대충 분위기를 봐도 계약직은 절대 갑인 학교 측에 절대적으로 유리한 방향으로 작성된 계약서상의 기간만 겨우 채우고 다른 곳으로 이직하는 게 일반적이었다. 고인물들끼리만 밀어주고 끌어 줄 뿐 계약직의 정규직 전환에 힘을 실어 주는 사람은, 아무도 없었다. 고쌤처럼 직업상담을 하는 5명의 상담사 중에서 어떻게 윤쌤만 정규직으로 전환되어, 무려 8년 동안 근속을 유지하고 있는 건지 자세한 히스토리를

진로발달이론의 재해석

아는 사람은 없었다.

 유일한 정규직 상담사, 전설의 윤쌤. 나머지 상담사들은 모두 2년이 안 된 신입이었다. 나도 마찬가지 신세였다. 경 주임은 윤쌤 얘기가 나오면 자리를 피하거나 다른 일을 하는 척했다. 경 주임이 직급과 경력을 무기 삼아 윤쌤을 무시했다가 역으로 호되게 당했다는 정도만 회자할 뿐이다.

 "경 주임님, 이제 각자 일은 각자 알아서 하시죠."

 윤쌤은 그렇게 말한 뒤 경 주임을 철저하게 투명 인간 취급하고 현 팀장에게 직접 업무 진행 상황을 보고하기 시작했다고 한다. 시스템을 무시한 처사인 건 사실이었지만 현 팀장도 팀 분위기의 최후 조정자라는 책임에 걸맞지 않게 둘의 위태로운 잡음을 방관으로 일관했고, 경 주임도 윤쌤 업무는 아예 신경 쓰지 않는 것으로 관계의 선을 선명하게 그었다. 직업상담과 취업행정. 엄연히 업무 영역이 달라서 가능했던 일이다.

 둘이 주고받는 언제 터질지 모르는 시한폭탄은 내가 온 뒤로는 아직 소식이 없다. 윤쌤은 윗사람한테는 해야 할 말은 참지 않고 모조리 다 하는 스타일이었지만, 후배에게는 엄마같이 따뜻한 사람이라는 게 내 눈에 한없이 멋져 보였다. 고쌤도 처음엔 숨도 못 쉴 만큼 너무 무서웠는데, 이제는 둘의 긴장감 뒤로 숨을 수 있어서 차라리 낫다는 말을 한 적이 있다. 보이는 게 다가 아니라고 윤쌤이 반드시 직접 해야 마땅한 졸업생 취업률 통계 조사와 비정기적 전화 상담을 근로 장학생에게 매번 시켜 왔다는 사실을 뒤늦게 알았지만 그렇게 실망하지는 않았다.

세상에 완벽한 사람은 없다. 처음부터 끝까지 착한 사람도, 처음부터 끝까지 악한 사람도, 처음부터 끝까지 일을 못하는 사람도, 처음부터 끝까지 일을 잘하는 사람도 없다. 나와 인연이 있던 그 시기에 그 사람이 보여 준 모습으로 기억할 뿐이다.

딱 세 가지만 말하려고 했는데 이제 겨우 첫 번째 에피소드라니! 부디 너그럽게 이해해 주세요. 두 번째 에피소드는 고쌤한테 엊그제 들었던 따끈따끈한 얘기다. 요약하자면 현 팀장의 고리타분한 상사 놀이가 한바탕 휩쓸고 지나갔다고 했다. 며칠 전부터 예정된 정기적인 회식을 뭔 일이 있는지 점심시간 식사로 대신하자는 현 팀장의 말에 소리 없는 환호성을 질렀던 아침이었다. 그날 현 팀장 차에는 고쌤, 경 주임, 윤쌤이 동승했다. 나는 직속 선임인 변 계장 차에 타서 그 차에서 무슨 일이 있었는지 전혀 몰랐다. 현 팀장의 차 보조석에는 고쌤이 앉았고, 뒤에 경 주임, 윤쌤이 차례대로 올라탔다. 듣기만 해도 숨 막히지 않는가. 평소 눈치 없이 너무 많은 얘기를 쏟아 내서 피곤한 스타일이지만 곧잘 분위기를 띄웠던 경 주임도 윤쌤이 옆에 있어서 그랬는지 그날은 말을 아꼈다고 한다.

식사 장소는 왜 그렇게 먼 곳으로 잡은 걸까. 고쌤은 차에서 뛰어내리고 싶은 충동이 들 정도로 어색했다고 한다. 엄살이긴 하다. 고쌤은 절대로 그럴 사람은 아니다. 고쌤이 제발 빨리 도착해라 속으로 수십 번 되뇌며 적막을 견디고 있을 때 참다못한 현 팀장이 살얼음을 깼는데, 너무 싸늘해서 입에서 얼음이 튀어나오는 줄 알았다고 했다. 고쌤은 현 팀장의 냉기에 덜덜 떠는 척을 하면서 말을 이어 갔지만, 자괴감은 어쩔 도리가 없었다고 했다.

"언제까지 말 안 하는지 두고 봤어. 지금 내 차 탄 지 10분이 넘었네."

"아…. 그게 제가 실없는 말이라도 하면 팀장님께서 불편하실까 봐 그랬어요."

"에이, 이 사람아. 그게 무슨 말이야. 상사 차를 탔으면 옆에서 이런저런 얘기를 해야지."

"죄송합니다."

"상사가 운전까지 해서 친히 모시고 가는데, 기본 역할은 해 줘야지. 안 그래?"

"네, 주의할게요."

"고 선생, 가만히 보면 내가 뭐 물어볼 때 가끔 대답을 안 해. 못 들은 척하는 건지 진짜 못 들은 건지 모르겠는데."

"팀장님, 아니에요."

"귀 좀 열고 있어. 귀 좀."

"네, 알겠습니다."

 현 팀장은 고쌤한테 괜한 심술을 부렸다. 회식이 예정되어 있던 당일 시간과 장소를 바꾸고 메뉴를 변경한 사람은 현 팀장 본인이었다. 메뉴가 매일 바뀌어도 좀처럼 구미가 당기지 않는 교직원 식당을 제외하고 먹을 만한 곳은 차 타고 이동하기에는 너무 가깝고, 걷기에는 너무 먼 곳에 옹기종기 모여 있었다. 현 팀장은 직원들하고 겸상은 안 한다는 듯이 항상 외부에서 점심을 해결하고 오는 게 보통이었다. 고쌤은 내비게이션에 '30분 후 도착 예정'이라는 텍스트가 뜰 때부터 그 사달이 날 걸 예감했다고 한다. 현 팀장은 고쌤에게 다 퍼붓고 기분이 좋아졌는지 제대로 된 맛집은 모름지기 외곽에 홀로 있어도 빛난다면서 어색한 공기를 수습하려고 애썼다고 한다.

 그날 난 오랜만에 맛난 토종닭을 먹어서 현 팀장에게 속으로 리스펙을 날렸는데 그런 일이 있었는지는 몰랐다. 고쌤은 현 팀장이 진짜 화난 이유를 지금도 모르겠다고 한다. 나도 모르겠다. 가끔 예측할 수 없는 포인트에서 자주 토라져서 대처할 수 없는 사람이다. 그저 죄인인 척 죄송해서 어쩔 줄 모르겠다는 표정을 보여 줘야 현 팀장은 주어진 권위를 실컷 휘두르며 만족했다. 고쌤과 난 뒤끝

진로발달이론의 재해석

권위자 현 팀장의 심리를 완벽하게 파악하는 건 불가능하단 중간 결론을 내렸다. 피할 수 있을 때까지 피해 보고 그래도 끝까지 따라오는 현 팀장 발 감정 폭격기의 날카로운 미사일은 까짓거 그냥 맞아 주자고 다짐했다. 괜찮다! 다음 날이면 우리는 천하무적 쌩쌩한 신입 사원으로 다시 태어날 수 있으니까.

현 팀장은 학생들에게 절대 잘해 주면 안 된다는 삭막한 말로 처음 출근한 고쌤을 갸우뚱하게 만들었다. 현 팀장은 3년 전 계약 기간을 조금 남겨 두고 다른 학교로 이직했던 경 주임 동기 민 주임이 큰마음 먹고 인사하러 왔을 때도 '아니, 하필이면 왜 이렇게 바쁠 때 왔어.'라는 말로 애써 시간을 내서 달려온 사람의 얼굴에 무안을 듬뿍 칠해 주기도 했다. 때와 장소와 상대를 가리지 않고 예의 바른 척하며 막말을 내뱉는 재주가 탁월하다는 한 줄 평으로 간단히 정리 가능한 인간이다.

지금까지 말한 걸 가지고 그건 아무것도 아니라고 말한다면? 그것도 받아들이겠다. 내가 필요 이상 과하게 섬세한 사람인 걸로 퉁치자. 그래서 힘든 거라고. 인정해 버리자. 사람에 따라서 나를 전혀 이해할 수 없다는 의견도 충분히 존중한다. 사회적 지위가 높으신 분들에게는 고쌤이나 내가 겪은 작은 일들은 일 같지도 않은 사소한 일일 테니까. 또는 자신이 통과한 그 시간을 깡그리 잊었거나.

하이라이트가 남았다! 취업을 지원한다고 명확하게 정체성을 드러내고 있는 이 부서가 왜 존재하는지 이유가 궁금해지는 사무실의 구조와 분위기. 간단하게 생각해 보자. 부서장이나 이 부서에 몸담은 직원들의 최종 목표는? 취업률이다. 해가 뜨나 달이 뜨나 무조건 취업률로 수렴된다. 취업지원 1, 2, 3팀, 학생복지 1, 2팀, 학생상담팀으로 이뤄진 인력개발지원과 사람들을 들었다 놨다 하는 그 취업률! 그렇다면 학생들 입장에서 취업지원팀 하면 기대하는 게 뭘까? 인력개발이라는 말은 너무나 멀고. 취업지원팀이라는 부서명을 보고 뭘 떠올릴까? 학생들이 취업할 때 이곳이 도움이 될 것인가? 그거 말고 다른 게 있을까? 이 부서는 그런 학생들의 마음을 위해 존재해야 하는 곳이다.

보이지도 않고 딱히 드러나지도 않는 학생들의 마음 따위가 뭐가 중요하냐고 묻는다면 하나만 알고 둘은 모르는 거다. 취업지원팀에 들어서면 누구 하나 반기는 사람은 없고, 만사 귀찮은 눈빛들이 한가득한데 누가 오고 싶을까. 재학생들이 와서 마음 편하게 취업 관련 정보를 얻어 가고 싶게 하려면 훈훈한 공기가 흐르고 있어야 가능한 것 아닌가. 그래야 발등에 불이 떨어져도 이력서, 자기소개서라도 가져오고 또 그걸 정성스럽게 봐 주면 오지 말라고 해도 오지 않을까. 그런 학생들이 졸업하고 사회가 나가서 힘들 때 따뜻했던 취업지원팀을 과연 잊을까.

의외로 사람들은 작은 감동을 오래도록 잊지 못한다. 퇴사를 결심하기 전에 여기에 전화라도 한 통 넣어 보고 상의해 보지 않겠냐는 말이다. 그럼 한 명이라도 퇴사를 보류할 것이고! 그건 결국 취업률의 유지, 상승으로 이어진다는 말씀이다! 나의 이런 논리 전개가 황당무계하다고 욕해도 상관없다. 세상 물정 모르는 순진해 빠진 사람이라고 혀를 차도 어쩔 수 없다. 그런데 말이다. 현실을 꿰뚫고 있다고 자부하는 사람들이 어디서부터 실이 엉켰는지 죽어도 못 찾는 거 보면 나도 한심한 마음이 드는 건 매한가지다.

고쌤이 여기 왔을 때 가장 적응하기 힘들다고 말한 건 과연 뭘까? 결정적 힌트는 상담이라는 키워드다. 그래도 아마 모를걸. 내가 입사하기 전 대폭의 근무 환경 개선이 있었다고 하는데 개선의 뜻을 잘 모르는 거 아닌가 싶다. 개선이 아니라 통제겠지.

고쌤은 상담실이 따로 없다는 말에 어처구니가 없었다고 한다. 한마디로 행정이 처리되는 공간과 상담이 진행되는 공간이 분리되지 않았다는 뜻. 거기서 끝나는 게 아니라 은행 창구 같이 만들어 놓은 맨 앞자리에 상담사들을 전진 배치해 놓고 뒤에서 정규직들이 고개만 들면 상담을 전 과정을 지켜볼 수 있는 거북한 책상 배치. 그게 뭘 의미하는지 상담을 잘 모르는 나도 바로 알 것 같았다. 학창 시절로 돌아가서 내가 여기에 온다면 제일 먼저 '대체 상담은 어디서?' 하면서 체념할 것이다. 학생이 와서 진지한 고민을 털어놓고 싶어도 '어머, 여기 애 봐요. 지금 글쎄 상담 중이네요.' 광고하듯 사방이 뻥 뚫린 이 공간에서 무슨 진지한 얘기를 털어놓을까.

상담의 기본 중의 기본. 비밀 유지가 보장되지 못하는 걸 들어오는 순간 바로 눈치챌 수 있는 곳에서 상담이 퍽이나 잘 되겠다! 에라이. 나 같아도 안 한다. 1, 2팀도 사무실이 이 지경은 아니다. 죽어라 행정만 했던 사람들이 자리를 꿰차고 앉아서 실적 핑계로 쪼아 대고 있으니 직업상담의 순기능은 쉽사리 허용되지 않는다.

최소한의 신뢰감도 줄 수 없게 생긴 취업지원 3팀의 이상한 사무실 구조는 유감스럽게도 학생들을 도망자로 만들기에 충분했다. 학생들의 참여가 생명인 취업 프로그램의 저조한 실적은 당연한 결과이다. 참여율을 획기적으로 늘리는 방법은 따로 없다. 돈을 내라는 것도 아닌데 왜 학생들이 안 오냐고 사업비를 반납할지 말지 고민 중이라며 심각한 표정으로 상담사들을 닦달하기 전에 왜 학생들이 취업지원이라는 말 자체를 불신하고 있는지 초심으로 되돌아가 보는 게 먼저다. 이제 겨우 2년 차인 내 눈에도 너

진로발달이론의 재해석

무 잘 보이는데 고인물들의 눈에는 전혀 보이지 않는다. 아니 안 보이는 게 아니라 안 보는 게 맞다.

어제 고쌤에게 어깨가 푹 꺼진 학생 한 명이 찾아왔다. 이름을 듣자마자 온라인으로 몇 차례 이력서 컨설팅을 해 준 예비 졸업생이자 미래 취준생이라는 걸 대번에 알았다고 한다. 사전에 상담 시간을 예약하지 않고 불쑥 찾아온 학생 잘못이 아예 없는 건 아니다. 그래서 눈치를 보며 소곤소곤 조심스럽게 대화를 나누고 있던 두 사람이었다. 경 주임은 대놓고 상담 시간이 너무 긴 거 아니냐며 신경질적인 목소리로 면박을 줬다. 그것만 봐도 확실하다. 상담이 시작된 지 불과 10분 정도 지났을 뿐이었다. 고인물들은 학생들에게 전혀 관심이 없다. 다들 자기 자리가 언제까지 무사할 것인가 오직 그것만이 관심사겠지.

지금도 난 기대보다 두려움이 더 크지만, 그럼에도 순간순간 나를 울컥하게 만든 감동적인 기억을 간직하고 되새기며 버티겠다! 어차피 일로 만난 가치 교환의 장에서 모두가 내 마음 같을 거라는 순진한 생각만 버린다면 못할 것도 없다. 기대가 클수록 만족은 어렵다. 내 기대를 완벽하게 채워 줄 직장은 이 세상 어디에도 없다. 설령 내가 회사를 차려도 그 사실은 변함없을 것이다. 나의 기대도 그때가 되면 또 달라질 테니까.

여기서 일하기 전에 취업 지원이라는 말을 보면 뭔가

헌신적이고 가치 있는 일이 가득할 거라고 상상했는데, 천만의 말씀이었다. 이제 학생들도 똑똑해서 학교에 기대 따위 하지 않는다는 거 알고 있지만, 현실은 상상보다 훨씬 더 잔인하고 건조하다는 걸 알기를 바랄 뿐. 나야 이렇게 점점 냉소적인 사람이 되어 가는 게 그럭저럭 나쁘지 않다. 냉소는 현실로부터 나를 지켜 주는 최소한의 방패니까.

부디 취업지원 3팀에서 고쌤은 나처럼 차가워지지 않으면 좋겠다. 고쌤이 대학 시절 상담심리학 전공 공부할 때 얘기를 들어 보면 지금 직업상담을 하고 있다는 게 놀라울 따름이다. 심지어 그때보다 훨씬 더 헌신적인 마음으로. 절대 변할 것 같지 않은 사람이 저렇게 변하기도 한다.

오늘 퇴근하고 고쌤이랑 근사한 저녁을 먹기로 했다. 동료와 마음 편한 식사를 할 수 있다는 것도 감사한 일이다. 오늘은 티본 스테이크와 파네 파스타 두 가지 메뉴만으로 동네 상권의 중심지로 부상한, 로컬 맛집에 가기로 했다. 고쌤이 고심해서 선택한 맛집 URL 주소를 방금 보내왔다. 대형 팸레보다 조금 비싼 감이 있지만, 고기의 부드러운 육질과 깊이 있는 소스 맛 하나는 비교 자체가 미안해질 정도로 훌륭하다는 실사용자 후기를 보고 흔쾌히 결정했다.

내가 계산하면 다음 날 고쌤이 절반을 돌려주고, 고쌤이 계산하면 내가 절반을 돌려준다. 깔끔하다. 오늘도 성역 없는 뒷담화의 수위는 조금 더 높아질 것이다. 괜찮다. 상관없다. 우리 둘이 주고받은 대화의 흔적은 실시간으로 공기 중에 흩뿌려져서 금세 사라질 테니까.

제3장 유지기와 쇠퇴기의 이면

고아영은 계약 기간 2년을 무사히 채웠다. 그 후 이직할 때마다 연봉은 조금씩 상승했지만 물가도 덩달아 치솟았다. 정기 예금은 고사하고 단기 적금을 붓는 것도 만만치 않았다. 생활이 풍족하지 않았으나 평생 추구해야 할 생애 가치를 이따금 수정하면서 삶의 만족도는 조금씩 높아졌다. 직업 가치와 생애 가치의 간극을 최대한 좁히는 쪽으로 가닥을 잡고 습관성 노력을 지속했다. 중대한 선택의 갈림길에서 가치의 충돌이 연쇄적으로 일어난 경우에는 과감한 포기를 강행하기도 했다. 고아영은 자신의 인생에서 확실하게 통제할 수 있는 건 자신밖에 없다고 믿었다. 자기 계발의 쾌감을 즐기게 된 건 직업상담사로 일한 지 3년이 지난 다음이었다. 고아영은 졸업을 앞둔 4학년 예비 취준생들과의 1:1 상담, 1학년을 대상으로 한 진로 탐색 프로그램 운영에서 특히 탁월한 실력을 발휘했다. 직무 능력의 숙련도가 높아질수록 내담자들에게 정교하고 세심한 상담 능력을 발휘했다. 신기하게도 직업상담 분야에서 일하면서 대학원 시절까지 아영을 괴롭혔던 이상 징후가 점차 사라졌다. 직업상담의 가치를 재발견할 때마다 자기 스스로 피험자가 되어 가장 먼저 적용해 봤다. 고아영은 이직할 때마다 학교의 개별적인 특성에 따라 조금씩 다른 이름으로 불렸다. 취업지원관, 취업 컨설턴트, 잡 코디네이터 등등. 고아영은 사회 진출을 앞두고 자신처럼 불안에 떨고 있는 친구들이 마음에 쓰였다. 고아영은 대학교 내에서 직업상담이 이뤄지는 부서에서만 지속적이고 성실하게 경력을 쌓아 갔다. 수도권과 지방을 가리지 않고, 자신의 능력을 펼칠 수 있는 곳이라면 주저하지 않고 달려갔다. 비록 심리상담 전문가가 되진 못했지만 대학가에서는 꽤 능력 있는 직업상담사로 소문이 났다.

고아영은 자신과는 가는 길이 다르다고 확신했던, 악플에 시달렸던 선배와 꽤 흡사한 길을 걷고 있었다. 고아영은 대학 시절 풍문으로 듣고 그저 흘려보냈던 기억 속 선배와 현실에서 접점이 생길 거라고는 전혀 예측하지 못했다. 사업 승인이 안정권에 접어든 취업 프로그램의 외부 강사가 프로그램 시작 하루 전 아슬아슬한 펑크를 내기 전까지는. 부랴부랴 급하게 섭외 대상자 목록을 작성하기 전까지는.

 잊고 지냈던 선배가 떠올랐다. 같은 과 출신이라는 확실한 인연은 금방 둘의 사이를 친밀하고 견고하게 만들었다. 한 다섯 번째였을까? 고아영은 선배에게 업계 최고 수준의 강사비를 책정했다. 그럴 만한 자격이 있었다. 고아영이 예산의 세부 디자인 권한까지 손에 넣고 처음 진행한 애착이 가는 프로그램이었다. 프로그램을 무사하게 진행해 준 선배와 함께 식사하고 싶은 마음이었다. 몇 개 안 되는 즐겨찾기 목록에서 선배 이름을 검색해 전화를 걸었다. 선배의 목소리는 약간 피곤하게 들렸지만 곧이어 연구, 상담, 강연으로 꽉 채워진 선배의 하루가 선명한 홀로그램처럼 떠올랐다. 고아영은 기분 좋은 나른함이 묻어나는 선배의 목소리를 좋아했다. 시시콜콜한 안부와 꼭 알려야 할 필수 정보까지 전달하고, 이틀 뒤면 어김없이 돌아오는 토요일 14시 늦은 점심을 함께하는 걸로 약속 시각을 정했다. '선배, 그러면 거기서 봐요.'라는 무심한 인사로 전화를 끊으려 하자, 선배는 느닷없이 '더 미루지 말고 이제는 나랑 일해 보지 않을래?'라는 말로 고아영과의 통화 상태를 유지했다.

 제안을 수락하는 것은 당연하고, 시기만 고려해 보자는 의중을 담은 선배의 느닷없는 물음에 고아영은 잠시 말문이 막혔다. 고아영이 즉답을 회피하자, 선배는 능숙하게 말을 이어 갔다. 자세한 얘기는 고아영이 좋아하는 폭신한 다쿠아즈와 샷 두 번 추가한 아이스 아메리카노를 앞에 두고 하자면서. 고아영의 취향을 꿰차고 있는 선배의 눈썰미가 놀라웠다. 10년차인 고아영에게 이 제안이 이른 행운이 될지 의외의 나락이 될지 누구도 알 수 없다. 고아영은 '선배, 만나서 얘기해요.'라는 말로 수락 여부를 표시하지 않은 채 서둘러 전화를 끊었다.

  한유슬은 고아영과는 다른 길을 걸었다. 호기심에 비해 인내심이 부족한 한유슬은 고아영이 유사 분야에서 10년 동안 꾸준히 경력을 쌓는 동안 직업을 3번 변경했고, 회사는 무려 7번 옮겼다. 한가지 원칙만은 확실하게 지켰다. 저녁이 있는 삶을 반드시 사수하겠다는 것. 그 간단해 보이는 원칙을 지키겠다는 의지는 힘난한 가시밭길의 예고편이자 본 게임의 시작을 알리는 시그널이었다. 경력의 일관성은 진작 포기했다. 연봉을 늘리며 이직하는 맛 역시 과감하게 내려놨다. 한유슬은 아직 도착하지 않은 미래의 행복을 위해 현재를 희생하지 않았다. 저녁이 있는 삶을 갈망한 만큼 그 시간을 낭비하지 않았다.

  평일 저녁 한유슬은 큰 관심이 없었던 작가의 에세이나 단편 소설집 위주로 꾸준한 독서를 했다. 취향의 정 반대편에 있다고 생각했던 책 속에서도 한유슬의 지적 호기심을 채워 줄 신선한 사유의 조각이 자주 발견되었다. 좋은 문장이 있으면 다이어리에 옮겨 적었다.

독서만큼 열렬했던 건 외국어 공부. 영어는 오래전부터 꾸준히 해 왔지만, 스와힐리어까지 공부하고 있는 한유슬을 신기한 눈으로 바라보던 친구가 물었다. '갑자기 스와힐리어는 왜 공부하는데? 왜 아프리카 가서 살려고?' 타박이 살짝 섞인 친구의 말에 한유슬은 '발음이 재밌잖아.'라는 원초적인 답으로 응수했다. 강연 듣기도 빼놓을 수 없다. 좋아하는 작가의 북 토크로 가볍게 시작된 한유슬의 새로운 취미는 기업 CEO, 연예인, 유튜버 등의 특별 강연까지 편식 없이 분야를 넓혀 갔다. 강연의 핵심을 잘 요약하는 의외의 재능은 인스타 친구들의 '좋아요' 개수가 안정적으로 늘어나는 데 큰 역할을 했다. 한 번도 만난 적은 없지만 잘 아는 사람들처럼 느껴졌다. 한유슬의 평일 저녁 시간은 건강한 활기로 가득 찼다. 주말 낮에는 어떠한 약속도 잡지 않고 집순이 모드로 지냈으나, 주말 저녁이 하이라이트였다. 한유슬이 좋아하는 친구들과 가벼운 술자리 참석, 시즌이 끝난 미드 한 번에 몰아 보기, 이젠 클래식의 반열에 오른 온라인 게임 즐기기, 만년 꼴찌 팀 응원하러 야구장 가기, 지역의 러닝 크루 운영진으로 활동하기까지 일정을 꽉꽉 채워서 시간을 보냈다. 새로운 즐거움을 탐색하는 한유슬의 열정은 지속 가능한 발전이 실현되기 직전인 미래 에너지처럼 바닥을 보일 줄 몰랐다.

고아영과 한유슬이 잠시 몸담았던 4년제 지방 사립대학은 그들이 퇴사한 지 약 2년 만에 대학 구조 개혁 평가에서 최하위 단계를 가까스로 모면했으나 그 후 6년 8개월 만에 문을 닫았다. 수도권과 가까운 지리적 조건, 취업에 특화된 몇몇 과의 비전을 앞세워 짧은 전성기를 누렸던 대학치고는 의외로 초라한 퇴장이었다. 무슨 일이 있었던 걸까.

대학 구조 개혁 평가에서 처참한 성적을 받은 P대학의 실질적인 위기가 가시적인 수치로 치환될 무렵 교무처 고위 직원들을 중심축으로 걱정과 충성이 과했던 몇몇 사람들이 비공식 대책위를 꾸려 총장에게 디스토피아적 시선이 가득 담긴 전망서를 제출하기도 했다. 이미 시작된 인구 절벽과 최하위에 가까운 대학 구조 개혁 평가는 대학의 존속을 위협하는 심각한 요소라는 지극히 상식적인 전망이었다. 고용된 총장은 전망서에 대해 별 반응을 보이지 않았지만, 전망서에 이름을 올렸던 자들은 다음 정기 인사이동 시기에 예외 없이 신속하게 한직으로 좌천되었다. 보수 정권에서 시작된 대학 구조 개혁 평가는 해를 거듭할수록 기준이 엄격해졌다. 한 번 받은 평가에서 벗어나는 건 거의 불가능에 가깝다는 여론은 폐교 직전이 되어서야 수면 위로 올라왔다. 결과적으로 대학 구조 개혁 평가에서 최하위를 벗어났다고 한숨 돌릴 게 아니라 최후의 경고로 받아들이고 분골쇄신했어야 겨우 함정에서 빠져나오는 모양새였는데 이미 돌이킬 수 없었다.

P대학 노조의 긴 역사와 단결력으로 철옹성에 가까웠던 교직원 사회는 혼란에 휩싸였다. 자발적 희생이라는 고귀한 개념을 경험해 보지 못한 집단에서 우왕좌왕하는 사이, 대학 개혁의 칼날은 법치의 든든한 지원 아래 매년 더 날카로워졌다. 대학 구조 개혁 평가의 시스템은 실상 부실기업 정리와 유사한 형태로 진행되었다. 한번 찍힌 대학은 협동 사냥에 능한 하이에나를 꼭 빼닮은 국가 공무원들의 집요하고, 무자비하고, 전방위적인 평가에 계속 휘청거릴 수밖에 없었다. 전국에 있는 모든 대학교의 입학 정원보다 수학 능력 시험 응시자 수가 적어졌을 때부터 이미 전쟁은 시작이었는데, P대학의 교직원 사회는 너무 안이했다. 안이한 정도가 아니라 거의 대응이라고 할 게 없는 수준이었다. '설마 정년 끝나기 전에 무슨 큰일이 있겠어?' 같은 지나친 낙관으로 무장한 교직원이 대다수였다. 평가에서 하위권에 속한 대학들은 지속적인 페널티를 감수해야만 했다. P대학도 마찬가지였다. 교직원 감축, 재정 지원 제한, 국가 장학금 지급 보류, 입학 정원 대폭 감축 등의 조치로 대학의 위상은 곤두박질쳤다.

입학 정원이 감축되고 장학금이 빈약한 P대학을 꺼리는 수험생들의 눈치 싸움의 기류는 비슷한 수준의 S대학의 지원율 급상승으로 끝이 났다. 다수의 교직원이 감축된 P대학에 남아 있는 교직원들은 날 선 평가에 적극적으로 방어하기가 힘에 부쳤다. 그나마 남아 있는 교직원 중에서 상대적으로 눈치 빠른 몇몇 이들은 난파선을 탈출하는 심정으로 사표를 던지고 퇴직금을 챙겼다. 정년 보장을 의심한 적이 없었던 이들이 한 가장 파격적인 집단행동이었다. 엎친 데 덮친 격으로 차가운 평가의 소나기 속에서도 탱커 역할을 묵묵하게 수행하고 있던 인기 학과에서 문제가 터졌다. 해당 학과는 비교적 취업이 잘 되는 편이었고, 정원 감축의 칼춤 속도를 그나마 줄이며 P대학 재정의 상당 부분을 책임지고 있었다.

빠른 속도로 세대교체가 이뤄지고 있는 사회 분위기를 정면으로 역행하는 일이 발생했던 것이다. 전 과정이 SNS를 중심으로 퍼져 나갔다. 문제의 과는 군대를 능가할 정도로 똥군기로 빛나고 있었다. 기수 열외와 같은 치명적인 정신적 폭력이 암약했으며, 기강을 잡는다는 이유로 믿을 수 없게도 육체적 폭력도 자행되었다. 영상 유포자는 기수 열외의 당사자가 된 학생이었다. 선배들에게 인사를 제대로 안 한다는 이유로 왕따라는 가혹한 결과를 얻게 된 학생은 이를 악물고 치욕을 참아 가며, 증거가 될 만한 건 다 모았다. 단체 대화방의 대화 내용을 캡처하거나 집합 시간에는 그날의 분위기를 짐작할 수 있는 소리를 몰래 녹취했다. SNS의 파급력은 무시무시했다.

 반전 없이 P대학은 발칵 뒤집혔다. 이 결정적 사건으로 P대학은 다음 대학 구조 개혁 평가에서 끝내 최하위 단계의 평가를 받고야 말았다. 돌이킬 수 없었다. P대학은 그 뒤로 악순환의 연속을 반복하다가 폐교 대상 심의회에 주요 안건으로 상정되었다. 평가자들의 74.8퍼센트가 폐교 찬성으로 의사를 표현했다. 고아영과 한유슬이 퇴사한 후 80개월 동안 많은 일이, 엄청난 속도로 P대학을 사정없이 강타했다.

 고아영과 한유슬은 P대학이 역사 속으로 사라졌다는 게 실감 나지 않았다. 둘은 거의 1년 만에 다시 만났다. 두 사람은 자주 보지 못해도 최소한 해를 거르지는 않았다. 서로의 거주지 근처에서 번갈아 가며 만나곤 했는데 이번에는 특별히 중간에 있는 K시에서 만났다. 현재는 아무런 연고가 없는 곳이었지만 P대학과 그리 멀지 않았다. 그러니까 두 사람이 자주 갔던 K시. 늦은 오후에 만나서 함께 일하던 시절 즐겨 먹었던 파네 파스타와 너무 비싸서 엄두를 내지 못했던 한우 안심 스테이크를 시켰다. 일상과 호사가 잘 섞인 메뉴 선택이었다. 느긋하게 대화를 나누며 식사를 하다 보니 어느새 날이 저물고 있었다. 오랜만에 기분 좋게 배를 채운 두 사람은 곧 자리를 이동해서 자주 가던 한적한 카페에 들어갔다.

지금까지 그 자리에서 변함없이 영업하고 있다는 사실만으로도 감격스러웠다. 늘 그렇듯 같은 커피를 시켰다. 한유슬도 고아영처럼 샷 추가한 아이스 아메리카노를 좋아했다. 정확히 말하면 한유슬의 취향이 먼저였고, 고아영이 한유슬과 함께 다니며 익숙해진 게 올바른 순서다. 둘은 P대학에서 있었던 일들을 생각나는 대로 꺼내 들었다. 그래도 모교나 다름없었던 곳인데 좀 아쉽다는 말을 나누기도 했다. 표정 변화가 크지는 않았다. 취업 후 처음으로 발표되었던 최종 취업률 공개 후 현 팀장의 불호령에 벌벌 떨었던 날, 취업 프로그램 인원 모집에 실패해서 변 계장과 경 주임한테 한 소리 듣고 목놓아 울었던 날, 한유슬이 장학금 대상자로 선정하고, 고아영이 지속적인 상담으로 보살폈던 졸업생이 6개월 만에 취직했다는 반가운 소식을 들고 취업지원 3팀을 찾아왔던 날…. 치열했던 날들을 되돌아봤다. 커피잔에 가득하던 얼음이 다 녹을 때까지 대화는 계속 이어졌다. 그런데 참 이상했던 건 두 사람이 그 시절 있었던 일들을 추억하는 대화를 쉴 새 없이 나누면서도 그곳에 있었던 사람들의 얼굴은 도무지 떠오르지 않는 것이었다. 그리고, 더 이상했던 건 두 사람 다 그들의 얼굴이 기억나지 않는다는 말을 입 밖으로 꺼내지 않았다는 사실이었다.

물류 센터에 있던 그 생수는 어디로

물을 사서 마시는 시대. 생각해 봤어? 비슷한 질문으로 프로게이머, 유튜버의 대 전성시대가 올 거라고 예상했어? '예, 아니요.'로 별 고민 없이 바로 답한다면 기성세대일 가능성이 농후하다. 성장판이 아직 닫히지 않은 세대의 사람들은 질문 자체를 이해하지 못할 테니까. 우겸은 뜬금없이 생각해 낸 질문에 의문을 품지 않는 자신의 나이가 썩 마음에 들지 않았다. 자문했지만 반드시 자답할 필요는 없었다.

대신 우겸은 기억이 무질서한 상태로 보관되는 대뇌 피질에 질문의 키워드인 물을 검색했다. 우겸의 지난 검색 기록에서 물과 함께 연관 검색어로 시원함, 기차, 길거리, 서울역, 귀경길, 노점상 등이 함께 떠올랐다. 우겸은 관련성을 알 수 없는 여러 개의 연관 검색어를 조합해 봤다. 서울역이 결정적인 힌트였다. 그건 곧 어린 시절에 마셨던 냉보리차의 추억이었다는 걸 쉽게 알 수 있었다.

그해 가을, 육지의 거의 끝자락에 있는 부모의 고향까지 다녀오는 교통편으로 기차가 낙점되었다. 기차는 단란한 우겸 가족의 첫 자가용 중고차보다는 예정된 시간을 크게 벗어나지 않는다는 면에서 분명히 합리적인 선택이었다. 그렇지만 좁은 기차의 좌석에 6시간이 넘는 동안 가만히 앉아 있어야 했는데, 어린 우겸이 그렇게 빨리 지치고 말 것이라는 건 예상치 못한 변수였다. 이른 아침과 늦은 점심 그사이 어딘가의 시간에 출발한 귀경길 기차. 따사로운 볕이 쏟아져 들어왔던 창 밖으로 점차 어둠이 깔리면서 급기야 사위가 급하게 어두워질 때쯤이 돼서야 겨우 서울역에 가까워졌다. 어린 우겸에게 길게 느껴지는 여정이 끝나 갈수록 견디기 어려운 졸음이 끈적하게 달라붙었다.

우겸 가족의 아늑했던 보금자리는 서울역에서도 다시 시외버스를 타고 2시간 이상 가야 하는 수도권의 최남단이었다. 잠에 취할 대로 취한 어린 우겸을 둘러 업는 것도 결코 쉬운 일이 아니었다. 어린 우겸의 모는 정신 차리라는 듯 지친 자식의 손을 꽉 잡았다. 그런데도 우겸은 눈이 수시로 감겼고, 투명하게 반짝이던 총기 어린 눈빛도 전혀 찾아볼 수 없었다. 우겸의 부가 앞섰고, 우겸의 모와 우겸은 졸졸 그 뒤를 따라갔다. 서울역 광장 한가운데를

질러 시외버스를 탈 수 있는 곳을 향해 천천히 움직이는 세 사람은 멀리서 보면 한 몸으로 보일 정도로 바짝 붙어 있었다. 미처 정화되지 못한 짙은 회색빛 매연이 광장 전체에 고르고 낮게 깔리며 세 사람을 에워쌌지만 을씨년스러웠던 풍경은 이내 사라졌다.

우겸의 부가 넓은 서울역 광장의 반 정도를 부드럽게 둘러싸고 있는 각양각색의 노점상들을 발견했을 때 걸음을 재촉하기 시작했다. 세 사람의 그림자는 더 빨리 움직였다. 오징어, 쥐포, 핫도그, 땅콩 등등 자극적이고 진한 맛의 길거리 음식이 즐비했음에도 우겸 가족의 시선이 먼저 도착한 곳은 노점상 행렬의 맨 끝 쪽. 시대에 어울리지 않는 민트색 페인트로 깔끔하게 칠한 손수레. 허름해 보이지 않았던 이유가 있었다. 노을빛과 어울리는 회색이나 갈색 계열의 휑한 기운이 느껴지는 다른 노점상들과는 달리 확실하게 다른 아우라를 발산하고 있었다. 가까이 다가가서 보니 글쎄 파는 게 시원한 물이었다. 빈틈없는 민트색 위로 진한 갈색의 궁서체 글씨가 돋보였다.

그 네 글자는 냉보리차였다. 다른 건 없었다. 물이라는 단 한 가지의 판매 품목이 생경하게 느껴졌다. 아뿔싸 더운 날들이 지나가고, 낙엽 바스락거리는 소리가 들리기 시작하는 계절에 냉보리차라니. 이 노점은 튀기로 작정한 듯했다. 우겸의 부모는 짙은 갈색을 띤 냉보리차 한 잔의

값을 얼른 치른 뒤 차례대로 한 모금씩 마시고, 우겸이 천천히 마실 수 있도록 속도를 맞춰 유리잔을 기울여 줬다. 우겸의 눈꺼풀은 생기를 되찾아 가벼워졌고, 눈빛은 금세 되살아났다.

 어린 우겸은 훗날 냉보리차를 마셨던 순간의 작은 전율을 쉽게 잊지 못할 수도 있겠다고 생각했었고, 실제로 그렇게 되었다. 방금 우겸이 떠올린 뜬금없는 질문에 그날의 순간들이 비교적 훼손되지 않은 상태로 바로 소환되었으니까. 타고 왔던 완행열차와는 다르게 우겸의 작디작은 신체 기관 구석구석까지 특급으로 한기를 배달해 주었던 냉보리차의 기능성이야말로 그 뒤로 수없이 마신 어떤 이온 음료보다도 훌륭했다.

―

 우겸은 시간의 풍화 작용에도 끄떡없는 그날의 강렬했던 감각을 떠올리며 고개를 세차게 좌우로 흔들었다. 한여름인데 숨을 쉴 때마다 마스크를 뚫고 입김이 하얗게 뿜어져 나왔다. 우겸에게 얼마간 버틸 수 있는 돈을 제공해 주고 있는 곳은 365일 일정하게 온도가 유지되고 있는 물류 센터. 냉동, 냉장, 상온의 세분된 물류 라인을 통합적으로 취급하는 중소기업치고는 규모가 작지 않고, 은근히 긴 역사를 자랑하는 곳이었다.

 물류 센터는 대형 파트너 둘을 가지고 있었다. 이름만 말해도 다 아는 업계 2위 브랜드 인지도를 자랑하는 편의점, 브랜드명에 특별한 의미를 부여하지 않아도 특별하다는 자신감을 박아 넣은 대규모의 24시간 마트. 유수의 대기업이 서민적인 이미지를 구축하기 위해 계열사로 운영하는 마트였다. 이 두 곳에 지속해서 물류 업무를 제공하고 있는 충성심이 높고, 성실하기로는 둘째가라면 서러운 하청업체였다. 우겸은 물류 센터에서 기꺼이 부속품이 되기를 자처했다.

 우겸은 별 볼 일 없는 인생의 다음 계획을 위해 당장 일을 시작해야 하는 절박한 상황임에도 불구하고 몇 가지 원칙을 세웠다. 노동 유연성이라는 그럴듯한 말 뒤에 기업이 교묘히 숨기고 있는 해고의 용이함을 역이용하고 싶었다. 언제든지 미련 없이 그만두고 떠날 수 있는 곳. 물류 센터는 최적의 조건을 갖추고 있었다. 큰 책임감을 느끼지 않아도 되고, 고차원의 응용력을 갖추지 않아도 별 지장이 없는 곳. 일하고 싶다는 최소한의 의지만 있으면 언제든지 바로 다음 날부터 시작할 수 있으며, 팔다리만 멀쩡하면 남녀 구분 없이 진입 장벽이란 게 아예 존재하지 않는 곳이라는 게 매력적이었다. 신속한 급여 지급은 우겸의 구직 대원칙에는 없던 항목이었다. 그래서, 하루

단위로 급여가 지급되는 사실을 알았을 때, 우겸의 마음에 가벼운 흥분의 파도가 출렁거렸다. 기대하지 않았던 보너스를 받은 기분이었다.

언제든지 예고 없이 사라져도 아무도 신경 쓰지 않는 곳. 물류 센터. 우겸은 여기서 영원히 일할 것도 아닌데 힘들어 봤자 얼마나 힘들겠냐는, 본능에 충실한 대책 없는 직관으로 흔쾌히 결정했다. (어느덧 반년이 지나갔고, 계절은 두 번 바뀌었다.)

우겸은 물류 센터에 발을 들인 첫날 이른 아침, 평소와 달랐던 기상 시간으로 짙은 파란색이 인상적이었던 새벽 하늘을 바라보면서 길을 나섰다. 한여름임에도 불구하고 찰나의 순간에 느꼈던 새벽 공기의 한기는 우겸의 삶 속에서 짧지 않은 시간 동안 집중적으로 느낄 수 있었던 비현실적인 추위의 시작점 같은 것이었다.

물류 센터에 도착한 우겸은 광활한 공간에 입이 다물어지지 않았다. 더 놀라운 건 그 넓은 공간을 빼곡히 채우고 있는 수만 개의 물건이었다. 저 많은 물건이 누군가에게 불과 일주일도 안 되는 시간 내에 도착한다는 사실이 새삼 낯설었다. 우겸은 전날 전화로 일을 할 수 있는지 여부를 거듭 확인했다. 일하고 싶다는 간절한 마음이 약간 느껴질 만큼 일부러 몇 개의 적극적인 질문을 하자, 사무적인 목소리치고는 친절한 대답이 돌아왔다. 물류 센터에 인력을 공급하는 실무자는 '일은 할 만한가요?'라는 우겸의 마지막 질문에 그저 웃으며 짧게 대답했다. 지나치게 심플했던 그 한마디가 무얼 의미하는지 우겸은 바로 다음 날 알게 되었다. 믿고 싶은 대로, 바라는 대로 대수롭지 않게 넘겼던 실무자의 '그럼요.'라는 세 글자를 떠올리며 우겸은 순간 망연자실했다.

 어쩌겠는가. 돌아갈 수는 없었다. 돈이 절실했다. 우겸은 인생 계획을 수정하면서 돈이 더 절실해졌다. 새로운 분야의 일은 최소한의 자격이 필요했다. 독학으로 그 자격을 취득할 자신이 없었다. 학원비를 마련해야 했다. 혼자 공부한다 해도 무한 스트리밍이 가능한 동영상 강의 정도는 필수였다. 돈이, 그 빌어먹을 돈이 절실하게 필요했다.

 더위에 취약한 우겸은 첫날부터 육체를 전략적으로 활용해야만 겨우 버틸 수 있는 상온 라인으로 배정되었다. 본격적인 라인 업무가 시작되기에 앞서 정체 모를 관리자가 다가왔다. 통성명 따위는 생략하고 산더미처럼 쌓여 있는 다양한 용량의 액체로 된 것 중에서 대용량 페트병 묶음 생수로 세워진 탑을 3미터쯤 옆으로 그대로 옮기라고 했다. 우겸은 관리자의 말을 집중해서 듣지 않았다면 무슨 말을 하는지조차 알아차리지 못했을 것이다. 그걸 바로 옆으로 왜 옮겨야 할까. 우겸은 맥락 없는 지시에 납득할 수 있는 이유를 듣고 싶었지만, 입을 다물었다. 첫날이니까. 가만히 있어야 반이라도 간다는 군대에서 깨달은 진리를 떠올리며.

2리터 6개의 생수가 한 묶음. 우겸은 어이없게도 생수의 대용량이 1.5리터가 아니라 2리터라는 사실을 처음 알았다. 묵직한 생수 묶음을 양손에 들고 옮기기 시작하니까 점점 의식이 흐려지는 기분이었다. 간만에 일찍 일어난 탓에 잠이 많이 부족했는지 정신 줄을 꼭 붙잡고 있는 것 자체가 버거웠다. 우겸은 그날 처음 본 사람 2명과 함께 약 30분에 걸쳐 거대한 생수 탑을 옮기고 또 옮겼다.

이유도 모른 채 단순 업무를 무사히 마친 우겸이 바닥에 주저앉았을 때, 아까 봤던 관리자가 다가와 무음 모드로 손짓했다. 마스크를 쓴 관리자의 얼굴 전체를 볼 수 없었지만, 눈빛은 단호하고 정확하게 우겸을 향했다. 벌써 요령 피울 생각은 하지도 말라. 저쪽으로 가라는 거 같았다. 우겸은 다양한 종류의 액체 사이를 가로질러 격전지 상온 라인 앞까지 뛰어갔다. 우겸은 사람들의 분주한 움직임을 아주 잠깐 넋을 놓고 바라보고 있었다. '저기 저분 하는 거 보이시죠? 저분 도와 드리면 됩니다.' 언제부터 옆에 있었는지 알 수 없었던 또 다른 관리자는 우겸에게 말했다.

"네, 알겠습니다."

우겸은 최대한 말을 아꼈다. 최소한의 말은 복종의 의사를 표현하는 단문이 고작이었다. 그렇게 지시 사항을 전달하고 홀연히 사라진 관리자는 상온 라인을 총괄 담당하던 송종규 차장이었다. 훗날 냉장 라인 박성영 주임과 도를 넘는 실적 경쟁의 서막을 올린 장본인이다. 20대 여사원과 연인 관계를 맺은 후 합리적인 인력 배치를 의도적으로 외면했다. 쉽게 말해 애인인 여사원에게만 모든 걸 몰빵했다. 송 차장 스스로는 순정이라 생각하는 듯했고, 나머지 사람들 모두는 꼴값이라 여겼다. 휴무일 선택권, 적은 물량의 라인 등의 혜택을 갖다 바쳤다. 송 차장과 여사원의 사랑이 깊어질수록 상온 라인 전체 분위기는 험악해졌다. 송 차장은 상온 라인 전체 분위기를 쌈 싸 먹는 데 핵심적인 원인을 제공한 중심인물이라고 할 수 있다. 참고로 송 차장은 미취학 아동 포함해서 애가 셋이었고, 여사원은 몇 년째 졸업을 미루고 있는 휴학생이었다.

우겸은 송 차장의 지시 사항 속에 등장한 중년 남성을 잠시 지켜보다가 곧바로 라인 속으로 뛰어들었다. 오래전부터 일한 것처럼 보이는 그는 크게 움직이지 않으면서도 빠른 속도로 배분되는 중분류의 물량을 여유 있게 소분류 플라스틱 박스 안에 착착 채워 넣었다. 물류의 흐름은 게임 시장에 나왔다 너무 높은 난도로 소리 없이 사라진 3D

테트리스 실사판 같았다. 종류, 크기, 무게, 개수까지 그 어떤 규칙도 찾아볼 수 없었다. 어떤 물건이 기다리고 있을지 눈앞에 다가오기 전까지는 알 수는 없는 구조. 그런 상황에서도 당황하지 않고 날카로운 눈빛으로 라인 끝까지 스캔하고 어떤 박스에 어떤 걸 먼저 넣는 게 빠르게 클리어할 수 있는 지름길인지 순식간에 판단하고 움직이는 것처럼 보였다.

소분류가 완료된 플라스틱 박스는 또 다른 노동자들에 의해 소위 구루마라고 불리는 간이 이동 수단 위에 올려졌고 광활한 공간으로 빠져나갔다. 우겸이 처음 볼 때 그저 넓어 보이기만 했던 곳의 바닥은 하얀색 선으로 질서정연하게 구획되어 있었다. 선 뒤로 줄지은 구루마들은 근무자들에 의해 예정된 시간에 맞춰 다시 이동되고 최종 도착지가 각기 다른 트럭에 플라스틱 박스째로 실리게 된다. 트럭의 잠금장치가 단단하게 고정된 걸 확인하면 그제야 물류 센터에서 이뤄지는 분류 작업이 끝난다. 우겸이 전체적인 물류의 흐름을 다 파악하는 데는 일주일이면 충분했으나 첫날에는 라인 업무 외의 그 어떤 흐름도 기억나지 않았다.

자취생의 필수템 참치 캔, 청소의 효율을 비약적으로 높여 준 초강력 세정제, 새삼 무게가 실감 나는 각종 이온음료와 탄산음료, 어마어마한 부피를 자랑하는 두루마리

휴지 세트, 질소 포장의 오명을 쓰고 있지만, 여전히 잘 팔리는 봉지 과자까지 셀 수 없을 만큼 많은 종류의 물건들이 계속 우겸의 뒤로 쌓여 갔다.

다품종 소량 소분이 어떤 말인지 몸으로 각인할 수 있는 4D 체험의 현장이었다. 스릴러 영화 속에서 위기를 맞이한 도망자가 숨기 딱 좋은 듯한, 협소한 공간은 우겸을 계속 옥죄었다. 이미 힘이 빠질 대로 빠진 우겸은 체력을 아껴서 천천히 움직이고 싶었지만 쉴 틈이 없었다. 점점 발의 보폭이 좁아지고 느려지자, 어느새 움직임이 둔해지는 걸 파악한 숙련공은 가만히 지켜보다 우겸에게 처음으로 말을 건넸다.

"이봐, 거기 친구. 그렇게 정신없이 움직이면 힘 빠져요. 천천히 해. 천천히."

우겸의 문제는 마구잡이로 왔다 갔다 하기만 하는 어색한 동선에서 비롯되었다. 불필요한 움직임은 급격한 피로를 불러왔는데, 초짜에게 흔한 일이었다. 우겸은 누가 보면 마치 혼자 일을 도맡아 하는 사람처럼 부지런히 땀을 흘렸다. 별거 아니라고 무시했던 땀이 자꾸만 눈 속으로 눈치 없이 돌격해 오는 바람에 다른 사람들보다 자주 얼굴을 닦아 냈다. 폭우 속에서 와이퍼가 고장 난 차를 모는 기분이 들었다. 땀을 닦기 위한 팔의 가벼운 움직임조차 온몸을 써야 하는 장시간의 노동에서는 피로가 누적되는

물류 센터에 있던 그 생수는 어디로

만만찮은 원인이었다. 우겸은 왜 하필 상온인가. 냉동 창고도 있고, 냉장 라인도 있는데 왜 하필 상온이냐며 불평을 했다. 우겸은 사회에 던져진 이후 갈고닦은 복화술로 거친 욕설을 리듬에 실어 토해 냈다. 주기적으로 화를 배출하지 않으면 첫날부터 뒷목을 잡고 쓰러질 거 같았다. 더군다나 우겸은 자기만 더위와의 싸움을 덤으로 부여받은 거 같아서 조금은 억울했다.

우겸은 어쩔 수 없다는 말을 병적으로 자주 하는 말버릇이 진저리가 나도록 싫었지만, 이번 여름만큼은 어쩔 수 없다는 말을 허용하고 시린 이를 악물고 버텨 보자고 굳게 마음먹었다. 어쩔 수 없는 나날들을 잘 버텨서 어쩔 수 없다는 말이 나오지 않은 곳에서 새롭게 일을 시작해 보자. 그런 포부를 되새기다 보면 얼마간은 견딜 수 있을 거 같았다. 일종의 주문 같았던 말. 어쩔 수 없으니까!

사연 많은 뜨내기가 전국에서 몰려드는 물류 센터에 우겸이 꾸준하게 얼굴을 비추기 시작하자, 냉장 라인을 책임지면서 동시에 파견 근로자들의 당일 근무 포지션을 총괄 담당하던 박 주임은 유난히 더위를 많이 타는 우겸을 냉장 라인으로 자주 배정했다. 우겸의 개인 특성을 파악하고 전략적으로 배치하는 건가 싶을 정도였다.

"보자, 음…. 김우겸 씨는…. 김우겸 씨는 어제처럼 냉장 D라인 타시면 됩니다."

"네, 박 주임님. 바로 가면 되나요?"

 우겸의 근무지는 일주일에 고작 하루나 이틀 정도만 냉장 라인이었는데, 어느새 횟수가 점점 늘어나더니 반대로 하루 정도를 제외하고 대부분의 시간을 냉장 라인에서 일을 하게 되었다. 우겸은 박 주임에게 마음에서 우러나는 진실의 감사함을 느꼈다. 세심한 배려에 사람이 이렇게 공손해질 수 있다는 것이 신기했다. 냉장 라인의 또 다른 장점은 마스크를 착용하는 분위기 덕분에 욕을 할 때 굳이 복화술을 쓸 필요가 없다는 점이었다. 마스크는 표정을 효과적으로 감춰 주는 합법적인 가면이었다.

 한 가지 더 놀라웠던 건 우겸의 성실함이었다. 우겸에게 있어 경제력의 결핍이란 능동적인 삶의 태도를 되찾을 수 있는 지름길이었다. 우겸은 누가 시킨 것도 아닌데 매일같이 성실하게 출근을 반복했다. 아픈 날을 제외하고는 어김없이. 주5일제는 자신과 상관없다는 태도로 공격적으로 일을 했다. 평균적으로 일주일에 6일 정도를 나갔고, 유일하게 자체 휴무로 정했던 일요일 아침에 박 주임이 펑크가 난 자리를 채워 달라고 부탁해도 군말 없이 바로 나갔다. 하루라도 더 많이 일해야 하루라도 더 빨리 벗어날 수 있으니까. 통근 버스를 탈 수 없는 일요일 출근은 약간 귀찮은 대신 펑크 조기 진화에 기꺼이 달려와 준 우겸을 위해 1시간 정도 늦어도 눈감아 주었다. 일요일까지 출근하는 주는 그야말로 풀 근무였다.

우겸은 하루를 덜 쉰다고 체력적으로 큰 차이가 없을 것이라고 자신했다. 일요일 출근의 피로 누적분이 추후 얼마나 치명적으로 몸을 상하게 하는지 예측하지 못했다. 지나치게 길고 강도 높은 노동은 우겸의 묵은 지방을 무리하게 태웠고, 우겸은 몸은 운동으로 얻을 수 있는 탄탄한 근육과는 점점 더 거리가 멀어졌다. 우겸은 살이 빠지면서 좁은 어깨가 그대로 드러나서 뒤에서 보면 더 볼품없어 보였다.

인간의 재능은 의외의 곳에서 발견되기도 한다. 반복되는 냉장 라인 근무는 우겸의 업무 능력을 빠르게 향상했는데, 어느새 보조 인력 없이 한 라인을 도맡아서 처리하는 수준이 되었다. 박 주임은 조회 시간에 하루의 업무량과 당일 인력 배치 현황을 브리핑했다. 박 주임을 중심으로 둥글게 서서 대기하면 그날 처리해야 하는 총 물량을 먼저 얘기하는데, 어떤 누구도 귀담아듣지 않았다. 모든 노동자의 귀가 쫑긋해지는 건 냉장으로 분류된 7개의 라인에 각각 누가 배정되는지 결정되는 순간이었다. 요일에 따라, 품목에 따라, 특별 세일 기간에 따라 7개 라인의 물량은 항상 뒤죽박죽으로 큰 차이가 있었다. 우겸은 아주 드물게 상대적으로 물량이 적은 라인에서 일을 하기도 했지만, 대부분 너무하다 싶을 정도로 압도적인 물량 속에서 숨 막히는 사투를 했다. 냉장 라인의 근무자 위치는 불규칙적으로 변경되었는데 경력이 얼마 안 되는 우겸에게 계속 많은 물량의 라인이 배정되었다. 박 주임이 의도적으로 우겸에게 더 많은 일을 몰아주고 있었다는 걸 뒤늦게 눈치챘다. 냉장 라인에서 점점 일이 익숙해질수록 반복 작업의 지루함과 고된 육체노동의 피곤함도 더 커졌다. 심신을 혹사하는 물류 센터의 일은 어느새 우겸을 깊은 우울의 늪으로 자주 끌고 들어갔다. 특별한 조치가 필요했다.

우겸은 생각이 너무 많다는 말을 자주 들었다. 생각이 많은 건 일할 때 별 도움이 되지 않았다. 간혹 생각하지 말고 그냥 시키는 대로 하라는 말에 선배의 말에 무기력했던 지난날이 떠올라서 또 한 번 긴 한숨이 절로 나왔다. 다행인 건 주변이 너무 시끄러워서 우겸이 과하게 내뱉는 한숨 소리를 그 누구도 들을 수 없다는 것이다. 우겸 본인조차 아무리 크게 말해도 자신의 말소리가 잘 들리지 않았다. 생각이 많아도 별 티가 나지 않았다. 수없이 많은 공상을 떠올리고 지우다 보면 시간이 빨리 흐르는 것 같은 기분이 들기도 했다. 고된 노동을 이겨 내려고 우겸은 이것저것 다 시도해 봤다.

업무가 마무리되기 전 마지막 휴식 시간에 자신의 몸

상태를 표현하는 짧은 글을 썼던 것도 그런 시도 중 하나였다. 대부분 그날 떠오르는 단어와 이미지를 조합하여 '~하는 몸'이라는 표현으로 마무리하곤 했다. 너무 피곤한 날에는 그냥 이유 없이 패스하기도 했던 보잘것없는 작은 취미였지만 쏠쏠한 재미가 있었다. 우겸의 핸드폰 메모장에 수십 개의 메모가 차곡차곡 쌓였다.

21세기 최고의 불볕더위로 티셔츠 한 장을 여벌로 준비했으나 갈아입은 지 30분도 채 안 되어서 땀과 셔츠와 깡마른 상체가 일체화된 거 같은 몸. 거듭된 노동의 부작용으로 인해 근육이 지나치게 갈라진 몸. 겨울이었다면 어땠을까를 상상하며 쓴 적도 있다. 차가운 물에 푹 담근 100퍼센트 오리털 겨울 재킷 같은 몸. 진부하고 때로는 앞뒤가 안 맞는 표현들이었지만 우겸은 지난 글을 보다가 혼자 실없이 웃기도 했다.

언젠가부터 우겸과 친분이 있는 것처럼 행동하고 있는 얄미운 아저씨 이찬웅은 소리 없이 불쑥 옆에 갑자기 와서 어깨를 툭 치고는 했다. 우겸이 온 힘을 다해 애써 감추고 있는 화를 번번이 자극했다. 한두 번이 아니었다. 이찬웅은 매번 똑같은 패턴으로 우겸을 자극했다. 얼마나 큰 분노를 적립하고 있는지 전혀 모른다는 듯 이찬웅은 우겸의 눈썹이 씰룩거리는 것을 보고 놀리듯 더 크게 웃고는 했다. 우겸이 오기 전에는 거의 투명 인간처럼 일해서 말을 못 하는 사람인 줄 알았다는 소문도 있었는데, 우겸의 등장으로 인해 그건 근거 없는 낭설에 불과했다는 것이 밝혀졌다. 이찬웅은 누구보다 불필요한 말이 많은 사람이었다.

"야, 뭘 그렇게 써. 그럴 시간에 잠깐 잠이나 자. 일기는 집에 가서 쓰고."

우겸이 생존을 위해 자신을 돌보고 다독거리는데 시간을 배분하면서 나름 현명하게 잘 버티고 있었는데 그건 어디까지나 물류 센터가 최종 도착지가 아니라는 믿음 때문이었다. 휴식 시간이 잘 지켜지지 않아도, 가끔 양이 충분하지 않은 간식이 누락되어도 우겸은 꾹 참아 왔지만 계속되는 불합리한 업무 배분은 우겸의 신경을 자극하였다. 날카로운 과도에 어이없이 흘러내리는 맑고 고운 피의 자극적인 이미지가 자꾸 떠올랐다. 우겸이 이해할 수 없었던 건 한 번도 과도에 손이 베인 적이 없었다는 사실이었다. 우겸이 숙련자 비스름하게 일을 처리할 수 있게 되자 눈앞에 도착하는 물량 쳐 내기에 급급했던 좁은 시야가 비약적으로 넓어졌다. 매일같이 인력 배치를 위해 고생하고 있다고 생각했던 박 주임의 업무 스타일도 달리 보였다. 박 주임의 인력 배치는 알고 보면 볼수록 비효율의 끝, 주먹구구식 방식이었다. 숙련자들이 감당할 수 있는 물량과 초보자가 감당할 수 있는 물량은 엄연히 차이가 있었는데, 전체 물량을 가장 효율적으로 소화할 수 있는 인력 배치라고 볼 수가 없었다. 오히려 위태위태한 불균형이 너무 오랫동안 관행처럼 굳어져 무엇이 잘못되어 가고 있는지 인식할 수 없는 수준이었다. 외부자 우겸은 확신했다. 우겸의 상식으로는 불공평이 선을 넘었음이 명확했다.

박 주임은 노하우가 있어 큰 힘을 들이지 않아도 훨씬 더 많은 물량을 처리할 수 있는 장기 근로자들에게 매번 가장 적은 물량의 라인을 맡게 했다. 파격적인 우대가 지속하고 있다는 걸 비로소 알게 된 우겸은 대부분의 초보 뜨내기들이 며칠 버티지 못하고 사라지는 이유가 짐작되었다. 그들이 딱히 인내심이 없는 게 아니었다. 보통의 체력을 지닌 사람이 이겨 내기엔 물량이 너무 많았다.

어차피 사라질 뜨내기들에게는 더한 물량을, 그래도 붙잡고 있어야 할 장기 근속자들에게는 덜한 물량을. 기업 입장에서는 당연한 선택일 수 있겠으나 '일할 맛 나는 중소기업'이라는 표어가 무색했고, 원칙을 지킨다는 대표이사의 말이 공허하게 들릴 수밖에 없었다. 모두에게 공정하고, 공평한 것은 처음부터 불가능한 일이었을지도 모른다. 인간의, 기업의, 인간이 모인 모든 곳의 지난 이야기가 말해 주고 있다. 누리는 자와 희생하는 자는 언제나 철저하게 갈려 있었다. 희생자가 살 수 있는 길은 끊임없이 자신의 희생을 고귀한 것으로 의미를 부여하는 것밖에 없었다. 계절이 바뀌어도 변함없는 냉장 라인 근무는 박 주임이 우겸에게 베푼 최초의 배려가 배려가 아니었을지도 모른다는 확신에 가까운 의심을 불러일으켰다.

우겸은 붙박이 장기 근로자들을 유심히 살펴보았다. 물량의 소분류 작업이 마무리될 때쯤 소수의 인원이 어디론가 사라졌다. 일주일 동안의 관찰 기록은 분명 그들이 반복적으로 업무를 이탈하고 있다는 것을 보여 줬다. 쉬는 시간이 아니었음에도. 그들은 초보자들이 허우적거리고 있어도 전혀 신경 쓰지 않았다. 박 주임뿐만 아니라 아주 가끔 보이는 박 주임의 상급자조차도 초보자가 맡은 라인의 속도가 완전히 느려져 근무 시간 전체가 연장되기 직전까지 거의 방치하다시피 했다. 합리적인 분업이 아니라 관리자와 극소수 근로자 간 보이지 않는 거래 결과로 위태로운 하루하루가 지나가고 있었다.

초보자들에게는 이 흐름이 전혀 보이지 않는 게 당연했다. 적극적으로 의심하지 않는 이상 알 수 없는 비공식적인 조약이었다. 혜택을 완벽하게 독점하고 있는 근로자는 3명이었다. 깡패 출신임을 공공연히 밝히며 종종 공포 분위기를 조성했던 김현섭, 허우대는 멀쩡했지만 권력의 냄새를 기가 막히게 맡고 김현섭의 호위 무사 역을 자처했던 한선철, 냉장 라인에 한해선 관리자들보다 더 오래 근무해서 빠른 손을 자랑했던 베테랑 황지희. 기가 막혔던 건 세 사람은 서로 누구보다 철저하게 상부상조했다. 사정을 모르는 사람들이 보면 세 사람의 팀워크는 눈이 부셨다. 누가 봐도 에이스들이구나 싶은 그림이었다. 그 밖의 4~5명의 장기 근로자가 더 있었지만 별 영향력을 발휘하지 못했다. 3명의 횡포는 날이 갈수록 심해졌지만, 섣불리 도전장을 냈다가 모략을 당하고 제압되는 사람이 계속 발생하는 구조 속에서 반기를 드는 사람은 점차 사라졌다. 3명에게 나머지 모든 사람이 이리저리 휘둘렸다. 조작된 평화 시대가 도래했다. 김과 한은 공포로, 황은 실력으로 그들만의 카르텔을 유지하면서 눈에 보이지 않는 혜택을 은밀하게 갈취하고 있었다.

우겸은 주제넘게 이런 불합리를 묵과할 수 없다는 판단을 내렸다. 이상한 오기로 나름의 전략을 짜고 냉장 라인의 구조를 재편하는 일을 계획했다. 아무리 잠시 머물다 가는 일터라도 계속 모르는 척하고 지나간다면 나중에 세월이 흘러 후회를 남길 거 같다는 비장한 의지가 생겼다. 의지는 우겸의 현실적인 지위를 착각하게 했고, 착각은 우겸에게 쓸데없는 실행력을 안겨 주었다. 육체노동으로 힘든 직군일수록 부담 없이 호감을 살 수 있는 소소한 주전부리가 부담 없다고 판단한 우겸은 가장 쉬운 방법으로 그들의 본능적인 욕망을 제어하는 쪽으로 초점을 맞췄다. 막대 사탕, 껌, 초코 바 등등 매일은 아니어도 틈날 때 우겸은 냉장 라인의 하루 근무자 숫자만큼 더 사서 출근했다. 기꺼이 자비를 털어 넣었다. 다소 허술하고 단순한 전략이었지만 적중했다. 우겸은 어쩌면 이곳의 업무 환경을 자기 뜻대로 합리적인 방향으로 돌릴 수 있을지도 모른다는 비합리적인 기대를 품었다.

보통 날처럼 사탕을 서너 개씩 근로자들에게 돌렸다. 처음에는 쭈뼛쭈뼛하던 사람들이 이제는 이거밖에 안 주냐며 우겸에게 반 농담을 건네기도 했다. 우겸은 힘들어도 함께 힘내는 분위기를 만드는 데 일조하기 시작했다고 믿었다. 마그네슘 성분이 들어 있는 알약을 먹어도 눈꺼풀의 떨림은 멈추지 않았지만 개의치 않았다. 상쾌한 마음으로 오전 근무를 마쳤다. 우겸은 물류 센터에서 일을 시작한 이후로 군대 시절에 한 번 존재를 드러냈던 대식가 일병 김우겸을 소환하여 다소 과한 점심 식사량을 유지하고 있었다. 우겸이 가장 좋아하던 카레와 시래기 된장국이 제공되었다. 흡연 장소에 있는 자판기에서 400원짜리 고급 믹스 커피를 뽑아 약간은 멀리 떨어진 곳에 혼자 앉아서 효과가 좋은 취미 생활을 이어 갔다.

우겸은 그날 특히 긍정의 표현으로 자신의 몸을 묘사할 자신이 충만했다. 메모장을 열고 문장을 쓰려고 하자 여지없이 미간에 주름이 생기는 건 우겸의 의지로 바꿀 수 있는 게 아니었다. 뭔가 집중할 때 주름은 특히 더 짙어졌다. 집중력이 높아서 그런지 집중을 못 해서 그런지 우겸의 미간 주름은 점점 짙어졌고, 결국 편안한 표정을 지을 때도 그대로 남게 되었다. 순해 보였던 인상을 험상궂게 만든 일등 공신이었다. 우겸이 첫 단어를 떠올리기 위해 애쓰고 있을 때, 담배를 다 피운 전직 깡패 출신 김현섭과 그의 똘마니 한선철이 다가왔다. 김현섭은 대놓고 위협을 가하겠다는 듯 우겸이 앉아 있던 자리 바로 옆에 가래침을 퉤 뱉었다. 점성이 진하고, 더러운 색깔의 액체를 보자 상쾌한 아침을 보낸 우겸의 기분도 빠르게 더러워졌다. 김현섭은 바로 본론으로 들어갔다. 흡사 말을 던지는 느낌이었다. 말소리에서 바람이 느껴질 정도로 차가운 기운이 느껴졌다.

"근데, 사탕은 왜 돌린 거야? 오늘은 사람들한테 2~3개씩 다 돌리던데 그런 짓을 왜 해? 그냥 물어보는 거야."

"그냥 다들 좋아하시니까요."

"그래, 그건 아는데…. 근데, 그걸 왜 네가 하냐고? 네가 관리자야?"

"아뇨, 무슨 말씀을 그렇게 하세요. 전 그냥…."

"어디서 말대꾸야. 이 새끼야."

"아니, 말대꾸하는 게 아니고요. 물어보시니까."

"너 몇 살이야? 내가 집에 가면 너만 한 아들이 있어."

한선철이 '형님, 그냥 가시죠.'라며 김현섭을 저지했다. 생물학적 나이에 의한 서열 확인하기는 논리가 곤궁한 잡범의 초라한 최후 진술 같은 것이었다. 우겸의 대꾸는 그보다 더 초라해서 굴욕적이었다. 우겸의 입이 쉽게 열리지 않았다. 막상 폭력의 기운이 엄습하니까 발도 움직이지 않았다. 우겸은 업무 개선에 있어서 1순위 척결 대상이었던 김현섭에게 예상치 못한 도발을 당하고 다음 시나리오를 어떻게 전개시켜야 할지 엄두가 나지 않았다. 우겸은 김현섭에게 화끈하게 대응하지 못한 게 못내 창피했다. 우겸이 생각하는 최고의 카리스마 있는 행동은 항상 머릿속 상상으로만 존재했다. 거친 상대를 무력화시키고 무릎 꿇게 만드는 것은 우겸의 현실에서는 절대 일어날 수 없는 일이었다. 우겸이 현장을 장악하기 위해 무모하게 그렸던 초기 스케치는 그곳의 권력자들에게 조롱당하고, 위협받았다. 튀지 않으면서 무난히 한 사람 한 사람의 호감을 사고자 했던 우겸의 단순한 전략이 무력화되기 직전이었다.

우겸은 오후 내내 찜찜함으로 일이 손에 잡히지 않았다. 대용량 밀가루 떡볶이와 모둠 어묵의 개수가 또 속을 썩였다. 박스 여기저기를 살피며 꼼꼼하게 검수를 했는데도 잘못 들어간 곳은 없었다. 그렇다면 저기 남아 있는 떡

볶이 두 봉지와 모둠 어묵 세 봉지는 대체 뭐란 말인가. 우겸의 라인 속도가 현저하게 늦어지는 것이 티가 나기 시작했다. 우겸은 등골과 귀 옆으로 식은땀이 흐르는 걸 느꼈다. 우겸은 점심시간 김현섭의 위협이 떠오르자, 그게 처음이 아니었다는 걸 새삼 깨달았다. 며칠 전에도 김현섭은 쉬는 시간이 끝날 무렵 인상을 잔뜩 찌푸리고 우겸을 불러 세운 적이 있었다. 김현섭이 '내가 이런 데서 일한다고 무시하는 거야?'라고 말했을 때, 우겸은 적당히 둘러대며 '에이, 형님 왜 그러세요.' 하며 웃어넘겼다. 우겸은 김현섭을 무시한 적이 없었다. 김현섭의 행동이 싫었을 뿐. 김현섭의 행동을 방치하는 관리자들의 무관심이 싫었을 뿐. 김현섭은 냉장 라인에서 가장 큰 존재감을 드러내고 있는 작자인데 무시할 리가 있나. 우겸은 표정을 숨기는 데 실패했다는 결론을 내렸다.

"그럼 네가 그딴 식으로 행동하면 안 되지. 이번 한 번만 그냥 넘어가는 줄 알아. 이 새끼야."

우겸의 그런 행동은 무엇이었을까. 한 번만 넘어가는 건 뭘 넘어간다는 뜻일까. 김현섭이 보기에는 우겸의 처신이 계속 거슬렸던 게 분명하다. 우겸의 표정에서 특유의 싸가지 없는 무시의 기운을 느꼈다고 확신하는 것처럼 보였다. 김현섭은 언제 어디서나 물리적인 위협이 당신 앞에 현실이 될 수 있다는 말을 통해 존재감을 드러내곤

했다. 쉽게 말해 '개기면 뒤질 줄 알아.' 같은 말을 아무렇지 않게 내뱉었다. 지금까지 물리적인 부딪힘은 없었지만, 시간 문제처럼 느껴질 정도로 우겸에게 적의를 보여 왔다. 젊은 양아치는 늙은 양아치가 되고, 젊은 꼰대는 늙은 꼰대가 되고, 젊은 깡패는 결국 늙고 노회한 깡패가 되기 마련이다. 성인이 된 이후 한번 형성된 인성은 쉽게 변하지 않는다. 우겸은 내일부터 좀 더 몸을 사리는 쪽으로 전략을 수정하겠노라 생각했다. 1보 전진을 위한 2보 후퇴. 다음 날 아침 우겸은 조회가 시작되기 전에 우겸의 유일한 아군인 사원 이성선과 사무실 안에서 시답잖은 대화를 나누고 있었다. 조회가 시작되기 전이었다. 그때 사무실 문이 갑자기 확 열렸다. 김현섭은 우겸에게 따라오라고 손짓을 했다. 우겸은 침을 꿀꺽 삼키고 문밖으로 나섰다. 왜 부르는 거지 싶었다. 어제 점심시간 이후에는 아무런 일도 없었는데…. 김현섭의 뒤를 따라가며 이유를 생각하고 있었는데, 갑자기 우겸의 귀에서 불이 번쩍했다. 지잉……. 귀에서 이명이 들릴 때, 턱에 묵직한 타격이 한 번 더 느껴졌다.

"이 싸가지 없는 새끼야. 네가 뭔데 자꾸 관리자처럼 행세하는 거야?"

그렇게 두 번 김현섭의 주먹이 우겸의 얼굴을 훑었다. 김현섭은 선제 타격이 유효한 것을 확인하고 곧바로 주먹과 발을 번갈아 사용하며 우겸의 몸 구석구석 급소를 위주로 구타했다. 깡패였다는 게 거짓말은 아닌 거 같았다. 타격에 정교함이 배어 있었다. 권투를 정식을 배웠다는 말도 했던가. 우겸은 숨이 턱 막혔다. 지잉…………. 이명이 더 길어졌다. 김현섭의 무자비하고 일방적인 폭행을 끝내기 위해 고군분투하는 자는 역시 이성선이 유일했다. 우겸의 신경을 건드리면서까지 친한 척을 했던 이찬웅도, 빠른 손 에이스 황지희도, 이름은 빼고 성으로만 겨우 인식되었던 냉장 라인의 낯익은 인간들 모두가 한참 멀리 떨어져서 그 모습을 물끄러미 지켜보고 있었다. 그 시선들은 우겸에게 김현섭의 물리적 가해와 함께 더 큰 공포를 불러일으켰다. 마침내 덩치가 있던 이성선이 김현섭을 겨우 진정시키며 우겸으로부터 떼어 놓았다.

"형, 그냥 일단 사무실 들어가 있어."

우겸이 사무실에 들어가자 밖에서 무슨 일이 일어나고 있는지 전혀 모르고 있던 박 주임은 피범벅이 된 우겸을 보고 화들짝 놀랐다. 우겸은 의외로 폭력의 순간에서 벗어나자 무섭게 냉정해졌다. '박 주임님, 저 이런 공포 분위기에서는 일 못 하겠네요.' 바로 짐을 챙기고, 집으로 갈 준비를 마쳤다. 이곳에서 우겸은 무엇을 하려고 했던 것인가. 우겸은 왜 주제넘은 행동을 했는지 후회와 자책이 밀려오자 통증이 더 심해졌다. 우겸은 사무실 벽에 걸려 있는 거울의 묵은 먼지를 닦아 내고 자신의 얼굴을 비춰 봤다. 한쪽 눈이 심하게 부어 눈동자가 보이지 않았다. 입술도 다 터져서 피와 침이 섞여 질질 흘러내리고 있었다. 우겸이 얼마 전 상상했던 자극적인 피의 이미지를 직접 보고 있었다. 김우겸 자신의 피였다. 우겸은 입을 열어 조심스럽게 이를 흔들어 보았다. 검붉은 피가 가득 고여 있었지만, 이는 무사했다. 급하게 인사를 하고 사무실을 나서려 하자, 박 주임이 앞을 막아섰다. '이렇게 그냥 가시면 어떻게 해요.' 박 주임이 피투성이가 된 우겸의 얼굴을 보고 마침내 한 말이었다. 우겸은 알맞은 대답을 찾지 못했다. 우겸은 박 주임의 어깨를 천천히, 그렇지만 단호하게 밀쳐 내고 사무실을 빠져나왔다.

뒤도 안 돌아보고 씩씩거리며 가던 우겸은 순간 잠시 그 자리에 멈춰 섰다. 왜 자신이 범죄자처럼 도망을 쳐야 하는지 이유를 알 수 없었다. 우겸은 일방적인 피해자였으면서도 당당하게 피해 사항을 고발하지 못하고 현장을 빠져나오기에 급급한 자신이 혐오스러웠다. 우겸의 자학이 발걸음의 방향을 쉽게 바꾸진 못했다. 서성거리는 것도 잠시였다. 곧 우겸은 냉장 라인에서 벗어나 상온 영역의 어마어마한 물량 앞에 섰다. 수만 가지 물건들이 역시나 빽빽하게 자리 잡고 있는 한가운데를 대범하게 가로질렀다. 근무지를 이탈하는 익명의 노동자에게 아무도 관심이 없었다. 오전 업무가 시작되기도 전에 어디론가 사라지고 있는 우겸에게 누구 하나 말을 건네는 사람이 없었다. 처음 물류 센터에서 일하기로 마음먹었을 때 갑자기 사라져도 아무도 모르는 물류 센터라고 자신만만했던 순간이 떠올랐다. 우겸은 자신의 예상이 예상대로 들어맞았을 뿐인데 왜 그리 섭섭한지 이해할 수 없었다. 김현섭한테 맞은 무자비한 폭력의 흔적들이야 며칠이 지나면 사라질 테니 괜찮다고, 괜찮다고, 괜찮다고…. 세 번 반복했다. 일종의 주문처럼. 예상 밖의 전환점은 우겸이 센터를 빠져나오기 직전에 생겼다. 첫날 보았던 생수 탑이 다시 우겸의 눈앞에 우뚝 서 있었다.

그날 처음 본 무명의 노동자들은 우겸이 그랬듯이 아무 생각 없이 물을 옮기고 있었다. 우겸은 생수 탑 앞으로 뚜벅뚜벅 다가갔다. 그리고, 태연하게 생수 한 묶음을 들고 아무 말 없이 오던 길을 되돌아가기 시작했다. 뒤에서 무명의 노동자들이 우겸의 등 뒤에서 뭐라 뭐라 말을 하는 거 같았지만 곧 잠잠해졌다. 냉장 라인으로 다시 도착했을 때, 불과 5분 전에 존재했던 폭력의 흔적은 말끔하게 사라지고, 아무 일 없었다는 듯이 모두 무표정으로 할당된 제 몫의 물량을 분주하게 소분류하기에 여념이 없었다. 우겸은 자신을 포함해서 인간이라는 존재가 싫어졌다. 저런 인간들을 변화시키려고 했었다니. 헛된 망상이었다. 우겸은 묶음 생수의 비닐을 뜯어 1.5리터 아니 2리터짜리 생수 두 개를 꺼내서 양손의 검지와 중지 사이에 끼워서 단단하게 고정했다. 다들 자기 일에 최상급의 몰입으로 열중하고 있어서 사람 키를 훌쩍 넘는 우유 박스 뒤에 숨어 있는 우겸을 발견한 사람은 없었다. 우겸은 숨을 가다듬었다. 한쪽 눈이 부어 전체의 상황을 파악하는 게 쉽지 않았지만, 김현섭의 동선을 파악하는 것쯤은 충분했다. 우겸은 김현섭이 라인 끝까지 갔다가 되돌아와 분류할 물량을 이동식 수레에 실어서 다시 라인 끝을 향해 걸어가며 등을 보였을 때, 김현섭 뒤로 조심스럽게 다가갔다. 먼저 오른손으로 들고 있는 페트병을 크게 한 바퀴 돌리며 김현섭의 머리 중앙에 시선을 고정한 채 정확하게 가격했다.

"퍽."

잘 익은 수박이 쪼개지는 듯한 둔탁한 소리와 함께 김현섭이 머리를 감싸고 주저앉았다. 타격이 적중하는 순간 쓰러지는 김현섭의 모습에 우겸이 더 놀랐다. 우겸은 페트병을 놓쳤지만 상관없었다. 우겸은 마치 매뉴얼의 지시대로 하는 것처럼 신속하게 왼손에 들었던 생수의 몸통을 양손으로 꽉 움켜쥐었다. 그 짧은 순간에도 페트병의 주둥이 쪽이 아래로 향하게 하는 걸 잊지 않았다. 우겸의 팔로 그릴 수 있는 가장 큰 반원을 그리며 김현섭의 머리 중

앙을 다시 한 번 강타했다. 처음 들었던 둔탁한 소리보다는 좀 더 경쾌했다. 조금 더 잘 익은 제철 수박 같았다. 우겸은 생명의 근원인 물로 인간에게 치명적인 타격을 줄 수 있다는 걸 실감했다. 등을 보인 인간의 나약함은 이런 것이었다.

"내가 관리자는 아니지. 개새끼야! 내! 가! 관리자면 넌! 여기서 일 못 하지!"

너무 순식간에 벌어진 일이라 모든 사람이 멍하게 그 광경을 지켜보고 있었다. 바로 전 우겸이 일방적인 폭력에 노출되었을 때와 비슷한 표정이었다. 우겸은 김현섭에게 하고 싶었던 말을 끊어 내뱉으며, 일방적으로 전달받은 폭력을 어림잡아 74퍼센트 정도 환급해 줬다. 김현섭의 머리에서 피가 흘러내려 천천히 바닥을 적셨다. 어제 김현섭의 몸에서 나왔던 더러운 침과 비슷한 농도였다. 숨을 고르고 잠시 주변을 둘러봤지만 우겸의 살기 어린 눈빛에 기가 눌려 다가오는 사람은 없었다. 호위 무사 한선철이 가장 먼 곳에서 지켜보고 있었다는 게 의외였고, 역시나 눈치 없는 이찬웅은 눈치를 보다가 슬금슬금 다가왔다.

"우겸아, 왜 그래?"

"왜 그래? 지금 왜 그러냐고? 지금 그걸 말이라고 하는 거야? 이 개새끼야."

우겸은 있는 힘을 모두 주먹으로 집중시켰다. 주먹이 덜덜 떨리기 시작했다. 우겸의 이성이 주먹의 움직임을 힘겹게 제어하고 있었다. 순식간에 겁에 질린 이찬웅은 뒤로 물러섰다. 우겸도 더는 다가가지 않았다. 우겸은 전력을 다해 뛰어서 물류 센터를 빠져 나올 때까지 뒤를 돌아보지 않았다. 아까와 다르게 몸이 가벼웠다. 우겸은 여기저기 온몸이 다 쑤시고 있는 건 여전했지만 굉장히 빠르고 고른 속도로 뛰고 또 뛰었다. 우겸은 자신이 그렇게 빨리 달릴 수 있다는 점에 놀라며 인간의 한계는 어디쯤인가를 생각했다. 우겸이 뒷일을 생각하지 않고 저지른 최초의 폭력이었다. 우겸은 후회하지 않았다. 목격자도 너무 많았고, 정당방위라고 하기에는 우겸의 폭력은 시간 차를 두고 주도면밀하게 이뤄졌다. CCTV에 모든 게 녹화되어 있을 것이다.

이대로 어디로 가야 할까. 어디로 가면 괜찮아질까. 괜찮아졌으면 좋겠다는 소망은 얼마나 이기적인가. 우겸은 고민은 고민이고 일단 그곳을 완벽하게 벗어나는 일이 급선무라는 걸 파악했다. 걸어서 30분 정도 거리에 위치한 가장 가까운 지하철역까지 도착하는 데 불과 10분 남짓밖에 걸리지 않았다. 방금 발생한 폭력의 흔적이 선명하게 새겨진 우겸의 몸으로 그렇게 될 수 있는 건 정신력의 승리라고 볼 수밖에 없었다. 종착역이 어딘지 방향도 확

물류 센터에 있던 그 생수는 어디로

인하지 않고 무작정 지하철을 탔다. 우겸은 목이 말랐다. 이렇게 목이 마를 줄 알았으면 그 2리터짜리 생수 한 통은 들고 올 걸 하는 부질없는 생각을 했다. 아침부터 피투성이의 몰골로 나타난 사내가 나타나 자리에 앉자 주변 사람들 대다수는 자리를 피했다. 우겸이 탑승한 칸에 있던 사람들 반 정도는 아예 다른 칸으로 황급하게 피신했다. 우겸은 한쪽 눈을 마저 감고 물류 센터에서 있었던 일들을 떠올렸다. 갑자기 냉보리차의 한기가 간절했다. 어린 시절 서울역에서 마셨던 그 냉보리차 한 잔을 들이켠다면 정신이 번쩍 들면서 지금까지 있었던 일이 다 거짓말처럼 사라질 거 같았다. 추억이라고 여겼던 그 기억이 우겸의 어깨를 천천히 쓰다듬자 조금씩 진정되었다.

우겸의 핸드폰이 어쩐 일로 진동했다. 모르는 번호였고, 받지 않았다. 발신지가 어디일지 짐작이 갔다. 곧 핸드폰이 다시 울렸다. 또 받지 않았다. 또다시 울렸다. 우겸은 거친 숨이 잦아들 때쯤 전화를 받았다. 우겸은 '여보세요.'라는 말을 먼저 하지 않았다. 잠시 정적이 흐르는 듯하더니 곧 낯익은 목소리가 들렸다.

"김우겸 씨 핸드폰 맞죠?"

"네? 근데, 누구세요?"

"저 상온 송 차장입니다. 오늘 그냥 가셨다면서요. 혹시 괜찮으면 내일 상온으로 출근하실 수 있나요?"

우겸은 차분한 송 차장 목소리에 기분이 이상해졌다. 두렵거나 무서운 감정은 결코 아니었다. 악몽을 꾸는 거 같았다. 자각몽처럼 생생한 악몽. 우겸은 혹시 진짜 꿈은 아닐까. 방금 우겸의 귀에 머물렀던 음성을 떠올렸다. 분명 송 차장이라고 했는데, 분명 송 차장의 담담한 목소리가 맞는데…. 박 주임하고 급이 안 맞는 라이벌 구도를 설정하고 지나치게 열심히 일하고 있는 그 송 차장. 송 차장은 방금 우겸이 어떤 일을 하고 왔는지 전혀 모르는 듯한 말투로 내일 출근을 부탁하고 있었다. 우겸의 입꼬리가 조금씩 올라갔다. 그렇다면, 이건 진짜 꿈일지도 모른다고 생각하며 미소 지었다. 우겸은 최대한 차분하게 '저 사정이 생겨서 이제 못 나갈 거 같습니다.'라고 대답하고 바로 통화 종료 버튼을 눌렀다. 통화 시간 1분 37초. 핸드폰 액정에 디지털 숫자로 분명히 찍혀 있다. 조금 전 김현섭의 머리를 수차례 가격하고 온 우겸에게 전화가 왔고, 송 차장의 아무렇지 않은 목소리를 들었다. 분명히 통화하긴 했지만 그렇지만…. 역시 꿈이다. 꿈이라고 생각하자.

우겸의 바람과 달리 시간이 지날수록 부은 눈두덩이는 더 욱신거렸고, 침을 삼킬 때마다 비릿한 피의 맛과 식도의 통증이 더 생생하게 느껴졌다.

불필요한 만남

[주용씨, 요즘에 뭐 하고 있어?]

오 실장한테서 문자가 왔다. 지난 프로젝트에서 모든 업무를 총괄했던 자. 실무 최고 권력자. 프로젝트가 완전히 마무리되고 자연스럽게 단 한 차례의 연락도 하지 않았던 사이가 되었는데, 긴 시간을 두고 자리 잡은 균형을 오 실장이 먼저 깰 줄이야. 주용은 몇 년 만에 활성화된 대화창에서 빛나고 있는 따끈따끈한 오 실장의 문자를 보며 어리둥절하고 있었는데, 곧바로 도착한 문자까지 한눈에 들어왔다. '왜 하필 지금 문자를 보내냐고…. 하…. 타이밍이 아주 적절하네. 적절해.' 주용은 혼잣말을 내뱉었다. 고용 센터에서 온 문자. 실업이 정상적으로 인정되었고, 마지막 구직 급여가 입금되었다는 안내 문자였다. 잦은 이직으로 익숙한 문구였지만 주용은 국가에서 지원해 주는 그 돈에 항상 양가 감정이 들었다. 쉬고 있는 주용에게는 언제나 요긴한 돈. 그런 돈이 참 좋지만, 그 돈을 다시 보고 싶지는 않은 그런 기분. 주용은 발신지가 다른 두 개의 문자가 동시에 눈에 들어오자 또 그런 쓸데없는 상념 속으로 순식간에 빠져들었다.

주용은 오 실장에게 뭐라고 답해야 할지 감이 잡히지 않았다. 쉬고 있다는 걸 사실대로 굳이 알려서 무능함이 아직 건재하다고 해야 할까. 이제는 사회의 일원으로 밥값 정도는 충분히 한다고 해야 할까. 혹시 모를 콩고물을 기대해 보느냐, 선의의 거짓말로 자존심을 지키느냐. 주용은 단번에 갈피를 잡지 못했다. 어느 쪽을 택해도 어떤 결과가 돌아올지 장담하기 어려웠다.

오 실장의 화법은 말을 끝까지 들어 보기 전에는 절대 알 수 없는 편이었다. 오 실장은 자신에게 필요한 걸 상대로부터 얻어 내야 할 피치 못할 상황에서도 언제나 여유만만했다. 주용은 알쏭달쏭한 오 실장의 말에 속아 자신이 엄청난 배려를 받고 있다고 착각한 적이 한두 번이 아니었다. 주용은 잠시 고민하다 시간을 벌어 보려고 '네, 실장님 오랜만이에요. 잘 지내시죠?'하고 안부를 묻는 뻔한 답으로 대화를 이어 갔다.

[주용씨, 괜찮으면 지금 통화할 수 있을까?]

[네, 괜찮아요.]

오 실장은 역시나 직진이었다. 뻔한 안부와 지루한 인사말은 과감하게 생략하곤 했는데 여전했다. 주용은 오 실장의 번호를 [경계해야 할 인물] 그룹에 저장해 두었고, 반복되는 베이스 리듬으로 긴장감을 고조시키는 벨 소리를 따로 설정해 두었다. 마음의 준비를 하기에 나쁘지 않은 방법이었지만 퇴사 후 대부분 무음과 진동으로 해 놓고 사는 주용에게는 더 이상 별 소용이 없었다.

'주용 씨, 잘 살고 있는 거야? 요즘은 어디서 일해?'

'지금은 잠깐 쉬고 있어요. 이것저것 딴 일도 알아보고 있어요. 빨리 일해야 하는데 조금 걱정이네요.'

'그래? 잘 됐다. 주용 씨. 내가 요즘에 하는 일이 있는데…. 주용 씨가 도와주면 좋을 거 같아서.'

'아 그래요? 제가요? 어떤 일인데요?'

'음…. 그건 만나서 차차 얘기하자. 내일 시간 있어? 괜찮으면 점심이나 같이 먹자.'

'네, 실장님. 그럼 어디로 가야 하나요? 실장님도 요새 방송 쪽 일은 안 하시는 거 같던데.'

'응, 내가 문자로 주소 보내 줄게. 내일…. 어…. 2시? 2시 어때? 좀 늦은 시간이지만 그 전에 미팅이 하나 있어서.'

'네, 실장님. 괜찮습니다. 내일 뵙겠습니다.'

'그래, 진짜 오랜만에 보겠다. 내일 봐. 맛있는 거 먹자.'

불필요한 만남

주용은 오 실장의 전화를 받는 순간, 현실적인 이득의 가능성이 보인다는 걸 직감하고, 솔직하게 실직 상태임을 밝혔다. 거두절미하고 주용의 상태를 파악한 오 실장은 일사천리로 바로 다음 날 약속을 잡아 버렸다. 추진력은 여전했다. 주용도 어떤 일인지 궁금하기도 했고, 기왕 일하게 될 거라면 최대한 빨리 근로 조건을 확인하고, 오 실장이 던진 미끼를 물지 말지 결정하는 게 속 시원할 거 같았다. 오 실장으로 말할 거 같으면 선해 보이는 미소와 다르게 비즈니스 마인드, 기브 앤 테이크 정신이 투철한 사람이었다. 아니다. 선한 미소조차도 철저히 비즈니스의 산물이었다. 웃음소리가 거의 들리지 않는, 우아하고 세련된 미소. 당신의 말을 경청하고 있다고 말하는 듯한 반달 눈은 쉽게 외면하기 어려웠다. 주용은 이번만큼은 호락호락하게 당하고 있지만은 않겠다고 다짐했다.

주용은 군대에 다녀온 후 복학하고 학교에 다니다가 처음으로 뒤늦은 꿈을 꿨다. 잘나가는 예능 PD가 되고 싶었다. 주용은 비록 출발선 앞에는 한참 늦게 섰지만, 생애 처음으로 뭔가를 간절히 열망하는 마음이 생겼다는 사실 그 자체가 고무적이라고 안심했다. 주용은 온라인과 오프라인을 가리지 않고 이래저래 방법을 찾았는데 막막함이 더해 갔다. 꿈에 대한 열망이 간절해질수록 초조함도 함께 커졌다. 그러던 중 의외의 순간에 실마리를 풀 수 있는 힌트를 발견했다. 예비군 2년차 주용이 전공 공부보다 더 열심히 했던 건 미디어에 대한 전방위적인 이슈를 다뤘던 잡지 '월간 미디어' 열독이었다. 뜨는 예능 PD의 인터뷰가 종종 실린 '월간 미디어'는 미래의 새로운 꿈이 계속될 수 있도록 주용의 지적 호기심과 정신적인 에너지를 채워주는 역할을 훌륭하게 소화했다. 주용은 마지막 학기 중 '월간 미디어' 9월호에서 현업 종사자들이 강의하는 방송 실무 워크숍 공고를 발견했을 때, 사막에서 오아시스를 발견한 여행자의 심정을 짐작할 수 있었다.

주용은 오 실장과의 인연이 좋지도 나쁘지도 않은 적당한 첫 만남에서 시작되었다고 추억했다. 그해 겨울 방송 실무 워크숍 과정 총책임 강사였던 오 실장은 주용을 졸업과 동시에 전쟁 같은 첫 현장에 투입했다. 계약된 기간보다 프로젝트 기간이 3개월이나 연장된 건 예상하지 못한 변수였다. 주용은 오 실장이 진행하는 프로그램의 성실한 말단 제작진으로 프로젝트 계약서를 작성했었다. 오 실장은 주용이 말하지도 않았는데 늘어난 기간에 대한 추가 임금을 호언장담하며 약속했지만, 차일피일 미루다가 결국은 예상보다 저조한 시청률로 인해 제작비 인정 조건이 사뭇 까다로워졌다고 돌려 말했다. 제작비에서 삭감 1

순위는 예나 지금이나 인건비다. 결국 추가 임금은 없던 일이 되었다. 주용은 오 실장을 탓하기보다는 계약서를 제대로 확인하지 않은 자신을 혹독하게 비난했다. 더군다나 오 실장이 아니었다면 미디어와 전혀 관계없는 국제통상학과를 나온 주용에게 후발 주자로 호기롭게 런칭한 대형 아이돌 오디션의 현장 진행자로 일할 기회는 평생 주어지지 않았을 것이라고 합리화했다. 주용은 증발한 정당한 노동의 대가를 돈을 주고도 경험할 수 없는 귀한 경력이라고 자부했다. 그렇지만, 그 이후로 주용은 오 실장에게 더 이상 안부 인사를 하지 않았다. 주용은 오 실장도 오히려 귀찮게 하지 않아서 더 좋아했을 것이라고 짐작했다.

주용은 몇 년 동안 열정을 불태우며 예능 현장을 돌아다녔지만, 경력은 제자리걸음이었다. 대부분 독자적인 프로젝트로 진행이 되었기 때문에 좀처럼 진급이라는 개념이 적용되지 않았고, 다시 말해 일한 기간이 잘 쌓인다고 하더라도 PD로 올라갈 길은 처음부터 거의 없는 거나 다름없었다. 스타 PD의 탄생은 실력과 운이 같은 시기에 꽃필 때나 가능했고, 대부분의 방송 인력은 그저 그런 경력으로 빠르게 소모된 후 다른 길을 찾았다. 열정의 불꽃도 빈약한 수입과, 망가진 인간관계와, 회복 불능의 체력 앞에서 속수무책으로 소멸하였다. 방송물깨나 마셨다고 자부했던 PD 지망생들이 번아웃된 채 1차, 2차, 3차…. 술집을 전전하다가, 분통을 터트리다가, 참고 참았던 울음을 쏟아 내는 비애의 현장이 종종 목격되곤 했다. 주용도 비슷한 경우로 자신의 한계를 명확하게 인식하고 나니까 딱히 남은 아쉬움도 없었다. 아쉬움보다 불안이 문제였다.

주용이 최근 유난히 초조한 진짜 이유는 방송을 그만둔 이후로 뭘 해야 할지 모르겠다는 것이었다. 바닥을 보이는 잔액보다 더 견디기 어려웠던 건 사라진 목표였다. 그저 탈출하고 싶다는 욕망의 잔해만 남아 있어서 실업 급여로 무기력한 일상을 버티고 있었다. 오 실장의 이름을 다시 보게 될 줄은 몰랐다. 오 실장이 육아 예능을 마지막으로 현업에서 은퇴했다는 소문이 파다할 무렵이었다. 새롭게 뭔가를 준비하고 있다고는 했지만, 그 누구도 오 실장의 거취를 정확하게 아는 사람은 없었는데, 주용에게 덜컥 전화가 온 것이었다. 주용은 어쩌면 지난 시절 불미스러웠던 해프닝의 묵은 앙금을 해소하고 새로운 분야로 진입할 수 있지 않을까 하는 기대감이 들었던 게 솔직한 심정이었다. 주용이 상상의 나래를 펼치고 있을 때, 핸드폰이 울렸다. 오 실장이 보낸 문자 한 통. 내일 만날 장소

불필요한 만남

의 주소와 상호였다. 드림 발전소? 주용은 뉴스에서 한두 번 봤던 기억이 났다. 위치를 친절하게 안내해 주는 지도가 링크되어 있었다. 오 실장과 드림 발전소의 관계를 추리해 봐도 답이 떠오르지 않을 때, 연이어 또 한 개의 문자가 도착했다.

 [주용씨, 나 여기서 일하고 있으니까 2시까지 와서 전화해]

 주용은 심장이 뛰었다. 드림 발전소의 홈페이지에 접속했다. 선뜻 사업의 전체 구조를 다 해석하기 어려웠지만 좋은 일을 하는 것만은 분명했다. 사이트 맵 보기로 홈페이지의 모든 메뉴를 빠짐없이 살펴본 주용은 여러 가지 가능성을 따져 보았다. 최악의 경우를 고려하더라도 오 실장이 새롭게 일을 시작한다는 소문이 있었고, 선한 영향력을 자랑하는 인지도 높은 비영리 법인으로 약속 장소가 정해졌고, 최근 채용 공고가 게시된 지 며칠 지나지 않았다면? 주용은 최악의 경우를 생각하자고 해 놓고 실은 최고의 시나리오를 쓰고 있었다. 아무리 못해도 인턴으로 일할 기회 정도는 있겠다 싶었다. 주용은 오 실장이 제안한 식사 약속을 자기 마음대로 비공식 면접으로 둔갑시켰다. 주용은 몇 년 만에 봄 정장을 꺼냈다. 이미 유행이 한참 지나 촌스럽기 짝이 없었지만, 이 정도 성의를 보이는 건 기본적으로 해야 할 일이라고 생각했다. 드라이클리닝

할 시간은 도저히 안 되어 어머니에게 다림질을 부탁했다. 주용의 어머니는 오랜만에 자식보다 더 행복한 표정으로 주용의 철 지난 정장을 정성껏 다렸다. '그러니까, 그 오 실장이라는 사람이 너랑 함께 일하면 좋겠다고 말했다는 거지?' 주용은 자신감 넘치는 미소를 지으며 가볍게 고개를 끄덕였다. 주용의 어머니는 다음 날 아침 면접 전에 꼭 든든하게 밥 먹고 가라고 꼬깃꼬깃한 만 원짜리 지폐 두 장을 주용의 정장 주머니에 찔러 넣고, 주용의 눈을 바라보며 '파이팅! 아들, 힘내!'라고 힘주어 말했다. 주용은 어차피 점심 약속이라서 밥 먹는다며 돈은 넣어 두시라고 만류했지만, 주용의 어머니는 그럼 끝나고 맛난 거 또 사 먹으라며 돈을 돌려받지 않았다. 하룻밤 사이에 생긴 큰 행운이라는 게 현실에서 있을 수 있을까? 만약 있다면 지금 이 순간이 아닐까 싶었다. 주용은 설레는 발걸음으로 집을 나섰다. 덥지도 춥지도 않은 봄 날씨에 주용은 기분이 더 좋았다. 다만, 약속 장소까지 가는 길 위에서, 지하철 안에서, 버스 안에서 떠오른 기억들은 예상 밖으로 어두웠다.

주용은 첫 현장의 뜨거운 공기를 떠올렸다. 뭐가 어떻게 돌아가는지도 모르고 진행했던 아이돌 공개 오디션. 발로 뛰고, 소리치고, 막고, 달래고…. 발로 뛰고, 소리치

고, 막고, 달래고…. 발로 뛰고, 소리치고, 막고, 달래고…. 괜히 눈물이 찔끔 났다. 이제 끝이다. 그런 기억들도 이제 추억으로 돌리고 싶다. 희미해지도록 그냥 놔두고 싶었다. 그때 데뷔했던 최종 7명보다 주용의 기억 속에 오래 남았던 건 8위로 아깝게 탈락의 쓴 잔을 마셨던 아이돌 연습생의 대성통곡이었다. 주용의 심장을 아프게 했던 그녀의 표정, 체육관에 울려 퍼졌던 서러운 울음소리, 허탈한 마음을 감추기 위해 동동 구르던 작은 발. 슬프고 처절했던 그 날의 공감각적인 이미지는 쉽게 지워지지 않았다. 주용은 그 후 몇 차례 예능에서 밝은 표정의 그녀를 만났던 적이 있지만, 어느새 그녀의 근황을 전혀 알 수 없는 시간이 흘렀다. 주용은 그녀가 공식적인 은퇴 선언 없이 활동을 중단했다는 소식을 들었다. 끝내 아이돌로 데뷔하지 못한 그녀의 얼굴이 자꾸 떠올랐다. 주용은 희망과 웃음을 주고, 시청자의 마음을 격려하고 위로하는 예능의 순기능보다 보이지 않은 이면에 속해 있는 긴 시간을 견디는 게 훨씬 더 고통스러웠다. 이면은 이면답게 밝지만은 않았다. 비단 방송뿐이겠냐고 합리화를 하려 해도 주용이 직접 겪었던 아픈 장면들은 쉽게 잊히지 않았다. 무대가 화려해질수록 보이지 않는 곳에서 힘들어하는 사람들이 훨씬 더 많았다. 과거의 시간을 되새길수록 고통의 감각이 바로 어제처럼 느껴졌다. 새로운 시작을 맞이

하고픈 주용은 억지로 마음의 색깔을 핑크빛으로 바꿨다. 아팠던 지난 기억에서 벗어나기 위해 주용이 상상한 희망을 더 구체적으로 그렸다.

주용은 약속 시간보다 30분 정도 일찍 도착했다. 여러 가지 과일 맛이 종합적으로 들어가 있는 병 음료 세트를 샀다. 촌스럽긴 해도 성의를 표하기에 이만한 게 없다는 게 주용의 오랜 생각이었다. 배가 살짝 고프긴 해도 이 정도면 기분 좋은 적당한 허기였다. 주용은 드림 발전소로 들어섰다. 복도를 지나가는 사람들은 드물었고, 전체적으로 한적한 분위기가 유지되었다. 괜히 헛기침하는 것도 신경이 쓰였다. 주용은 벽에 게시된 각종 게시물에 온통 시선을 빼앗겼다. 드림 발전소답게 희망이 가득 차 있었다. 그건 꿈의 상징 같은 거였다. '저 도착했습니다. 편하실 때, 문자 주시면 전화 드리겠습니다.' 주용은 약속 시각 5분 전에 조심스럽게 문자를 남겼다. 곧 오 실장에게 전화가 왔다.

'주용 씨, 왔어? 근데, 어쩌지…. 미팅할 때 다들 배고프다고 해서 먼저 식사했는데.'

'아, 실장님…. 전 괜찮습니다. 그럼 저 어디로 가면 될까요?'

'응, 자기 그냥 3층으로 올라올래? 끝에 304호로 들어오

면 돼. 얘기 오래 안 걸리니까 얼른 끝나고 식사하러 가.'

주용은 불현듯 불길한 예감이 스쳤다. 시간이 얼마 걸리지 않는다는 게 마음에 걸렸다. 어제 전화했을 땐 오 실장이 분명 주용에게 해 줬으면 하는 일이 있다고 말했다. 어제 오 실장의 말에서 아직 알 수 없는 사안의 중요함이 느껴졌는데, 오늘 오 실장의 마지막 말은 너무나도 가벼웠다. 주용이 아닌 그 어떤 누구라도 상관없다는 듯이. 대체는 얼마든지 가능하다는 듯이. 304호 앞에 선 주용은 옷차림을 정돈하고 노크를 했다.

"어, 들어와."

오 실장 혼자 있는 사무실인 줄 알았는데, 다른 사람이 한 명 더 있었다. 박영복 대표. 오 실장이 실무진에서 최고라면 박 대표는 오 실장에게 보고를 받은 후 최종 결정을 지시할 수 있는 자였다. 주용은 첫 현장에서 박 대표를 몇 차례 본 적이 있었다. 워낙 조용한 성격으로 말이 별로 없어서 그가 진짜 실세이자 대표라는 걸 듣고 '진짜요?'라고 큰 목소리를 낸 적이 있었다. 박 대표는 주용에게 악수를 청했고, 주용은 당황한 표정을 최대한 숨기고 반가운 척을 했다.

"진짜 오랜만이네. 주용 씨 잘 지냈어?"

회의용 탁자 사이의 거리는 꽤 멀었다. 주용은 오 실장, 박 대표가 나란히 앉은 맞은 편에 얼떨떨한 심정으로 앉

앉다. 다행히 가져온 음료수는 바로 전달했다. '뭘 이런 걸 다….' 지나가는 말을 하는 오 실장의 작은 목소리가 들렸고, 주용은 두 사람을 바라보았다. 역시 안부 인사는 생략되었고, 오 실장은 바로 본론으로 들어갔다. 주용은 오 실장이 차분한 목소리로 말하는 내용을 멍한 표정으로 해석하고 요약했다.

주용의 시나리오는 다 틀렸다. 오 실장은 자기가 최근에 모시게 된 분이 있는데, 대표 이사 선거에 출마를 앞두고 있다고 했다. 따라서, 공식적인 인력 외에도 비공식적으로 자원봉사 인력이 많이 필요한 상황이라고 말했다. 오 실장은 주용에게 자원봉사를 제안했다. 주용의 상상력은 빈곤했다. 최악의 시나리오가 이렇게 발전될 수도 있다는 걸 몰랐다. 박 대표는 오 실장의 제안에 진정성을 더하려는 듯 어색한 추임새를 계속 넣었고, 이에 탄력받은 듯한 오 실장은 주용의 열정과 헌신 정도면 충분히 잘 해낼 수 있을 거라고 찬사를 보냈다. 오 실장은 비록 무급이지만 돈으로 살 수 없는 귀한 경력을 줄 수 있을 거라고 힘주어 말했다. 자원봉사라는 걸 명확하게 밝히고 있었다. 주용은 방금 오는 길에 했던 잡생각을 다시 구석구석 살폈다. 아이돌 오디션 제작진으로 발에 땀이 나도록 뛰어다녔던 최후의 3개월을 회상했다. 방금 오 실장이 한 저 말은 분명 주용이 그 당시에 생각하고 주문처럼 외웠던 말과 소름 끼치게 닮아 있었다. 주용은 자기 입으로 그 말을 곱씹었을 때 최고의 위안이자 격려였다는 걸 용케 기억해 냈다. 근데, 왜 지금 오 실장의 입을 통해 들었을 땐 전혀 다른 뉘앙스로 다가오는지 모를 일이었다. 가증스러웠고, 온화한 표정의 가면 속에 숨어 있는 기만자의 날름거리는 혀가 보이는 듯했다. 오 실장은 주용의 자원봉사 수락 여부도 제대로 확인하지 않은 채 일방적으로 자기 말을 이어 갔다.

"주용 씨, SNS 잘 다뤄? 아무래도 온라인이 좀 많이 약해서. 보완해야 할 거 같거든."

"실장님 죄송합니다만, 제가 SNS 안 한 지 꽤 오래되었어요. 마지막으로 한 게 페이스북이었어요."

"주용 씨, 그럼 지금 인스타는 전혀 안 해?"

"네, 지금은 SNS 자체를 안 하고 있습니다."

쓴웃음을 짓는 오 실장의 당황한 표정이 볼 만했다. 주용은 오랜만에 얼굴 뵈어서 너무 반가웠다는 말을 먼저 꺼냈다. 시작은 오 실장이 했지만 마무리는 주용이 하려 했다. 그리고 주용은 예상 밖 황당한 제안을 듣고 난 후, 어제 오 실장에게 왔던 문자를 봤던 순간부터 두 사람을 바라보고 있는 바로 지금 이 순간까지의 감정의 높낮이를 그래프로 그려 보았다. 자신이 그렸던 그 어떤 그래프보다 폭이 난폭하게 위아래로 왔다 갔다 요동쳤다. 진정시키려면 우선 허기를 달래야만 했다. 견딜 만하다고 여겼던 허기도 주인의 심리 상태에 따라 순식간에 난리를 치기 시작했다. 주용은 SNS를 안 한다는 단호한 말을 마지막으로 급하게 자리에서 일어났다. 왜 그렇게 빨리 가려고 하느냐는 오 실장과 박 대표가 미리 짠 듯이 예의상 하는 말에 주용은 아주 솔직하게 대답했다.

"근데요. 저 지금 배가 너무 고프네요. 그냥 밥 먹으러 가려고요. 아침에 어머니가 식사하라고 2만 원이나 주셨거든요. 안녕히 계셔요."

주용은 두 사람에게 목 인사를 바로 뒤로 돌아 나갔다. 쾅 소리가 날 정도로 문을 세게 닫고 빠른 걸음으로 계단을 내려갔다. 주용의 발소리는 건물을 나설 때까지 꽤 크고 또렷하게 들렸다. 오 실장은 옆자리에서 늘어지게 기지개를 켜는 박 대표에게 말을 건넸다.

"뭐가 그리 급하다고. 천천히 가지. 안 그래요?"

녹취의 전말

아침 일찍 받은 독자들의 편지를 읽어 볼 차례다. 양질의 수면을 도와주는 응원의 글들이 가득하길 바라며.

—

 나도 한때 냉소로 가득 찬 도시의 감수성을 몽환적이고, 섬세한 필치로 표현하는 신세대 작가로 불렸다. 촉망받던 시절이었다. 과거의 영광을 회상하며 애잔한 글을 쓰는 선배들을 보면서 그러지 말아야지 했는데 나도 생각보다 특별한 작가는 아니었다. 선배들 뒤를 그대로 쫓고 있었다. 굳이 과거 시제의 문장을 연달아 쓴 이유는 나의 인지도나 영향력이 예전 같지 않다는 뼈 아픈 자기 성찰의 결과를 반영할 수밖에 없어서다. 40대 중반을 넘은 지도 한참. 곧 앞자리 숫자가 바뀐다. 앞자리 숫자가 바뀔 때마다 노화의 위기감은 고조된다. 10년 주기로 찾아오는 사소한 변화는 잊을 만하면 내 삶 속으로 파고들어 연약한 심리 상태를 위협한다. 90년대에 27살이라는 젊은 나이로 혜성같이 등단한 내가 여전히 젊은 작가의 대명사로 불리는 게 마냥 행복할 수 없는 이유는 따로 있다. 내 나이를 고려하지 않는 #젊은작가, #도시감성, #젊은소설의대명사 같은 철 지난 수사적 표현에는 이제 넌더리가 난다. 화려한 셀러브리티의 뒤를 캐서 보도할 땐 눈에 띄고 싶어서 자극적이고 신선한 표현을 새로 찾느라 정신없는 언론도 내 신작을 소개할 때는 그런 수고를 충분히 덜어 낸다. 중간이 없는 언론의 태도는 냉탕과 열탕만 있고 온탕은 찾아볼 수 없는, 극단적인 사람들만 만족시키는 이상한 목욕탕 같았다.

  좀처럼 변하지 않는 상투적인 내 인터뷰 기사 제목에는 '젊은'과 '대명사'라는 형용사와 명사가 절대로 빠지지 않았다. 단편 소설집, 장편 소설, 에세이, 인터뷰집 등 장르를 가리지 않고 매년 한 권 이상은 꼬박꼬박 내는 작가에게 좀 신경을 써 줄 법도 한데 기자들의 관심을 끌기에 나와 내 책의 정서가 너무 많이 늙었다는 걸 잘 알고 있었다. 내가 등단한 후 너무 오랜 시간이 흘렀다는 게 현실이었다. 몇 백만 부씩 팔아 치우던 선배 작가조차 예전 같지 않은데 내 처지야 말해 뭐 할까 싶다. 그래도 작가 앞에

'중견'이라는 말은 꼬박꼬박 써 주는 건 기성 작가에 대한 예우인 걸까. 현재 내 위상이 딱 그 정도인 걸 어떻게 하나. 너그럽게 봐 줘도 큰 기대를 하지 않아야 겨우 봐줄 만한 중견 작가. 대가의 반열에 오르기엔 너무 늦었다. 소설의 주제 의식이나 다루는 소재의 폭이 너무 얕거나 좁다. 언제나 평균 이상의 필력을 보장하지만, 더 이상 혁명은 없다. 평론계의 힐난도 쓴맛을 다시며 받아들일 수밖에 없다. 사실이니까. 평론계도 세대교체가 된 지 꽤 되었는데 막 수혈된 요즘 젊은 평론가들은 내 소설에 최소한의 예의도 갖출 생각이 없어 보인다. 그 판도 비슷하긴 매한가지였다. 빛바랜 영광을 쓰다듬으며 버티던 유명 평론가들은 싹 다 자취를 감췄다. 시간의 힘을 넘어설 수 있는 건 아직 발견되지 않았다. 돈과 권력, 사랑과 명예 같은 강력한 존재를 사라지게 만드는 유일한 수단이다.

오늘 몸이 너무 피곤하다. 오전 9시부터 4시간. 500여 명. 사인회는 정신노동과 육체노동의 환상적인 조합이다. 체력이 예전만 못하니 자연스럽게 은둔형 작가로 살면 안 되나 싶은 욕심이 생길 때도 있으나 이마저 안 한다면 내 입지는 지금보다 더 빠른 속도로 좁아질 게 뻔하다. 해야 할 일이다. 신간을 출간하고 첫 사인회는 역시 광화문에서 크게 해야 한다며 좀 더 신경 썼다는 출판사 측의 말이

뇌리를 스쳤다. 오늘은 불참자가 거의 없었다는 출판사의 설명으로 미루어 보건대 내 이름, 독자 이름, 날짜까지 기본 3종 세트를 약 1,000번 쓴 셈이다. 개인당 책 2권으로 제한하지 않았다면 내 팔은 첫날부터 남아나지 않았을 것이다. 추가로 의미 있는 말을 써 달라는 요청하는 독자들이 몇 명 있긴 했지만 부담스러울 정도로 많지는 않았다. 작가의 고충을 이해해 주는 독자들의 보이지 않는 움직임이랄까. 오늘보다는 조금 작은 규모의 사인회를 3주에 걸쳐 앞으로 다섯 번 더 소화해야 한다. 하루에 3시간 300여 명. 그러니까 앞으로도 15시간 동안 1,500여 명에게 사인을 해 줘야 한다.

지난 주 월요일. 작가가 참석해야 하는 몇 번 안 되는 마케팅 회의에서 팀장은 사인회 규모를 처음으로 언급했다. 이미 출판사 공식 SNS와 주요 온라인 서점 이벤트 페이지에 공지 글을 등록시키고 브리핑하는 여우 같은 솜씨는 여전하다.

"이게 다 작가님 책 잘 팔아 보자고 하는 거잖아요. 제가 대신해 드릴 수 있으면 좋겠네요. 저도 아쉬운 소리 안 하게."

딱히 반박할 말을 찾지 못했다. 마케팅팀장은 내가 매번 앓는 소리를 해도 주어진 과제를 성실히 수행하는, 진짜 젊어 보이고 싶어 안달 난 작가라는 걸 잘 알고 있다. 등단하고 3년 정도 지난 뒤에 처음으로 한 사인회. 과도한 긴장감이 낳은 이상 행동 때문에 애를 먹었던 게 기억난다. 한여름에도 내 어금니가 딱딱 부딪히는 소리가 귓가에서 떠나지 않았다. 나를 사랑하는 독자의 실제 모습을 처음 보는 의미 있는 자리에 10명 남짓한 사람이 왔던 걸 고려하면 이런 투정은 엄살이라는 것도 잘 안다. 심지어 그중 3명은 내 친구였다. 지금은 내가 아무리 한물갔다 해도 그저 환하게 웃으며 '네, 감사합니다. 덕분에 제가 먹고삽니다.' 같은 판에 박힌 지루한 대사 정도만 날려주면 큰 문제는 생기지 않는다. 뮤지션, 배우도 아닌 그저 글로 먹고사는, 서서히 잊혀 가고 있는 작가의 사인회까지 일부러 찾아왔다는 건 일단 나에게 대단히 호의적이라는 의미니까. 체력적으로 힘든 건 너무 힘든 거고 감사한 건 진심으로 감사한 게 맞다. 별개다. 감정을 분리해서 행동하면 그걸로 충분하다.

그 뒤로도 몇 번의 사인회, 몇 번의 독자와의 만남이 있었다. 그러니까 트렌드를 주도하는 출판사 대표가 파격적 소통을 제안했다. 무슨 소리 하나 가만히 들어 보니 독자들과 깊이 있는 대화를 해야 한다는 것이었다. 독자에게 사인해 주는 걸로 의무를 다했다고 생각하면 큰 오산이라며 도입한 파격적인 행사였다. 이젠 북 토크라는 형식으로 발전하여 필수적인 이벤트로 자리 잡았다. 그때 독자와의 만남에서 만났던 한 사람이 떠오른다. 희끗희끗한 백발 때문에 유난히 더 지쳐 보였던 중년 사내는 거의 1,000페이지에 육박하는 가제본 형태의 책을 주고 갔다. 누가 봐도 작가가 되고 싶어 하는 마음이 간절해 보이는 행동이었다. 내키진 않았지만 집에 가서 예의상 읽어 보려 애를 써 봤다. 도무지 진도가 나가지 않았다. 끝까지 안 읽어 봐도 뻔했다. 내용은 한심하기 그지없었다. 서사를 구성하는 방법도, 가독성 높은 문장의 배치도, 하다못해 맞춤법조차 엉망인 그 종이 묶음을 책이라고 부르고 싶지 않았다. 할 얘기가 많다고 해서, 단어라고 해서, 문장이라고 해서, 문단이라고 해서, 글이라고 해서 무조건 다 책이 될 수는 없다. 착상 단계에 있는 날것의 생각 덩어리가 인고의 시간을 견뎌 내고 예술성과 보편성을 동시에 득했을 때 비로소 책이라는 형태가 된다는 걸 모르는 거 같았다. 하고 싶은 말을 그대로 다 쓰는 건 혼자 봐야 하는 일기이지 에세이나 소설이라고 할 수 없다. 조금 안타까운 마음이 들었다. 피드백을 달라고 꼬깃꼬깃한 쪽지에 손수 이메일 주소를 적어서 줬는데, 사내의 간절함에 따로 답을 하지는 않았다. 그때의 나는 어떤 말을 해도 그의 마음을 상하게 할 거 같았다. 그가 작가가 될 수 있을 거라는, 힘내라고 언젠간 꿈을 이루실 거라는 거짓말을 하고 싶지 않았고, 솔직히 말해서 그와 같은 사람이 작가가 되면 안 된다고 오만하게 생각했다.

    그에 비하면 난 운이 좋은 편에 속했다. 나도 알고, 남들도 다 안다. 왜냐하면, 난 원래 등단 전에는 소설가가 되고 싶다는 마음을 품어 본 적도 상상한 적도 없는 평범한 사람이었기 때문이다. 무엇보다 난 책을 몸서리치게 싫어하지 않았지만 그렇다고 감명 깊게 읽은 책이 뭐냐고 물어보면 단 한 권의 책도 떠올리지 못할 정도로 빈약한 독서량의 소유자였다. 고등학교 졸업할 때까지 읽은 책이 열 권이나 될까. 어떤 방식으로든 글쓰기에 대한 교육은 근처에도 가 본 일이 없다. 글이라고 부를 수 있는 걸 본격적으로 쓴 것은 대학을 졸업하고 뭐라도 하지 않으면 미치기 직전부터였다. 몇 차례 인터뷰에서 있는 그대로의 내 과거를 멋모르고 얘기했지만, 그 솔직한 인터뷰의 전문을 읽은 사람들로부터 재수 없다는 소리를 섭섭하지 않을 정도로 많이 들었다. 세상은 진실보다 듣기 좋은 위선을 통해 지속한다는 사실을 알게 되었다. 남 일에 쉽게 조언하는 무심한 인간들도 험한 일을 직접 겪고 나면 절로 겸손한 척 입을 다무는 데는 다 이유가 있다. 나도 그런 반응들이 없었다면 지금도 인터뷰는 순수하고 정직해야만 한다는 강박에 사로잡혀 더 별 볼 일 없는 과거를 회상하며 불공평한 혜택의 수혜자라는 걸 떠벌리고 다녔을 것이다. 깊은 사색이 결여된, 솔직함을 가장한 나의 무례한 말들이 누군가에게 상처 주는 건 전혀 고려하지 않으면서. 그 당시에는 등단하기 위해 몇 년씩 산에 들어가서 속세와 연을 끊고 글을 써도 번번이 낙방하는 사람들이 수없이 많았는데 난 단 한 번의 정식 응모로 작가라는 호칭을 얻어 냈고, 과분한 스포트라이트를 몇 년 동안이나 받았으니까.

한심하기 그지없는 나란 인간을 책상 앞에서 달아나지 못하도록 잡아 둔 건 순전히 복수라는 사적인 감정이었다. 원초적 욕망이었다. 다른 건 없었다. 정신적인 상처에 취약했던 나는 허세, 비난, 무시, 멸시, 천대, 배제의 보이지 않은 시선으로 타인을 재단하는 세상이 끔찍하게 싫었다. 괴롭힘을 당하는 사람들도 문제가 있다는 선입견을 품은 검은 눈들의 숨 막히는 집단 린치는 삭막한 현실 속에서 사는 내 입을 자주 틀어막았다. 억지로 말을 삼킨 만큼 써 냈다. 새까맣게 타들어 간 내 속을 복구할 때 달리기, 걷기, 영화 보기, 노래 듣기 같은 흔해 빠진 취미보다 뭔가를 쓰는 게 훨씬 더 좋은 효과가 있다는 걸 느꼈다. 내 속을 뒤집어 놓은 인간이 있으면 내 글 속에서 어떻게든 그에 상응하는 대접을 해 주었고, 나를 굴복시킨 현실의 어쩔 수 없는 상황도 글 속에서 반전시켜 쓰린 마음을 달래기도 했다. 어쨌든 내 글 속에는 나와 연이 닿은 사람들이 무더기로 등장하였는데, 내가 느낀 모멸감의 수위에 따라 상대는 다채로운 방식으로 변주되었다. 주인공에서부터 스쳐 지나가는 단역까지. 비교적 플롯이 단순한 치정 소설에서부터 피가 낭자한 하드코어 스릴러 소설까지. 어차피 내 글에 입장하게 되면 그 인간은 새롭게 창조된다. 작가의 입맛에 따라. 기분에 따라. 취향에 따라. 그 인간이지만 또 한 편으로 그 인간은 아니었다. 이렇게 저렴한 비용이 드는 합리적인 복수가 또 있을까.

지금까지도 내 소설에 빠짐없이 등장하는 인간이 딱 한 명 있는데 누구인지 말하지는 않겠다. 그 인간은 아마 평생 내 소설에서 탈출할 일은 없다는 것만 밝혀 두자. 어쨌든 분을 삭이며 쓰다 보면 완벽한 검은색으로 채워졌던 내 방 창문 색깔이 부드러운 파스텔 톤의 파란색으로 변하고는 했다. 그런 밤이 잦았다. 분노로 가득 찬 감정을 해소하는 데 총력을 기울여 휘갈겨 쓴 그 종이 뭉치들. 서랍 속에서 영원히 봉인될 뻔한 그 종이 뭉치들이 내 인생을 구원할 줄은 미처 몰랐다. 소설의 3요소 따위는 뭐냐는 듯 막 쓴 글이었다. 소설이 될 거라는 인식 없이 시작된 글이라는 뜻이다. 그렇다면 어떻게 내 서랍에서 빠져

나와 불특정 다수라고 말할 수 있는 독자와 만날 수 있었을까. 아직 공개 전인 그 이야기의 서문에는 한 사람이 등장한다. 나의 옛 친구. 그에게 뒤늦은 감사의 마음을 표현하고 싶다. 너무 솔직해서 재수 없다는 소리까지 들었던 공식 인터뷰에서도 내 친구를 언급한 적은 없다.

그래도 내 친구는 서운함을 표현한 적이 없다.

멀쩡한 대학을 졸업하고도 1년이 넘는 시간 내내 경제적 활동은 할 생각조차 하지 않았던, 그러니까 돈 벌 의지가 전혀 없던 나에게 동네 친구가 놀러 왔다. 지금 생각해도 그날 우리 집에 왜 왔는지 이해할 수 없다. 나와 달리 조기 취업이라는 믿을 수 없는 쾌거로 졸업 전부터 정신 못 차리고 일만 했던 내 친구는 그날따라 '도망하고 싶은 마음이 아랫배를 사정없이 긁으며 간지럽혔다.'고 했다. 각색이나 수정 없는 친구의 표현 그대로다. 도망치고 싶다는 진심이 느껴질 만큼 진솔하고 독특한 표현이라 지금까지도 생생하다. 가까스로 도망의 의지를 잠재우고 대신 아침 일찍 많이 아프다는 흔한 사유의 문자 한 통을 과장에게 보냈다고 한다. 전화 못 드려서 죄송하다는 말과 함께. 꾀병을 부린 적이 없었던 친구의 문자에 부장은 흔쾌히 당일 병가를 허락했고, 친구는 그 길로 우리 집으로 곧장 달려왔다. 내가 집에 있는지 없는지 확인도 없이.

 내 친구는 왜 그랬을까. 소설가가 될 운명은 내가 아니라 친구에 의해 정해졌다. 결과적으로. 내 친구가 집에 들이닥치자 갑자기 졸음이 쏟아졌다. 말할 힘도 들을 힘도 없을 만큼 귀찮기도 했다. 좀 쉬다가 알아서 라면이나 끓여 먹고 가라고 했다. 내가 방바닥에서 엎드려 배를 깔고 반쯤 수면 상태에 들어간 사이에 내 친구는 서랍 속에 처박아 두었던 종이 뭉치를 다 꺼내 읽은 모양이었다. 그리고 나를 흔들어 깨웠다. '야야, 일어나 봐. 이거 네가 쓴 거야?' 나는 비몽사몽 건성으로 대답했다. 내 친구는 '너에게 드디어 사람 구실 할 기회가 왔다!'라며 생의 어두운 비밀을 고백하는 듯한 심각한 표정으로 다가와 귓속말로 속삭였다. 살짝 소름이 돋았다.

 내 친구는 '뉴웨이브의 시작, 젊은 작가를 찾습니다.'라는 타이틀을 봤다고 했다. 보수적인 출판계에 야심 찬 출사표를 던진 신생 출판사에서 처음 시작하는 공모전이라고 했다. 내 친구는 거기에 다짜고짜 내가 쓴 글을 넣으라고 종용했다. 내 글이 충분히 재미있고, 어쩌면 상금도 탈 수 있을 거 같다면서. 시, 소설, 에세이 부문이 있었는데 친구는 무조건 소설에 응모하라고 했다. 자기만 믿으라면서. 무슨 확신으로 그렇게 말했는지. 이제는 답을 들을 방법이 없어서 더 궁금하다. 나에게 결정적인 인생의 기회를 열어 준 친구는 응모전 최종 수상작이 발표되기 전에 과로라는 식상한 이유로 나와 다른 차원의 세상으로 건너갔다.

그래서 내 친구는 서운함을 표현할 수가 없다.

재작년 그동안 계간지에 발표했던 단편 소설 원고를 다시 다듬어서 출판사가 추천해 준 실력자에게 전문 교정을 맡길 때쯤 멀리서 내 주변을 배회하던 낯선 목소리가 점점 나에게 가까이 다가왔다. 급하고 요란한 경적처럼 멀었던 목소리가 어느새 내 귓가 바로 옆에서 속삭이고 있었다. 너의 책임은 하나도 없는 거 같니? 진짜 그렇게 생각해? 때때로 그렇게 묻는 무색, 무취, 무성의 목소리. 환청이라고 말 할 수 있는 수준은 아니었지만 거의 실제 음성에 가까운 느낌이 드는 낯선 목소리의 의도적인 질문들이 이제는 괜찮을까 싶을 때마다 한 번씩 찾아와 나를 괴롭혔다. 내 친구가 나에게 소설 응모를 제안하지 않았다면, 내 글을 읽지 않았다면, 우리 집에 놀러 오지 않았다면, 그날 도망가고 싶을 때 내가 생각나지 않았다면…. 그랬다면 지금도 어쩌면 동네 카페 한구석에서 커피 한 잔을 앞에 두고 실없는 농담 따먹기를 하면서 시간을 죽이고 있을 거 같다는 생각이 들었다. 등단하기 전 내 글의 주된 동기가 사적인 분노였다면 등단 후에는 끝을 알 수 없는 죄책감에서 벗어나기 위한 몸부림이었다. 내 친구를 떠올리면 책임감, 생각, 쓰기, 집중, 참회, 반성과 같은 물기 없는 단어만 한참 동안 생각났다.

  나름 예리한 평론가나 나에게 애정이 있는 오래된 독자도 내 글의 동기 변화까지 눈치채지는 못했다. 글을 쓰는 동안 내 감정의 종류가 달라졌지만, 궤도를 벗어나지 않는 작은 주제, 소재의 범위, 건조한 문체는 그대로였기 때문이다. 날것의 정제되지 않은 분노를 표출했던 초기 소설과 달리 통제된 분노, 세련된 복수라는 해석으로 내 소설을 오독하기도 했다. 해명하고 싶지는 않았다. 하고 싶은 대로 하게 놔두었다. 해석은 내 몫이 아니었으니까. 내 글을 읽고 감동을 하였거나 위로가 되었다는 말, 더 나아가 카타르시스를 느꼈다는 독자를 만날 때면 없던 힘도 짜내고, 참아 내면서 끊임없이 글을 생산해 내야 비로소 양심적인 인간으로 거듭날 수 있다는 믿음에 사로잡히기도 했었다. 작품 활동을 쉬지 않았던 건 게으른 나에게 힘든 일이었지만 끝도 없는 죄책감을 덜어 내기 위해서는 가장 효과적인 일이었다.

녹취의 전말

1년 만에 다시 소설을 냈다. 장편이었다. 기획하고 쓰는데 6개월, 고치고 또 고치며 13번째 최종 버전이 완성될 때까지 3개월, 출판사와 초판 발행 부수를 결정하고, 마케팅 방향을 함께 정하고, 내 손을 떠난 글이 편집자에 의해 최근 출판 경향에 크게 벗어나지 않는 방향으로 약간의 수정이 가해지고, 출간일이 결정되고, 실제 홍보 활동을 시작하기 전까지 약 2개월 반이 소요됐다. 정말 내가 생각해도 내 본성과는 너무 다른 일정의 연속이었다. 이제 올해 남은 한 달 반 동안 강행군의 홍보 활동에 올인해야 한다. 오늘이 시작하는 날이었다. 이렇게 혼을 빼 놓는 빡빡한 일정 속에서도 내가 첫 사인회를 무사히 넘겼던 건 사실 다른 이유가 더 컸다. 출판사 측에도 역시 한 번도 말한 적 없는 이야기다.

손목 터널 증후군의 압도적인 통증 앞에서도, 인공 눈물을 수시로 넣어 줘야 할 정도로 안구가 건조해져도, 가끔 내 속을 난도질하는 팬을 가장한 안티팬의 비난의 거친 물결 앞에서도 내가 견뎌야 하는 단 하나의 이유는 이번 장편의 완성이었다. 내 친구를 등장시킨 최초의 소설. 나를 소설가로 만들어 줬으면서도 내 소설에 한 번도 등장하지 않았던 사람. 내 친구 얘기를 이제는 쓸 수도 있을 거 같다는 본능적인 느낌이 왔을 때, 긴 세월 동안 계속된 내 고통의 글쓰기가 끝나 가고 있었음을 확신했다. 이 정도면 충분히 내 방식대로 할 수 있는 건 다 했다고 믿었다. 부끄러운 마음으로 애도하지 않아도 된다고 거울을 보고 말해도 기분이 처지지 않게 되자, 이번 장편의 이야기가 마지막 페이지를 향해 맹렬한 기세로 달려가는 속도는 그 어떤 때보다 압도적으로 빨랐다. 내가 친구한테 과한 일을 시킨 당사자도 아니었는데, 친구의 갑작스러운 차원 이동에 나란 인간의 영향도 조금은 있을 거라는 불편하고 설득력 없는 죄책감을 이제는 놓아주고 싶었다.

오늘은 피곤했지만 조금은 행복하다는 말을 스스로 할 수 있는 날이 될 것이다. 독자들에게 직접 받은 몇 통의 편지. 주의 깊게 읽은 내용을 바탕으로 감사함이 충만한 내 마음을 소설과는 온도 차이가 확 날 정도로 따뜻한 글 속에 녹여 본다. 그 글을 팬들이 나를 향해 환호하는 밝은 표정이 담긴, 내가 직접 찍은 사진 밑에 정성스레 붙인 후 SNS 계정에 올리면 비로소 오늘 하루의 일과가 마무리되는 것이다. '게시물이 등록되었습니다.'라는 메시지까지 확인하는 것도 잊으면 안 된다. 가끔 오류가 나서 진땀 난 적이 몇 번 있었다. 내일도 이어지는 사인회가 있지만 첫날인 만큼 오늘의 단상은 별도로 게시해 주는 게 흔들림 없이 나를 기다려 주는 독자들에 대한 최대한의 예의다.

녹취의 전말

책상 옆에 놓아 두었던 가방 속에서 오늘 받은 편지를 꺼냈다. 책상 앞에 앉아 경건한 마음으로 다 읽으려고 했는데 자꾸 침대가 이쪽으로 올라오라고 유혹하기 시작했다. '그냥 내일 읽어. 괜찮아.' 나른한 유혹을 발산했던 침대는 기분 좋은 피곤함에 취해 있는 나를 아늑하게 감싸며 자연스럽게 끌어당겼다. 독자들의 편지는 상투적이라고 해도 언제나 기분이 좋다. 일일이 한 명씩 다 기억하는 건 불가능할 정도로 많은 독자가 생겼다는 건 내가 상상할 수 없는 미래였는데, 이제 현실이 되었다. 무엇보다 몇 년 동안 손으로 쓴 편지를 받아 본 적이 없다. 오늘의 편지가 더 각별한 이유다. 독자들이 내 글에 애정을 표현하는 글도 죄다 온라인으로 건너간 지 오래였다. 아무리 긴 장문의 정성 들인 글이라 해도 직접 손으로 쓴 편지의 감동을 이긴 적은 없었다. 요즘 다시 클래식한 방법이 유행을 타며 유행이 돌아온 거 같아서 반가웠다. 캘리그래피를 연습하는 사람들이 왜 그렇게 많나 했는데 손편지를 읽어 보니 말하지 않아도 알 거 같았다. 다들 어쩌면 그렇게 글씨가 예쁜지. 내용도 내용이지만 글씨체에 따라 독자의 심성과 감정을 상상해 보는 것도 흥미로운 일이었다. 아날로그 감성이 듬뿍 담긴 손편지는 언제나 옳았다. 얼마나 고심하고, 또 얼마나 힘주어 썼을까를 생각하니 심장이 말랑말랑해지는 기분이었다.

그런데 불순물이 섞여 있었다. 내일 당장이라도 당일 특급 등기 우편으로 반송시켜 버리고 싶은 편지가 하나 있었다. 찢어 버리고 싶은 적의를 겨우 잠재웠다. 잠이 달아나는 건 당연한 일이었고, 심장이 급격하게 경직되는 느낌이었다. 별일 아니라고, 이건 그냥 편지일 뿐이라고, 그냥 독자의 망상일 뿐이라고…. 그렇지만 그 편지의 글씨체를 어디서 많이 본 거 같다. 이런 글씨체를 쓰는 사람을 한 명 알고 있었다. 딱 한 사람.

김석현 작가님께.

작가님 안녕하세요. 잘 지내셨죠?

아니다. 작가님은 무슨. 석현아.

잘 지내고 있는 게 내 눈에는 너무 많이 거슬리네.

날 알아보고 반갑게 인사만 해 줬어도 이 편지를 주지는 않았을 텐데.

벌써 20년이 다 되어 가니까 못 알아볼 수도 있겠지.

뭐 그럴 수 있긴 해. 흔한 일이니까.

근데 다른 사람은 몰라도 네가 날 기억 못 한다는 건 말도 안 돼.

네가 날 잊는다는 건 죄야. 죄.

네가 그날 무슨 일을 저질렀는지 며칠이 지나서야 알았어.

녹취의 전말

내가 우울증에 시달리고 있던 건 잘 알지?

그때마다 글을 쓰면 좀 많이 나아진다고.

그래서, 너에게도 글을 써 보라고 했던 거 기억나니?

모르는 일이라고 말하지는 말아 줘. 너에게 몇 번이고 말했으니까.

내가 공모전에 내려고 모아 뒀던 내 글들.

책상 속에 숨겨 두었던 거 알지?

난 우리가 비밀 없는 절친이라고 믿어 의심하지 않았으니까.

생각 없이 내 속 얘기를 다 털어놨었어.

언젠가부터 내가 무슨 말을 해도 귀찮다는 듯이

한 귀로 듣고 한 귀를 흘리던

변해 버린 네 눈빛을 보고 눈치챘어야 했는데.

네가 갑자기 이사를 했다고 해서 놀랐어.

그래도 꽤 오랜 동네 친구인데 인사는 하고 가도 되잖아.

내가 손으로 썼던 그 글들이 거기서 튀어나올 줄은 몰랐어.

공모전 소설 부문 대상. 그건 분명히 내 글이었어.

내가 가장 괴로운 시간을 버티며 썼던 글인데

어떻게 모를 수가 있겠니?

무슨 소용이 있나 다 잊자. 잊어버리자. 나 그랬었다.

이제 와서 말하지만

네가 이사한 뒤로 너를 보는 건 오늘이 두 번째야.

작가가 된 너를 처음 본 것도 벌써 10년 전이다.

운 좋게 내가 주인공이었던 작가와의 만남에 당첨되었거든.

독자와의 만남에서 어떻게 글을 쓰게 되었냐는 흔한 질문에

거짓말로 일관하며 뻔뻔하게 말하는 너를 보니까 피가 거꾸로 솟더라.

더 미칠 거 같았던 건 뭔지 알아?

너의 글이 원래는 내 글이라는 걸 증명할 길이 없는 거야.

내 종이 뭉치는 이미 사라졌으니까.

넌 몰랐겠지만 그때 독자와의 만남에서 네가 했던 말.

다 녹음했어. 몇 번이고 들어 봤는데, 너는 정말 평온해 보이더라.

거짓말을 하는 게 아니라 진짜 네가 한 거짓말 그대로

믿고 있는 것처럼 들렸어.

하긴 국민학교 때 네가 내 그림을 베껴서

사생 대회에서 우수상을 받았을 때부터 알아봤지.

넌 원래 그런 애였다는 걸 잊은 내가 병신이지.

그때도 넌 전혀 몰랐다는 듯이 시치미를 뗐었으니까.

석현아. 네가 등단하고 쓴 글은 다 읽어 봤어.

너도 재능이 있다는 건 인정할게.

그래도 난 너를 죽을 때까지 용서할 수 없을 거 같아.

너는 결국 오늘도 나를 기억하지 못했어.

기억하지 못하는 척 거짓으로 행동하는 게 아니라 진짜 날 못 알아보더라.

녹취의 전말

무슨 소용인가 싶다.

너의 시작이 어디서부터였는지 아는 사람은

이 세상에 너랑 나밖에 없는데.

네가 죄책감을 느끼고 있다고 해도 그게 날 구원해 주지는 못해.

보통 작가들이 그런 말 하잖아.

세상 모두가 날 비난해도 내 글이 한 사람에게

힘이 되는 한 끝까지 쓰겠습니다.

석현아.

난 이렇게 말하고 싶네.

세상 모두가 너로 인해 행복하고 살아갈 희망을 얻는다고 해도

널 용서하지 않는 한 사람이 있다고.

잘 먹고, 잘 살다가, 부디 조용히 죽어라.

어차피 다 지나간 일들.

네가 나에게 해 줄 수 있는 건 이 세상에 없어.

2017년 뜨거운 여름, 한때 너의 친구였던 사람, 오환으로부터

인물들의 수다

◉ 이 소설은 가능하면 가장 마지막에 읽을 것을 권합니다. 독자님의 평범하지 않은 독서 순서에 의하여 먼저 읽을 경우, 앞 여섯 편의 소설을 감상하는 데 큰 방해가 될 수 있으니 부디 유의 바랍니다.

한 번도 소설을 써 본 적이 없었던 김세은 씨는 최초로 소설을 쓰겠다고 결심한 날로부터 247일 만에 단편 소설 6편을 완성해서 첫 소설집을 냈었고, 그로부터 2,032일 후에 같은 소설집 개정판의 최종 원고를 거의 다 검토하였다. (사실 일러스트판도 나온 적이 있었지만, 소량 인쇄한 뒤 북페어 행사에서 조금씩 판매하는 정도에 그쳤다.)

새벽 2시 37분. 무한 긍정 마인드의 소유자가 혼자 운영하는 카페를 정상적으로 오픈하려면 지금부터 최소한 3시간은 자야 하는 걸 알면서도 세은 씨는 좀처럼 잠을 이룰 수가 없었다. 세은 씨는 카페를 운영하면서 소설을 쓴다는 게 얼마나 미친 짓인지 창작의 세계에 발을 들인 후 곧 알게 되었고, 매번 책을 낼 때마다 비슷한 고통을 마주했다. 책을 여러 권 냈다고 해서 쉬워지는 일은 단 하나도 없었다.

세은 씨는 온라인에서 알게 된 독립 출판 작가들의 섬세한 조언을 들을 걸 하면서 후회를 했던 시절이 있었다. 그런 생각을 한 건 찰나의 순간에 불과했지만. 시행착오를 거듭해도 첫 책의 개정판만큼은 최대한 혼자 힘으로 다 해결하고 싶은 욕심이 사라지지 않았으나 표지 디자인과 편집, 교정/교열만큼은 동료 작가들의 도움을 받겠다고 마음먹었다. (이제는 혼자 한다고 말하기가 머쓱한 수준이다.) 몇 년 전 혼자 힘으로 모조리 다 해결하겠다고 큰소리를 치던 치기 어린 그 시절이 아련했다. 세은 씨는 괜히 부끄러워졌다. 표지는 우연히 알게 된 동료 일러스트 아티스트, 현진 작가의 도움을 받는 것으로 타협하고 합리화했다. (일러스트판의 강렬한 표지를 만들어 주었던 장본인이다.) 독립 출판에서 특히 표지는 너무 중요하다고 몇 번을 강조해도 지나침이 없는 법이었으니까. 그리고 세은 씨가 경력이 쌓이면서 몇 차례 앤솔러지 작업에 참여한 적이 있었는데 그때 자신이 아닌 편집자의 예리한 시선이 얼마나 중요한 지 뼈저리게 알게 되었다. 그래서 지금은 기억도 가물가물한 어떤 북페어에서 인연을 맺은 한별 작가의 도움은 한 줄기 빛 그 자체였다. 한별 작가는 이 바닥에서 실전으로 다져진 편집 능통자였다.

　그렇게 도움을 주는 이들이 있었음에도 불구하고 세은 씨는 시간이 부족했다. 시간을 쪼개고 쪼개도 잠을 줄이는 것 이외에는 방법이 없다는 게 영 죽을 맛이었다. 출판사 창립 6주년 날짜에 맞춰서 개정판을 내겠다고 이미 선언한 상태라서 혹시라도 출간일이 미뤄질 경우 신뢰가 깨지기 쉬운 위태로운 상황이었기에. 소설 원고에 가디자인을 얹으면서 실시간으로 다시 미완성인 문장을 다듬어 갔다. (사실 한 점의 오점도 없이 완전 무결하게 완성된 문장이란 있을 수 없는 일이다.) 세은 씨는 흡사 조각가가 완성된 작품 형상을 마주하기 전까지는 결코 만족할 수 없는 것처럼, 문장의 완성도를 최대한 높이기 위해 집중하고 또 집중했다. 실은 이번 개정판의 교정/교열만큼은 업계에서 소문 난 전문가에게 맡기고 싶은 마음이 굴뚝같았으나 비용이 최대 백만 원이 넘는 수준으로 만만치 않다는 걸 알게 된 순간 마음을 딱 접었다. 배보다 배꼽이 더 큰 모양새. 여전히 세은 씨의 셈법은 간단했다. 커피를 몇 잔 더 팔아야 하는지 대략 계산을 마친 세은 씨는 더 이상 고민하지 않았다. 주객전도는 이제 그만! (한별 작가에게 교정/교열까지 부탁할 수밖에 없었다.) 염치는 저 멀리 어디론가 날아갔다. 세은 씨는 최상급의 완성도를 뽑아내겠다는 야무진 계획을 조금 축소하는 대신 스스로 설정한 마감 일을 절대로 넘기지 않겠다는 두 번째 목표를 제일 앞으로 끌고 나왔다.

  이미 여러 권의 책을 낸 온라인 친구가 추천해 준 부산

대 맞춤법 검사기, 국립국어원 표준국어대사전, 현업에 종사하는 편집자가 쓴 에세이 두 권, 교정 전문가가 쓴 에세이를 가장한 소설 한 권을 참고하여 꼼꼼하게 셀프 교정을 먼저 한 뒤 한별 작가에게 원고를 넘겼다. 역시 한별 작가는 재야의 고수였다. 세은 씨가 최선을 다했음에도 불구하고 미처 잡지 못한 오탈자가 다 합쳐 놓으니 못 해도 한 페이지는 족히 넘는 수준이었다. 세은 씨는 겁 없이 쓰고 만들었던 첫 책을 사 주시고, 치명적인 단점은 에둘러 삼키시고, 재미있게 읽었다며 리뷰와 응원까지 보내 주셨던 독자들의 넓은 아량에 감사한 마음이 절로 생겼다. 절이라도 하고 싶은 심정이었다. 어쨌거나 한별 작가의 도움으로 한숨 돌린 세은 씨는 일러스트를 그리는 현진 작가와의 표지 작업에 박차를 가하였다.

기본적으로 개정판 표지의 콘셉트는 초판과 일러스트판의 장점을 합친 모양새라고 할 수 있었다. 세은 씨는 첫 책 초판의 조악한 표지 디자인을 사랑했다. 복잡한 세은 씨의 성격과 다르게 뺄 거 다 빼고 최대한 심플하게 만들었던 표지 디자인. 그 표지 디자인은 어쩌면 세은 씨가 최초로 거센 욕망과 지칠 줄 모르는 욕심을 적절하게 제어했던 첫 사례였을지도 모른다. 파란색 계통의 감청색으로 표지 앞뒤 전체를 수놓았다. 세은 씨는 회색 빛깔이 도는 그 색이 아주 마음에 들었었다. 이번에는 회색 빛깔이

은은하게 섞인 감청색보다는 좀 더 선명한 파란색을 배경으로 깔아 놓았다.

그리고 소설의 내용을 압축하여 자신만의 시선으로 재해석한 뒤 빠르게 완성하여 세은 씨를 단박에 매료시켰던 현진 작가의 표지 일러스트를 다시 활용했다. 세은 씨의 마음에 쏙 들었던 일러스트라서 절대 이대로 사장시킬 수는 없었던 것이다. 세은 씨는 일러스트판의 그림을 그대로 사용하는 대신 마치 오래된 명화처럼 보이는 효과를 주기 위해서 클래식한 느낌의 액자를 새로 그려 달라고 요청했다. 세은 씨가 두루뭉술하게 요청해도 현진 작가는 찰떡같이 알아듣고 최고의 결과물을 내놓았다.

그리하여 마치 파란색의 미술관 전시실 벽면에 멋진 그림이 걸려 있는 듯한 느낌의 표지가 탄생했다. 세은 씨는 일러스트와 잘 어울릴 수 있는 책 제목, 저자의 폰트를 신중하게 알아봤다. 지금까지 내지 일부의 폰트와 통일성을 이유로 활용했던 나눔명조, 제주명조는 과감하게 탈락시켰다. 오랜 검색 끝에 마침내 개정판의 일러스트와 무척 잘 어울리는 새로운 폰트, HS봄바람체 3.0 Regular를 찾아냈다. 이 아름다운 폰트를 무료로 배포하고 상업적으로 사용할 수 있게 해 준 제작자에게 감사 메일을 보내는 것도 잊지 않았다. 세은 씨의 책 중에서 처음으로 박을 사용하려고 마음먹기도 했었다. 하지만 추가 비용이 예상보다 커서 오랜 고민 끝에 결국 포기하고 말았다. 아쉬운 마음이 들었으나 현실적인 상황을 고려하지 않을 수가 없었다.

본문 글씨체도 큰 마음을 먹고 변경했다. 그동안 글씨체를 선택하기까지 나름의 스토리가 있다. 세은 씨는 가는 고딕 계열의 글씨체를 좋아했으나 그 글씨체들은 소설보다는 에세이에 더 잘 어울릴 것 같다는 주변 동료들의 조언을 들었다. (지금까지 에세이 책을 낸 적이 없어서 세은 씨가 가장 선호하는 글씨체를 아직까지 쓸 기회는 없었다.) 고집이 센 세은 씨라도 어떤 면에서는 타인의 의견을 과감하게 수용하기도 했다. 무엇보다 소설처럼 글씨가 빽빽한 경우에는 명조체 계열의 글씨체가 눈의 피로감을 덜어 준다는 얘기를 어디선가 들었던 세은 씨. 그래서 지금까지 무난한 나눔명조를 계속 써 왔는데 본문 글씨체를 바꾸기로 결심한 가장 큰 이유는 무척 단순했다. 나눔명조는 이제 지루해졌다는 것. 세은 씨는 실제 책의 형태로 나왔을 때 가장 만족하는 글씨체를 파악하기 위해서 가제본에 좀 더 많은 명조체 계열 글씨체를 적용해 보는 게 최선의 방법이라 여기고 각 단편마다 글씨체, 글씨 크기, 줄 간격 등을 달리해서 편집한 후 가제본을 만들어 봤다. 그 결과 6가지의 명조체 중에서 낙점된 새로운 명조체는 본명조였다. 세은 씨가 가장 최근에 참여한 앤솔러지 소설

집에 쓰인 폰트이기도 했다.

  필요 이상으로 세심한 세은 씨의 성격상 한별 작가의 최종 검토본이 온다고 하더라도 pdf 파일을 인쇄 업체에 넘기기 직전까지 아마도 문장을 계속 매만질 것이다. 게다가 다시 쓰는 여는 글과 닫는 글이 아직 남아 있다. 그래도 거의 다 온 것이나 다름없었다. 책에 들어갈 원고의 재검토, 편집, 교정/교열 윤문까지 및 90퍼센트 이상 완료되었다는 사실만으로도 감격하기에는 충분한 수준이었다.

—

  이쯤에서 잠깐! 초판을 만들기 전으로 되돌아가 보자. 리와인드! 세은 씨는 대학교를 졸업할 때까지 매번 벼락치기로 공부했다. 10년 넘게 지켜 온 버릇이 어디 갈 리가 없다. 소설도 예외는 아니었다. 2019년 3월부터 9개월의 시간 동안 가장 많은 글을 쏟아 냈던 건 10월 이후 한 달 반 정도였다. 위기가 눈앞에 다가오니까 글이 저절로 쏟아졌다. 연중무휴 엄청난 물량의 마케팅으로 시장을 독식하고 있는 대형 프랜차이즈의 위엄 앞에서 Cafe42는 무너지기 직전이었다. Cafe42는 세은 씨가 몇 푼 안 되는 퇴직금을 다 쏟아붓고, 턱없이 부족한 금액은 대출까지 받아서 마련한 첫 개인 카페. 가까운 사람들은 이제 개인 카페도 출혈 경쟁이 너무 심하다며 그만 접고 다른 업종으로 변경하라고 성화였다. 남에게 조언하는 게 얼마나 가볍고 쉬운 건지 모두가 전문가였다. 세은 씨는 나름 커피 애호가라고 자부했기에, 여기서 접기엔 지난 3년 동안 투자한 새내기 사장의 피, 땀, 눈물이 너무 아까웠다. 매몰된 돈보다 눈에 보이지 않는 애정과 열정의 잔여물이 더 쓰라리게 느껴졌다. 세은 씨는 카페를 살리기 위해 온갖 방법을 다 써 봤다. 색다른 느낌을 주기 위해 유행하는 인테리어로 무리해서 변경해도 길어야 3개월이었다. 매출은 금세 제자리로 돌아왔다. 순이익을 늘리는 건 고사하고 창업할 때 투자한 원금을 회수하는 것도 버거웠다. 돈으로 시작해서 돈으로 끝나는 무한 반복의 고리. 결론은 돈을 더 벌어야 했다.

세은 씨는 여러 가지 직업을 더 알아봤는데, 그 어떤 일도 카페 운영과 병행하는 게 쉽지 않았다. 세은 씨의 잦은 편두통만큼이나 고민이 깊고 날카로웠던 그 시기에 카페에는 몇 안 되는 단골이 있었다. 그중 한 명은 일주일에 최소 3번 이상 꼭 왔는데, 커피 한 잔만 달랑 시켜 놓고 노트북으로 계속 뭔가를 작업했다. 한 번 오면 4시간 넘게 머물다 돌아가는 게 다반사였다. 단골의 패턴이 얄미웠지만 아무도 없는 빈 공간보다는 한 명이라도 자리를 지켜 주는 게 차라리 낫다고 위안 삼았다. 세은 씨가 그렇게 마음을 긍정적으로 고쳐 먹자, 단골은 서서히 횟수를 줄이다가 언젠가부터 더 이상 오지 않았다. 오비이락. 괜히 아쉬웠다. 세은 씨는 말이라도 한 번 걸어 볼 걸 스치듯 생각했지만 바람 잘 날 없는 카페 운영의 혹독한 짐은 단골의 존재를 곧 잊게 해 줬다. 몇 시간째 손님이 없던, 날씨와 마음 모두 추웠던 어느 날. 세은 씨는 구독 버튼까지 눌러서 자주 보던 유튜브 채널에서 낯익은 얼굴을 봤다. 몇 달 만에 보는 단골의 얼굴이었다. 살이 조금 쪘지만 몰라볼 정도는 아니었다. 하루에 4시간씩 꼬박꼬박 보던 단골의 얼굴을 잊을 수는 없었다. 안 보이는 사이에 단골 손님은 작가가 되어 있었다.

세은 씨는 구 단골 현 작가를 검색해 봤다. 지난 몇 개월 동안 Cafe42에서 열심히 소설을 썼다는 사실이 드러났다. 왜 갑자기 발길을 뚝 끊었는지 이유를 알 수 없었다. 어떤 인터뷰에서도 어디서 작업했는지 장소를 직접적으로 언급하지 않았다. 현 작가는 그저 자주 가던 장소가 있었다고 말했다. 그리고 이제 가지 않는다고 덧붙였다. 현 작가가 Cafe42에 다시 오지 않는 이상 이유는 영원히 알 수 없을 것이다. 세상에 이유 없는 일들이 얼마나 많이 일어나는데 신경 끄고 카페를 살릴 방법이나 생각해 보자고 머리를 쥐어뜯는 순간, 세은 씨는 유레카를 외쳤다. 투잡이 가능한 일이 눈 앞에 있었다.

세은 씨는 구 단골 현 작가처럼 소설을 쓰면 되겠다는,

그야말로 말도 안 되는 해결책을 내놓았다. 비현실적인 방안이었다. 세은 씨는 책이 잘 팔리면 다소간의 카페 운영 자금을 마련할 수도 있지 않을까 하는 허무맹랑한 기대를 했다. 카페 운영이 얼마나 고된지 짐작되는 결정이 아닐 수 없었다. 졸업할 때 평범한 취준생처럼 자기소개서를 자소설로 썼던 걸 빼고는 그 어떤 글도 끝까지 써 본 적이 없었던 세은 씨. 무모한 결심의 속도는 빛보다 빨랐다. 그리고 예상대로 소설 쓰기는 한없이 늘어졌다. 세은 씨는 짧은 소설이니까 3개월이면 충분할 거라고 자신했지만, 호언장담하던 기간 동안 단 한 편도 완성하지 못했다. 원래 남들이 했던 건 쉬워 보이니까. 세은 씨는 주변 친구들에게 '너 이제 작가 친구 생기는 거야! 조금만 기다려 봐!'라고 큰소리 뻥뻥 쳤다가 나중에는 조용히 입을 다물었다. 이미 양치기 소년이 된 거 같았던 세은 씨는 뭐라고 말하는 사람이 아무도 없는데도 마음이 콕콕 찔렸다.

세은 씨는 막상 다 쓴 소설들을 보니 아쉬운 게 한 두개가 아니었다. 고친다고 고쳤는데도 분수를 모르는 욕심이 계속 남아 있었다. 직유법을 써서 선 굵은 문장을 써야 할 때, 은유적 표현을 남발했다. 문단 전체를 요약해야 할 지점에서 정작 장황한 상황 묘사가 들어가기도 했다. 세은 씨는 어떤 한 문단을 통째로 날리고 싶었다. 하고 싶었던 말을 계속 반복해서 늘어놨던 티가 너무 많이 났다. 지나치게 많은 연결 고리를 소설 중간 중간에 삽입해 놨다는 사실은 그 문단을 지우니 비로소 보였다. 그 문단을 지우면 소설 전체를 다시 써야 할 판이어서 다시 살릴 수밖에 없었다. 무엇보다 세은 씨의 다듬어지지 않은 스타일에 가까운 습관적인 수동형 문장이 너무 많아서 가독성을 방해했다. 이미 친구들에게 가장 많이 받은 뼈아픈 지적이었다. 그건 시작에 불과했다.

  세은 씨는 분명히 6편을 썼는데, 비슷한 표현이나 설정이 반복적으로 튀어나온다는 사실 역시 나중에 알았다. 대표적인 예로 세은 씨의 소설에서 가장 강박적으로 반복되는 취향은 커피였다. 누가 카페 주인 아니랄까 봐 세은 씨는 거의 매 소설마다 커피를 등장시켰다. 하다못해 어떻게 된 게 인물 중에 커피를 싫어하는 사람조차 없었다. 라테와 아메리카노로 변주해 봤자 결론은 커피였다. 친구들은 '야, 너무 단조로워. 좀 다른 음료수로 바꿔 봐.'라고 말했지만 그 말을 받아들일 세은 씨가 아니었다. '커피 설정 몇 개만 소주로 바꿔 보자. 응? 차라리 술이 나아.'라고 해도 세은 씨는 '나 술 못 마셔. 안 그래도 이미 몇 개 넣었단 말이야.'라고 소설 쓰는 사람이 하는 말이라고 믿을 수 없는 이상한 소리만 했다. 자격지심이 많았던 세은 씨의 쓸데없는 고집이었다. 자존심을 세울 수 있는 적합한 방법이 아니어도 커피가 나오는 설정은 절대로 고치지 않았다. 세은 씨가 그토록 침 튀면서 욕했던 타인의 방식이었다. 세은 씨는 오타와 비문을 제외하고 큰 설정은 절대 바꾸지 않겠다고 마음을 굳혔다. 그렇게 완성했던 초판. 몇몇 독립 서점에서 반응이 오기는 했지만, 대세 작가가 되기에는 턱없이 부족했다.

 햇수로 6년이라는 시간이 흘렀고, 세은 씨는 누가 봐도 합리적이지 못한 선택을 감행한다. 차라리 새 소설을 쓰라는, 지극히 현실적인 대안을 제시해 준 동료 작가의 걱정과 조언에 아랑곳하지 않고, 세은 씨는 제대로 된 개정판을 내서라도 다시 미지의 예비 독자들에게 어필하고 싶은 굴뚝같은 마음이었다. 자전적인 이야기로 첫 소설집을 내지 않고서는 어떤 다음 이야기도 쓰지 못하겠다고 배수진을 쳤던 것처럼, 그렇게 개정판 출간을 코앞에 두고 있었다.

 그리고 세은 씨는 겁도 없이 작가가 절대로 하지 말아야 할 일을 꾸미기 시작한다. 세은 씨는 몇 년 전 자신이 만들어 낸 인물의 이름을 리스트업했다. 세은 씨는 소설 속 인물에 대해 작가가 나서서 이러쿵저러쿵 떠드는 건 반칙에 가까운, 얄팍한 편법이라는 걸 너무 잘 알고 있었다. 더군다나 인물들을 직접 세상 밖으로 호출하지 않는 건 중견 작가들도 웬만하면 지키는 밀약이었다. 그러나 세은 씨는 겁이 없었다. 급한 사정 앞에서 찬밥 더운밥 가리지 않았다. 세은 씨는 각각의 소설에서 애정이 가는 대표적 인물 한 명씩 불러내기로 마음 먹었는데, 대부분 주인공이었다. 거듭 고민해 봐도 조연들까지 다 불렀다간 분량에 대한 불만으로 대화가 산으로 갈 가능성이 높았다. 선별해서 부르기로 한 건 나름 합리적 판단이었다. 세은 씨는 조심스럽게 자신이 창조한 인물들에게 전화를 걸었다. 인물들에게 작가의 목소리를 들려주는 건 처음 있는 일. 온라인으로 대화하고 지시하고 사안에 따라 토론하고 상의하는 게 보통이었다. 세은 씨는 자신의 행동이 어떤 후폭풍을 불러올지 걱정되었으나 일단 저질러 보자는 마음으로 상쇄하였다. 세은 씨는 인물들에게 개별적으로 전화해서 한 자리에 모여 후기 겸 흥미로운 대화를 허심탄회하게 나눠 보자고 제안했다. 소설 속에서 멈췄던 인물들의 시간이 다시 흐르기 시작했다.

참석자 7명은 다음과 같다. 잡지에 인터뷰가 실리지 않았다는 사실을 알았을 때도 대수롭지 않게 넘겼던 오 대표, 자신이 뭘 잘못했는지 전혀 모르는 김 대리, 세은 씨랑 친한 전 직장 동료 두 명을 각각 리모델링한 고아영과 한유슬, 소설이 끝나자마자 병원에 입원해서 계속 쉬고 있는 김우겸, 아직도 일을 구하고 있는 몽상가 한주용, 세은 씨가 존경하는 작가 여러 명을 합쳐서 한 사람으로 만든 김석현 작가는 안타깝게도 자아 분열을 일으켰고, 은둔의 시간 속으로 숨어 버렸다. 대신 복수와 체념의 양가감정으로 괴로워하고 있는 김 작가의 옛 친구 임오환을 어렵게 설득했다.

  세은 씨는 한창 소설을 쓸 때 인물들에게 카페 주인이라 진짜 직업을 말하는 대신 글 쓰는 비슷한 일을 해 오다가 책을 내기로 했다고 두루뭉술하게 말한 전력이 있다. 글을 썼던 사람이라는 소개는 인물들이 안심할 수 있는 초보 작가의 괜찮은 배경이었다. 항상 글자로만 작가를 만나 왔던 인물들에게는 작가의 목소리를 듣는 경험도 평범한 게 아니었는데, 직접 만나서 얼굴을 보자는 제안은 공식적인 절차 두 개 정도를 과감하게 생략한 거나 다름없었다. 다행스럽게도 세은 씨의 첫 책에 기꺼이 출연한 인물들은 세은 씨의 이례적인 호출에 얼떨떨했지만, 역시나 작가를 닮아서인지 관심받는 게 좋다면서 대부분 흔쾌히 허락했다.

  세은 씨는 멀리 갈 필요 없이 홈그라운드로 초대했다. 오후 4시. Cafe42에 손님이 유난히 뜸한 때로 약속 시간을 정했는데, 의외로 3시 반이 조금 넘어서 다 모였다. 지각한 자가 없다는 사실이 놀라웠다. 인물들은 서로의 얼굴을 직접 본 적이 없었지만, 세은 씨에게 귀동냥으로 들었던 얘기의 단서를 통해 다 비슷한 이유로 이 자리에 호출되었다는 걸 간파했다. 세은 씨는 우선 자신의 신분을 밝히지 않고 인물들에게 주문을 받고, 서빙을 했다. 실제로 마주치는 건 처음이라서 누구도 세은 씨의 정체를 알아차리지 못했다. 음료의 종류는 역시나 다 커피였다. 세은 씨는 몰래 화장실에 가서 오 대표에게 전화를 걸었고, 갑자기 몸이 안 좋은 척 연기를 했다. 그리고, 조금 늦으니 다들 먼저 인사하고 대화 나누고 있으라는 말을 전달했다. 세은 씨는 약 1시간 동안 자기 없이 인물들이 무슨 대화를 나눌지 무척 궁금했다. 세은 씨는 천연덕스럽게 카운터로 가 앉아 인물들을 천천히 지켜봤다. Cafe42에는 두 개를 붙이면 10명 정도 앉을 수 있는 큰 테이블이 세은 씨와 가까운 쪽에 위치하고 있었다. 인물들의 목소리는 또렷하게 잘 들렸다. 인물들이 어색한 인사를 하고 좀 지나자 점차 시간의 공백이 촘촘하게 채워졌다. 서먹했던 인물들은 입이 풀렸는지 본격적인 대화의 분위기가 조성되니까 질세라 부지런히 말을 주고받았다. 수위가 꽤 높았다는 것만 제외하면 대화의 성격은 세은 씨가 예상한 그대로였다.

오대표 : 김 작가 늦는다네. 처음부터 지각한다 이거지.
        내가 인터뷰 때 지각했던 거 복수라도 하는 건가.
김우겸 : 설마 그러기야 하겠어요. 금방 오겠죠.
오대표 : 자네 입원했다고 들었는데, 어떻게 왔네.

인물들의 수다

김우겸 : 김 작가가 제발 와 달라고 사정해서 왔죠.

오대표 : 얼굴이 말이 아니네.

김우겸 : 그래도 많이 나아졌어요.

오대표 : 김 작가 과감한 면도 있네. 나한테는 디렉션 주면서도 엄청 걱정하고 배려해 줬는데.

김우겸 : 그래요? 제게는 엄청 카리스마 있는 것처럼 행동하던데. 제가 마지막에 복수 비슷한 거 했잖아요.

오대표 : 그러게. 그 김현섭인가 하는 양반은 괜찮아?

김우겸 : 그건 모르겠고요. 원래 저는 안 한다고 했어요. 난 사람 때려 본 적 없다고.

고아영 : 진짜요? 근데 너무 잔인하시더라.

김우겸 : 아, 몰라요. 진짜. 김 작가가 자기는 이 소설에 영혼을 갈아 넣었다는 거야. 결말에서 내가 질질 짜고만 있으면 자기가 용납을 못 하겠대. 그러면서 계속 더 강하게 해 보라고 나한테 막 떠밀어. 구체적으로 말도 안 하고. 그냥 그런 느낌 있잖아요. 막 이러면서.

한유슬 : 그래서요? 뭐 뭐 해 봤어요?

김우겸 : 뭐가 그래서야. 얘기 못 들었어? 진짜 막 칼도 써 보고. 내가 러시아 친구한테 몰래 훔친 총도 써 보고 그랬지. 묵직한 쇠 파이프까지 쓰니까 기겁하더라고. 흉기가 너무 잔인하다면서.

마지막에 수위 조절하면서 결정한 게 그 물이
꽉 찬 패트병이었어요. 나쁘지 않았어. 김 작가
아는 동생이 패트병으로 내리친 다음에 썼던
문장을 엄청 칭찬해 줬다고 하더라고.

고아영 : 저도 놀랐어요. 패트병으로 무지막지하게. 으….

김우겸 : 김 작가도 놀라긴 했어. 패트병 가지고 내가
그렇게까지 할 줄은 몰랐나 봐. 사실은 자기가 더
하라고 계속 부추겼으면서. 아무튼 뻔한 흉기
보다 더 인상적이라고 좋아했지.

고아영 : 맞아. 좀 무섭긴 하더라. 저도 물 마실 때 가끔씩
그 장면 생각하면 괜히 움찔해요.

한유슬 : 아영 쌤은 알고 있었어요?

고아영 : 나한테는 살짝 얘기해 줬어요.

한유슬 : 치. 나만 몰랐네.

임오환 : 그 정도면 양호한 거죠. 전 김 작가 첫 책 단편
소설집이라는 것도 오늘 처음 알았어요.

한유슬 : 네? 김 작가님이 그럼 뭐라고 얘기하셨는데요.

임오환 : 제가 주인공인 장편이라고 하고 시작했죠.
진도가 너무 안 나가서 오늘 직접 만나서
얘기하자고 했던 거였어요. 전 여러분들 다
저랑 같은 작품에 출연하는 줄 알았어요.

한유슬 : 헐. 진짜요? 저는 조용히 있어야겠다.

인물들의 수다

임오환 : 심지어 지금까지 쓴 거라고 방금 메일을 보내
　　　　왔는데 김석현 작가 얘기만 주구장창 나오는
　　　　거죠. 그래. 장편이니까 이제부터 내가 계속
　　　　나오겠지 싶었는데 그냥 끝이네. 지금 얘기하는
　　　　거 들어 보니까 전 여기 왜 왔나 싶네요.
한유슬 : 어머, 어떻게 해.
한주용 : 그래도 오환 씨는 마지막에 김석현 작가한테
　　　　엿이라도 시원하게 먹였잖아요. 오환 씨 편지
　　　　보고 엄청 열받았어. 김석현 작가가 괜히 미친
　　　　게 아니라니까.
임오환 : 아니, 주용 씨가 그걸 어떻게 알아요?
한주용 : 나한테도 얘기해 줬어요.
임오환 : 김 작가 대단한 사람이네. 이렇게 감쪽같이 속여?
한주용 : 보아하니까 그런 거 같아요. 당신한테만 얘기
　　　　하는 거라고 하면서 다 떠들고 다녔네.
오대표 : 변명하는 게 취미잖아. 뭐 새삼스럽지도 않아.
　　　　김 작가 그러고도 남을 인간이야.
김대리 : 근데, 말씀 중에 죄송합니다만 제가 그렇게
　　　　이기적이었나요? 작가님이 저한테 그랬어요.
　　　　재희 씨한테 정말 고마운 마음을 가지고
　　　　책을 만들어 보라고.
고아영 : 글쎄요. 뭐 생각하기 나름이죠.

오대표 : 말 끼어드는 타이밍 죽이네.

김대리 : 그나저나 전 김 작가님한테 오 대표님 얘기 진짜 많이 들었어요.

오대표 : 그래? 김 작가가 뭐라고 그랬는데?

김대리 : 그건…. 노코멘트 할게요. 조금 있다가 김 작가 오면 직접 물어보세요.

오대표 : 싱겁긴. 하여간에 나한테는 인터뷰 꼭 실어 준다 해 놓고 박 기자 시켜서 내 인터뷰 기사 킬 시키더라.

고아영 : 오 대표님 인터뷰는 그렇게 빠지는 게 자연스러운 것 같은데요.

오대표 : 이봐. 고아영 씨, 뭐가 어째?

고아영 : 자연스럽다고요.

오대표 : 당신이 내 책 읽어 봤어?

고아영 : 안 읽어 봐도 뻔하죠.

오대표 : 읽기나 하고 말해. 괜히 큰소리치지 말고.

고아영 : 시간이 남아돌면 한번 읽어 볼게요.

한유슬 : 전 개인적으로 제가 나오는 부분 마음에 들어요. 실제 인물 성격이나 말투를 잘 살렸어요.

고아영 : 맞아. 유슬 쌤은 진짜 인물이랑 발랄한 성격이 아주 똑 닮았더라. 저는 싱크로율이 영 별로.

한유슬 : 저도 그건 인정! 너무 어두워. 아영 쌤 진짜

인물은 실제로 안 그러잖아요.

고아영 : 제가 그 소설에서 어두운 이유가 뭔지 알아요?

한유슬 : 뭔데요? 뭔데요?

고아영 : 유슬 쌤 진짜 몰라요?

한유슬 : 아, 그냥 말해 줘요. 난 모르겠어.

고아영 : 김 작가 성격을 나한테 입혔잖아요. 제가 소설 속에서 똑똑한 척하면서 직업상담에 대해서 막 비판하고 그러잖아요. 유슬 쌤도 아시다시피 전 절대로 그런 적 없어요. 너무 냉소적인 거 같지 않아요? 유슬 쌤 잘 생각해 봐. 김 작가 실제 성격이랑 더 닮았다니까.

한유슬 : 에이, 아영 쌤 그건 아니다!

고아영 : 김 작가가 인정했거든요. 자기 성격 넣었다고.

한유슬 : 진짜? 힝. 왜 난 몰랐지.

김우겸 : 이 사람들이 뭘 그 정도 가지고 엄살이십니까? 진짜 얻어터지고, 때린 나도 있는데. 아까 다 들었으면서.

고아영 : 정신적으로 힘든 것도 만만치 않아요.

김우겸 : 아니, 난 뭐 정신적으로 안 힘들었나?

한주용 : 전 그날 이후로 아직도 밥 못 먹었어요.

김우겸 : 밥을 왜 못 드셨어?

한주용 : 제가 어떤 소설에 출연했는지 다 아시죠? 끝에

제가 밥 먹으러 간다고 말하잖아요. 김 작가가 그 뒤로 몇 가지 에피소드를 더 넣겠다는 거예요. 그래서, 밥 먹지 말고 기다리라고 그랬거든요. 그러고는 여태 소식이 없다가 어제 뜬금없이 전화한 거예요.

임오환 : 주용 씨도 속았네. 속았어.

한주용 : 배고파 죽겠어요. 나 그날도 하루 종일 쫄쫄 굶었는데. 도대체 며칠을 굶은 건지 이제 감각이 없어요. 에이씨.

한유슬 : 뭐 좀 시킬까요? 아까 보니까 마카롱 있던데. 당부터 충전하셔야겠다.

한주용 : 마카롱은 싫어요. 너무 달아.

한유슬 : 배고프시다면서요.

한주용 : 이거 빨리 끝내고 진짜 밥 먹으러 가야죠. 뜨끈뜨끈한 국밥 먹고 싶어요.

오대표 : 김 작가 진짜 많이 늦네. 진짜 나한테 복수하려고 하는 건가?

한주용 : 김 작가 성격에 그럴 수도 있어요. 엄청 소심하잖아요. 복수가 겨우 지각하는 거라니. 쪼잔한 게 잘 어울리네.

오대표 : 맞아. 김 작가가 좀 소심하긴 하지. 내 성격을 너무 무난하게 만들었잖아.

김우겸 : 그게 무난한 거라고요?
오대표 : 이 사람아. 이 정도면 양호하지. 필드에 나가 봐. 더한 사람들 널렸어.
김우겸 : 긍정적이시네요.
오대표 : 그나저나 다들 이번 소설이 처음은 아닐 테고. 알 만한 소설에 출연한 분 계신가?
한주용 : 요즘엔 작품이 좀 뜸하긴 한데, 한때는 잘 나갔죠. 김석현 작가 세 사람 합친 거 아시죠?
오대표 : 그러니까 말이야. 두 사람도 버거운데 세 사람을 그렇게 욱여넣었으니 미치는 게 당연하지.
한주용 : 누군지 말씀 드리긴 좀 곤란하고, 아무튼 그중 한 분 소설에 계속 나왔어요. 그 작가님이 집필 방향을 확 틀면서 이제는 제가 나올 만한 구석이 없어요. 그래서, 요즘에는 신인 작가 위주로 갈 수밖에 없었네요. 김 작가도 그러다 만난 거고. 예전 같으면 안 했죠.
한유슬 : 어떤 작가님이에요? 남자예요? 여자예요? 궁금하다. 그냥 얘기해 주면 안 되나요?
한주용 : 안 됩니다. 저도 먹고살아야죠. 그거까지 오픈 했다간 전 밥줄 완전히 끊어져요.
한유슬 : 그런 문제가 있구나. 전 앞으로 딱히 출연할 생각이 없어서 그런 사정이 있는 줄은 몰랐어요.

한주용 : 그럴 수 있죠. 저도 전업으로 뛰기 전까지 전혀
 몰랐으니까요.
오대표 : 나도 잘나가는 작가들 오피스 악역 참 많이
 했는데. 흔한 한국형 소시오패스로 많이 나왔지.
 솔직히 이번 소설이 제일 밋밋했어. 연기하는
 맛은 별로 없더라고. 김 작가는 사회 경험이
 별로 없는 게 확실해. 자기가 나를 엄청 악독하게
 묘사한 걸로 착각하더라. 그런 멘탈로 무슨
 작가를 하겠다는 건지. 너무 여려.
김우겸 : 전에 어디서 나오셨는지 진짜 궁금해요. 이번
 캐릭터가 약하다니. 전에 출연한 작품에서는
 어떤 인물이었어요? 듣기만 해도 알 정도?
오대표 : 당연하지. 내 입으로 말하긴 좀 그렇지만 정말
 엄청났지. 내가 악역인데 사람들이 주인공보다
 더 좋아했어. 보아하니 이번 소설은 독자들하고
 많이 만나지 못할 거 같아. 이참에 쉬는 거지.
김대리 : 왜요? 그 누구지. 임오환 씨. 오환 씨 나온 단편은
 주변 사람들도 재미있다고 하던데요. 그래서
 김 작가 엄청 신났어요.
오대표 : 그거야 김 작가 상처받을까 봐 둘러대는 거지.
 그 정도 반전은 널렸어. 그리고, 솔직히 말해서
 독립 출판이잖아. 초판 발행 부수가 어떻게

인물들의 수다

되더라. 그 정도면 그냥 김 작가 지인들이랑
지인 건너 건너 사람들 정도 보는 거지.

고아영 : 전 재밌었어요. 혹시 알아요. 입소문 타고 2쇄,
3쇄 찍을지. 유슬 쌤은 어떠셨어요?

한유슬 : 누구요. 오환 씨 나오는 거요? 전 못 봤는데.
저한테는 우리 나왔던 거랑 물류 센터 그거
제목, 제목 긴 거. 두 개 보여 줬어요.

고아영 : 쌤한테는 다 안 보여 줬나 보다. 저한테는 6편 다
보여 줬는데.

한유슬 : 김 작가님 너무하시네. 나 무시하는 건가? 치이.

고아영 : 무시하긴요. 쌤 바쁘니까 눈치 본 거지. 쌤 요즘
이직하느라고 정신 없었잖아요. 전 취업률 조사
하느라 바빠 죽겠는데 이것 좀 읽어 봐라 저것
좀 읽어 봐라 얼마나 난리였는데요.

한유슬 : 그런가? 헤헤. 아영 쌤이 고생하셨구나.

김대리 : 그나저나 아까 하다 만 얘기지만 제가 직접 만든
책 선물하는 이벤트는 진짜 김 작가님 경험담이
아닌가 싶어요. 솔직히 말하자면 너무 찌질해서
연기하면서 좀 힘들더라구요. 이렇게까지 하는
사람이 있나?

한유슬 : 에이, 설마 진짜 그렇게 했겠어요. 그렇게 감이
없진 않겠죠.

오대표 : 아니야, 김 작가라면 충분히 그럴 수 있어.
　　　　　김 작가 성격이면 충분히 가능해. 은근히 특이한
　　　　　구석이 있더라. 상식에서 벗어난 엉뚱한 일을 할
　　　　　때가 종종 있어. 근데, 난 김 작가 조금 인정!
　　　　　솔직히 평생 글이라는 걸 써 본 적 없는 사람이
　　　　　반년 동안 소설 6편을 쓴다는 게 말이 안 되잖아.
　　　　　일단 작품성은 따지지 말자고. 어쨌든 꾸역꾸역
　　　　　쓰긴 다 쓰더라. 딴짓하면서도 소설 생각은
　　　　　계속 하던데. 애쓰긴 했어.
고아영 : 어떻게 오 대표님이 김 작가를 다 인정하시네요.
　　　　　해가 서쪽에서 뜨겠어요.
오대표 : 내가 마음에 없는 말은 못 해서 그래.
고아영 : 아, 그래서 그렇게 필터링을 안 하셨구나.
오대표 : 또 갑자기 무슨 소리야?
고아영 : 아무것도 아니에요. 오대표님 대단하시다고요.
임오환 : 여러분들 얘기하는 거 쭉 들어 보니까 김 작가가
　　　　　어쩌면 제가 나오는 소설 장편으로 쓰려던 건
　　　　　맞는 거 같아요. 시간이 촉박하니까 일단
　　　　　단편으로 끌어 쓴 거 같아요.
오대표 : 자네 성격은 누구한테 따 온 거야? 김 작가가
　　　　　자네 얘기는 거의 안 하던데.
임오환 : 저도 몰라요. 어릴 때 무슨 안 좋은 기억이

인물들의 수다

있다고 하긴 했어요. 그건 끝까지 말 안 했어요.
그냥 편지 내용은 김 작가가 다 써 줬어요.
처음에는 머뭇거렸는데 한 번 쓰기 시작하니까
미친 사람처럼 썼어요. 상처 많이 받았나 봐.

오대표 : 여기 뭐 상처 하나 없이 사는 사람 있나.
아까도 말했지만 김 작가 너무 여려. 앞으로도
쉽지 않을 거 같아. 정신 똑바로 안 차리면.

고아영 : 김 작가 걱정은 안 하셔도 되고요. 오 대표님이나
자기반성 좀 하세요.

오대표 : 이건 또 뭔 소리야? 왜 아까부터 계속 시빈데.

고아영 : 제가 웬만하면 말 안 하려고 했는데,
오 대표님은 자기 자신을 몰라도 너무 몰라요.
진짜 스스로 일 잘 한다고 생각하세요?

오대표 : 내가 뭐 어때서. 나만큼만 하라고 그래.

고아영 : 됐어요. 알아들을 사람한테 얘기해야지.
김 작가가 오 대표님 나오는 소설 때문에 시간을
얼마나 많이 잡아먹은 줄 아세요?

오대표 : 아니, 소설집 맨 앞에 수록하는 거니까 그 정도는
해야지. 오프닝 같은 거잖아. 신경 쓰고 오래
걸리는 게 당연하지.

고아영 : 아아. 그래요? 알겠어요. 대표님 마음대로
생각하세요.

한유슬 : 아이, 왜들 그러세요. 싸우지 말고. 조금 있으면
　　　　김 작가도 오잖아요. 좋자고 모인 날인데 너무
　　　　삭막해요. 다들 화 푸시고.
오대표 : 아니, 저 친구가 계속 시비를 걸잖아.
고아영 : 제가 뭘요? 제가 틀린 말 했나요?
오대표 : 그럼 틀린 말이지. 당신 사회생활 얼마나 했길래
　　　　그렇게 다 아는 것처럼 얘기하는 거야?
고아영 : 기본적인 상식이 꼭 사회생활을 오래 해야 아는
　　　　건가요? 그러니까 꼰대 소리 듣는 거예요.
오대표 : 나만큼 열린 사람이 어딨다고 그 따위 소리를
　　　　하는 거야?
고아영 : 열렸다고요? 대표님이? 네, 네, 알겠습니다.
　　　　열린 걸로 하죠. 앞으로도 많이 여세요.
오대표 : 아니 당신이 뭔데 나를 평가하고 난리야!
　　　　내가 어떻게 살아왔는지 알긴 해?

　세은 씨는 더 지켜보기 힘들다는 듯한 표정으로 테이블로 다가가서 목소리를 높이고 있는 인물들 사이에 자리를 잡고 앉았다. 보통 작가들 사이에서 아무리 위급해도 금기가 형성되는 건 그만한 이유가 있었다. 작가를 꼭 빼닮은 고집 센 인물들의 대화를 더 이상 듣기 힘들었다. 세은 씨는 뒷담화쯤은 단단히 각오를 해서 별 문제가 없었는데,

인물들이 이 정도로 싸우는 건 전혀 예상치 못했고, 그림이 썩 좋지 않았다. 세은 씨는 인물들을 차례대로 둘러봤다. 인물들 역시 갑자기 자리에 앉은 세은 씨를 멀뚱멀뚱 쳐다봤다. 세은 씨는 말을 꺼내려다가 '아니다. 됐다.'라고 나지막하게 혼잣말을 하고 잠시 사색했다. 세은 씨는 인물들에게 말해 봤자 무슨 소용인가 싶었다. 모두 다 세은 씨 자신이 만들어 준 성격이고, 말투며, 외모인데. 세은 씨는 말없이 곧 카운터로 돌아갔다. 카운터 옆에 놓인 노트북 화면 속 워드 문서를 바라보았다. 인물들은 세은 씨의 돌발 행동에 당황했으나 곧 아무렇지 않게 자기들끼리 논쟁을 이어 갔다. 세은 씨는 오 대표와 고아영이 저렇게 죽일 듯이 싸울 줄은 정말 몰랐다. 말릴 힘도 없었다. 세은 씨는 개정판을 맞이해 닫는 글을 새롭게 쓰는 건 포기하고 초판에 썼던 프롤로그 글을 수정해서 담았고, 마지막에는 마음에 드는 리뷰 몇 개를 발췌해서 넣었다. 그리고, 들뜬 기분으로 썼던 인물들의 수다 문서 파일을 열었다. 마지막 마침표 앞에서 반짝거리고 있는 커서를 바라보던 세은 씨는 곧 딜리트 키를 누른 채 커서가 문서 맨 앞으로 갈 때까지 떼지 않았다. 곧 인물들은 소리 없이 사라졌다. 텅 빈 공간에는 처음부터 아무도 없던 것처럼 온기가 남아 있지 않았다. 세은 씨는 머릿속으로 그려 봤다. 화살 끝에 자신의 첫 단편 소설집의 개정판을 단단히 꽂아 넣었다.

250페이지가 훌쩍 넘는 책은 꽤 무거웠지만 이대로 사라지지 않도록 무슨 일이 있어도 날려 보겠다는 의지가 세은 씨로 하여금 활시위를 끝까지 당긴 상태로 유지하게 만들었다. 불과 5초. 힘차게 당긴 활시위를 놓자마자, 첫 책의 개정판이 달린 화살이 꼬리를 휘날리며 저 멀리 파란 하늘로 날아올랐다. 곧 정점에서 가속도가 붙은 채로 급격한 하강 곡선을 그렸다. 과녁 정중앙에 명중할 리는 없지만, 부디 과녁 바깥쪽으로 날아가지만 말아라. 세은 씨는 그렇게 빌고 또 빌었다. 현실적인 소원을 간절히 빌면서 마침내 첫 책의 개정판 마침표를 찍었다. 그제야 포근한 미소를 보인 세은 씨는 드디어 할 일을 다 했다는 듯이 의자에 편히 앉은 채로 어디론가 전화를 걸었다. 세은 씨가 처음 이 프로젝트를 제안받았을 때는 조금 머뭇거렸는데 막상 해보니까 나름 쏠쏠한 재미를 느낄 수 있었다.

"여보세요."

"여보세요. 작가님, 저예요."

"세은 씨! 정말 고생 많으셨어요."

"에이, 고생은요. 덕분에 재미있는 경험을 해 보네요."

"그렇게 생각해 주시면 저야 감사할 따름이죠."

"어디에서 뵐까요?"

세은 씨의 전화를 받은 사람은 6년째 소설을 쓰고 있는 사람. 임발이라는 필명을 쓰는 소설가였다.

인물들의 수다

닫는 글

제가 무심하게 흘려보냈다고 자책한,
청춘의 시간에 새로운 가치를 부여했습니다.

소설이라고 부르고 싶은 이 글들은,

제가 만났던, 만난, 만날 당신으로부터
제가 만났던, 만난, 만날 수많은 생각에서
제가 만났던, 만난, 만날 이 세상에서

비로소 시작됩니다.

저의 소설집을 읽어 주셔서 진심으로 감사합니다.
저는 앞으로도 계속 소설 쓰는 삶 속에 머무르며
살아가겠습니다.

⚴ 이 책을 누군가에게 추천할 때 참고하면 좋을 리뷰들 ⚴

   올해 읽은 소설책 중 가장 강렬했다. 도망친 곳에서 또 도망치는 나는 책 속에서 어떻게든 나를 만났다. 부정적인 감정이 많이 일어날 줄 알았는데 그렇지 않아 놀랐고 그래서 더 재밌었다.
(kkanview)

   이 책에 담긴 단편들은 다양한 직업의 현장, 그 현주소를 적나라하게 고발한다. 단편마다 주인공으로 등장하는 인물들은 대부분 일과 관계에 체념적이거나 냉소적이어서, 독자로서 읽는 내내 불편함을 느낄지도 모른다. 그러나 한편으로 글쓴이의 날 선 묘사와 비판적인 시선에 공감하고 함께 분노하기도 할 것이다.
(mountaingoogoo)

   장류진 작가의 소설에서 씁쓸함의 농도를 확 끌어올리면 이런 결과물이 나오지 않을까 싶다. 책을 덮으니 드림 카카오 82% 한 통을 입안에 털어 놓고 우적우적 씹어먹는 듯한 기분이 든다. 상당히 독한 하이퍼리얼리즘 소설의 모음이다. (turtlica)

   도망친 곳에서 만난 소설이라는 제목은 작가의 마음을 그대로 드러낸 듯하다. 소설 속 인물들을 통해 작가의 아프고 어두웠던 이야기들을 대신 담아 낸 듯 소설 속 인물들은 모두 어둡다. 어딘지 모르게 서글프기도 하다. 그들의 이야기가 작가만이 아닌 우리의 이야기이기도 하기에 책장을 빠르게 넘길 수 없었다. 책 속의 인물들에게서 나를 발견하고 다시 나를 돌아본다. (read__365)

인생을 살아가며 맞이하는 좌절이 정말 실패인가, 라는 의문에 대한 해답을 찾을 수 있는 책. 일상을 소설화하는 작가 임발이 전하는 위로가 돋보이는 소설집. 누구나 인생을 살아가며 쓸쓸한 패배감을 맛볼 때가 있다. 쓰디 쓴 고배의 순간을 부정적으로만 취급하는 게 맞는 걸까. 작가 임발은 흔히 빠지기 쉬운 자괴감이란 감정에 의문을 던진다. 당신의 절망이 타인의 잣대로 평가된 건 아닌가? 그 속에도 좌절을 이겨 내려 한 흔적은 없었나? (imhxxrxx)

소설 속의 등장인물들은 하나같이 입체감이 뛰어나다. 분명 이 소설의 인물들은 모두 현실에 있는 사람이라는 생각이 든다. 또한, 상황 묘사가 아주 디테일하고 풍부한데…. 아, 일단 읽어 보세요. 그 이후에 이야기 나눕시다. (book_chose_me)

비겁卑怯. 이 비겁한 자들이 페이지마다 도사리는 이 이야기들을 한 문장으로 정의하자면, <가열苛烈하게 데우다 홀라당 속 내놓고 타 버린 벌건 낮의 우리 '경상鏡像'>. 매번 도망逃亡치기만을 거듭할 때마다 뻔히 조우遭遇할 책이다. 비겁의 본말本末을 피할 요량料量이라면 권하지 않겠다. 하나 직시하면 그곳에 네가 있고 나도 있는 경험을 하게 된다. 이 책은 그저… 거울이다.
(allornothing_deardark)

어쩐지 사회 초년생들에게 권해 주고 싶은 소설이다. 소설 속 주인공들이 처한 상황이 지극히 현실적이거니와, 그 속에서 벌어지는 온갖 갈등과 감정의 널뛰기가 너무 생생하게 전달되었다. 마치 한 편의 페이크 다큐를 보는 것 같달까. (maisie252)

임발 작가님 책은 재밌지만, 뭔가 아리송한 내용도 있다. 아리송해서 여러 번 읽어 본다. 더 아리송해진다. (living_as_me_)

전문적인 지식 없이 그저 읽기만 하는 나로서는 우리 주변에서 정말 흔하게 일어날 수도 있는 일들을 디테일한 묘사와 다양한 시선에서 바라보며 풀어내는 전개가 특이했다. 넓디넓은 세상이라지만 나는 게임 속 동굴에서 촛불 켠 것 마냥 내 주변만이 세상이라 생각하며 바라보고 있었는데, 이 책에서 묘사하는 여섯 명의 다양한 주인공들을 통해 출판, 작가, 물류 센터, 상담사 등 내가 평소 알 수 없었던 부분들을 설명해 주니 책의 본래 목적과는 다를 테지만 꽤나 흥미로웠다. (keemdoongsil)

감정의 흐름이 각각의 이야기에 너무 잘 녹아든 이야기. 공감하기 쉬운 감정과 상황이라 덩달아 여러 가지의 공감성 수치를 경험하는 듯 몰입하게 되는 기분이 드는 소설집. (fernweh_leo)

이 이야기들은 인간의 삶을 관통하고 있다. 이 이야기 속에는 내가 있다. 주연으로든, 조연이든, 엑스트라든 말이다. (litershom00)

첫번째 단편부터 마지막 단편까지 정말 한 챕터도 빠지지 않고 다 재미있었다. 실제와 허구가 적절하게 섞인 이야기들이 깔끔하고 가독성이 좋은 문체로 정리되어 있어 집중력이 좋지 않은 나도 금방 스르륵 읽게 만들 만큼 재밌는 책이었다. (yimdahee__)

이 소설을 읽으면서 누가 읽으면 좋을까 생각했는데, 다 나였다. 미안하지만 이 책은 내가 여러 번 읽으면서 많은 걸 느꼈으면 좋겠다. 위로도 받고 머리도 맞고 그랬으면 좋겠다. (隣)

도망친 곳에서 만난 소설
ⓒ 임발, 2025

1판 1쇄	2020년 1월 10일
2판 1쇄	2022년 2월 23일
2판 2쇄	2024년 6월 23일
개정1판	2025년 9월 4일

기획	임발
글쓴이	임발
펴낸곳	빈종이
편집	임발
표지	서현진
내지	임발
교정/교열	송한별

출판등록	2019년 9월 2일, 제2019-000015호
이메일	imbal@naver.com
인스타그램	@room_of_imbal

ISBN 979-11-987975-2-0 (03810)

* 이 책의 판권은 출판사와 저자에게 있습니다.
* 책 내용의 전부 또는 일부를 사용하려면 출판사와 저자의 동의를 받아야 합니다.
* 이 책에는 HS봄바람체 3.0, 본명조, 제주명조, 나눔손글씨 펜, 나눔바른고딕 UltraLight 서체 등을 사용했습니다.